기자 공무원 밀고 당기는 **홍보 이야기**
글쓴이 이강석

※ 많이 쓴 단어를 알려드립니다.
- 하나하나 세어본 것은 아니고요 한글 프로그램에서 작업을 했습니다. 편집 → 찾기 → 모두 찾기에서 원하는 단어를 입력하면 이 파일 속에 쓰인 단어의 개수를 알려줍니다.
- 방송기자가 대통령 새해 국정 연설에서 언급한 국가, 국민, 통일, 경제 등 중요단어를 이 방식으로 카운트했을 것입니다.

단어	개수
가십	12
공무원	390
광고	57
기자	636
기자실	91
방송기자	25
보도자료	95
소통	16
시장	70
신문	264
언론인	247
취재	195
편집	138
홍보	233

이 도서의 국립중앙도서관 출판예정도서목록(CIP)은 서지정보유통지원시스템 홈페이지(http://seoji.nl.go.kr)와 국가자료종합목록 구축시스템(http://kolis-net.nl.go.kr)에서 이용하실 수 있습니다.
(CIP제어번호 : CIP2020008989)

※ 많이 쓴 단어를 알려드립니다.
- 하나하나 세어본 것은 아니고요 한글 프로그램에서 작업을 했습니다. 편집 → 찾기 → 모두 찾기에서 원하는 단어를 입력하면 이 파일 속에 쓰인 단어의 개수를 알려줍니다.
- 방송기자가 대통령 새해 국정 연설에서 언급한 국가, 국민, 통일, 경제 등 중요단어를 이 방식으로 카운트했을 것입니다.

단어	개수
가십	12
공무원	390
광고	57
기자	636
기자실	91
방송기자	25
보도자료	95
소통	16
시장	70
신문	264
언론인	247
취재	195
편집	138
홍보	233

이 도서의 국립중앙도서관 출판예정도서목록(CIP)은 서지정보유통지원시스템 홈페이지(http://seoji.nl.go.kr)와 국가자료종합목록 구축시스템(http://kolis-net.nl.go.kr)에서 이용하실 수 있습니다.
(CIP제어번호 : CIP2020008989)

대변인실 공무원 **입문서**
지방신문 기자 **취재수첩**
중소기업 홍보실 **참고서**

기자#공무원
밀고#당기는

홍보#이야기

글쓴이 **이 강 석**

젊은이를 위한
보너스 코너
육아일기
언론보도

경기도청 대변인실 138개월#공직 42년
기자#공무원#공감하기 / 공보=홍보=광고
부시장#동장#과장#경험적 이야기

한누리미디어

| 편집을 시작하면서 |

    감사드립니다. 거듭 감사드립니다. 졸작을 세상에 내놓는 작은 기쁨이 있습니다만 마음 한 구석 어색한 방 안에는 미흡하여 쑥스러운 생각과 송구스러운 마음이 가득합니다. 하지만 1988년 올림픽을 준비할 즈음에 30살 청년으로서 처음 마주한 언론은 한겨울 얼음 항아리 속 수정과와 냉장 사이다와 콜라, 세븐업처럼 신선하고 짜릿했습니다.
    사전 시나리오가 없는 경기도의 행정 업무를 담당하는 일원으로서 새롭게 황야의 모래바람 언덕 위에 언론 개척의 시대를 열었고 현장에서 여러 가지 시행착오와 성공사례를 온몸으로 겪으며 순서 없이 무작정 적어둔 '어린 공보실 직원으로서 느낀 바를 기록한' 원 자료를 그냥 원문을 유지하며 쉽게 편집했습니다.
    겁 없는 풋송아지 청년의 생각으로 추진했던 언론전략이 때로는 성공하고 어떤 경우에는 큰 실패로 주변 선배들까지 어려움을 겪었지만 대형 사건사고는 잘 피하면서 격동의 시대를 잘 지내왔다고 자평합니다. 그런 평온은 선배 언론인들의 건설적인 묵인이거나 격려의 차원에서 배려가 있어서 가능했습니다.
    공조직 내에서도 어린 청년이 행정과 언론의 접점 부근에서 종횡무진 뛰는 모습을 보면서 격려차원에서 풀밭을 뛰어다니는 어시레기 송아지 한 마리 방목하는 셈 치고 내버려 둔 행정적 방임과 정무적 기대가 있었다고 평가해 봅니다.

이후 최근까지 공직이라는 자리에서 과하게 날뛰었던 것은 자신이 잘 나서 그런 줄 알았습니다. 해관(解官: 퇴직, 목민심서 12부)을 맞이한 후 정신을 차렸고 이제는 후회하고 반성하며 대단히 죄송스럽게 생각합니다.

국가와 지방자치단체라는 그 큰 건물 속에 있을 때는 저 자신을 제대로 깨닫지 못했습니다. 아이 때의 기억으로 표현하면 명절에 받은 '세뱃돈' 이 제가 절을 잘 해서 주시는 줄 알았다는 말입니다. 어른들은 아이들의 젊은 부모에게 아이 잘 키우라며 엄마에게 세뱃돈을 준 것이었습니다.

공직자로 일할 때 모든 행정업무가 술술술 잘 풀려나가는 것이 자신의 능력인 양 잘못 알았고 정말로 '나 잘난 박사' 인 줄 알았습니다. 조직과 공직자 모두의 힘을 바탕으로 일하는 줄 정말 제대로 잘 알지 못했습니다. 큰소리 빵빵 치던 제 모습을 보면서 주변의 모든 분들이 '하룻강아지' 로 보셨을 것을 생각하면 이제는 쥐구멍으로 들어가고 싶습니다.

정말로 공직 내내 제대로 절을 하지도 못하면서 세뱃돈만 받았습니다. 세대로 절을 느리시노 못하고, 특별하게 업무를 잘한 것도 없이 흉내만 냈는데도 큰 은혜를 주셨습니다. 그 어르신들의 세뱃돈으로 이렇게 살아왔음을 이제야 알겠습니다. 그런데 공무원 직업병으로 세뱃돈을 말하자니 정말로 뇌물을 받았구나 오해 받을까 조금은 걱정이 됩니다. 나름 문학적, 낭만적, 시적인 표현에 집중하다가 오해를 사고 실제로 난관에 봉착한 경우가 있기에 하는 말입니다.

공직에서 퇴직하여 수첩 몇 권과 반쯤 쓰다 책상 서랍에 수년간 방치하며 인사발령 때마다 박스에 담아 동행한 필기구 42개(공직 42년), 묶은 구두 두 켤레를 박스에 담아 차 트렁크에 싣고 집으로 돌아온 이후에야 키다리 아저씨들의 큰 우산이 우리의 공직을 지켜준다는 사실을 알았습니다.

지면을 통해서 42년 공직 내내 지도편달해 주신 선배 공직자 여러분과

1988년부터 이끌어주신 연세가 높고 경륜도 풍부한 언론인 어르신과 60세를 향해 달리는 장년 기자님께 감사드립니다.

이제 저는 허허벌판에 외롭게 서 있는 텅 빈 겨울 들판의 허수아비가 되었습니다. 새들이 쪼아 먹을 나락도 없고 얻어 입은 옷은 벗겨지고 중심축이 지구보다 더 기울게 서 있는 허수아비의 아들 허수가 되었습니다.

겨울이 오면 춥고 여름이 지나면 가을 단풍이 드는 것조차 알지 못하던 '철부지'를 공보실 직원으로 받아주시고 함께 해 주신 언론인 어르신들의 가르침 속에 작은 깨달음들을 수첩에 적고 워딩하여 디스크에 보관하다가 어느 날 인터넷 카페에 올려두었던 공직 중 공보실과 기자실에서의 자잘한 경험과 소소한 배움의 순간들을 기록하고 적은 대로 모아보았습니다.

겁 없이 부족한 생각들을 모아서 이렇게 목차를 잡고 표지를 만들어 보았습니다. 목차를 정리해 보니 글의 숫자가 99편입니다. 부족한 한 편의 글은 전현직 언론인과 선후배 공무원들, 그리고 독자 여러분이 채워주시기 바랍니다.

이 자료를 쓰고 보관하고 고민하던 그 당시에는 생생한 일이었다 자부했는데 다시 읽어보니 필력이 부족하고 생각이 짧았습니다. 좁은 우물 안에서 바라본 세상을 겁 없이 글로 써낸 것 같아 송구합니다. 부족한 기록을 살펴주시고 철부지 생각을 지도해 주시기 바랍니다.

나 홀로 편집을 마치면서 1988년 그 시절에, 인터넷 검색이라는 말이 나오기 전에 아침저녁으로 TV방송을 보면서 모니터해 준 사랑하는 아내에게 감사드립니다. 당시의 윤홍기 계장님은 '이강석의 와이프 최경화 씨도 공보실 직원'이라고 회식날 2번 불러주셨습니다.

삼겹살에 소주를 마시면서 식당 주인집 아들 만화 보는 채널을 살살 달래어서 뉴스채널로 바꿔 9번과 11번 채널을 모니터했던 나날들, 그 어렵고 부족했던 시대를 같이한 공보실 선배님, 후배님들께 감사인사 드립니다.

공보관님, 대변인님께 감사 드립니다.

　공직 42년(492개월) 중 12년(138개월) 동안 공보실에 근무하면서 만났던 수많은 언론인들께도 감사인사 드립니다. 늘 격려해 주시고 작은 일, 부실한 자료도 크게 단단하고 무겁게 받아주신 언론인과 선배 후배 공직자, 그리고 이 시대를 함께 고민하는 모든 분에게 감사 드립니다.

20200202 ↔ 2020년 02월 02일 수원시 팔달산에서
앞뒤가 똑같은 날=회문의 날에 이 강 석 드림

[20011002] [20100102] [20111102] [20200202] [20211202] [21211212] 외

"20200202" 909년 만에 돌아온 '회문의 날' 전세계 환호

조선일보/2020.02.03 15:53

　AP통신, CNN 등 외신들은 900여년 만에 '회문(回文, palindrome)의 날'을 맞아 전 세계가 들뜬 분위기라고 2일(현지시각) 보도했다. '회문'이란 앞에서부터 읽으나 뒤에서부터 읽으나 같은 문장이나 단어를 뜻하는 말로, 2020년 02월 02일이 여기에 해당한다.

　지난 회문의 날은 909년 전인 1111년 11월 11일이었으며 다음 차례는 2121년 12월 12일이어서 101년을 기다려야만 볼 수 있다. 2121년 12월 12일 이후에는 3030년 03월 03일까지 기다려야 한다.

　보스턴 엠마누엘칼리지의 헤더 피어스 수학 강사는 "이런 회문의 날은 살면서 한 번도 못 겪을 수 있다"면서 "인생에 한 번 있다는 것은 상당히 멋진 일"이라고 말했다.

출처 : http://news.chosun.com/site/data/html_dir/2020/02/03/2020020302911.html

※ 위 기사의 오류를 밝히자면 사실 내년인 2021년 12월 02일도 회문의 날이 된다. 특히 최근의 2001년 10월 02일과 2010년 01월 02일, 2011년 11월 02일도 '회문의 날'에 해당한다.

| 공무원 · 언론인 · 독자에게 추천하는 글 |

어라! 이 친구 뭐지? | **홍승표** (시인 · 용인부시장)

관선기자라는 닉네임을 가진 사람이 있습니다. 공보실에서 홍보를 담당하는 공직자를 두고 출입기자들이 불러주는 별칭이지요. 그러나 모두가 별칭으로 불려지진 않습니다. 기사보다도 뛰어난 필력에 성무석인 감각이 있어야 얻어지는 별칭입니다. 글 솜씨는 물론 판단력과 순발력을 갖춘 공직자에게 가능한 일이지요. 발군의 문장력과 순발력, 정무적 감각에 유려한 말솜씨로 오랜 세월 도청 출입 언론인들에게 아낌없는 사랑을 받은 관선기자가 있었습니다.

그는 일찍이 야생초라는 문학동아리에서 깔끔하고 맛깔나는 글 솜씨로 명성을 날렸습니다. 고교 재학 중 공무원 시험에 합격할 정도로 실력도 출중했지요.

88올림픽이 열리던 해 그는 경기도청 공보관실에 홍보자료를 쓰는 일을 시작했지요. 기자실의 반응은 놀라움 그 자체였습니다. "어라! 이 친구 뭐지?" 글을 잘 쓰는 건 물론이고 아예 기사문으로 작성해 제공하는데 전혀 손을 안 대도 될 정도로 글 솜씨가 대단했던 것입니다. 글만 잘 쓰는 게 아니고 말 솜씨도 발군이었습니다. 그의 말 솜씨에 매료된 기자들은 환호했고 그가 있는 동안 편히(?) 지낼 수 있었지요.

무엇보다 그는 보이지 않는 선(線)을 넘어서지 않았습니다. 절제할 줄 알았던 것이지요. 그가 훗날 언론담당관으로 일하게 된 것은 필연이었습니다. 9급 말단 공무원으로 시작해 1급 관리관으로 명예퇴직하는 전설로 남게 된 것도 홍보업무를 하면서 얻은 역량이 빛을 발했기 때문이었습니다. 비록 연배는 아래지만 홍보업무를 함께 했던 그에게 많은 것을 배우고 존경했습니다.

《공무원의 길 차마고도》라는 책을 펴낸 그가 공보관실에서 일했던 기억들을 정리한 책을 펴냈습니다. 홍보 감각을 지닌 공직자는 성공적인 공직생활을 담보할 수 있지요. 그의 소중한 경험이 후배 공직자들과 많은 사람들에게 공직사회를 이해하는 길라잡이가 되기를 소망해 봅니다.

고집스런 도정 사랑 | 김종구 (경기일보 주필)

평생 공무원이었습니다. 절반이 공보 업무였습니다. 수많은 도정을 세상에 알렸습니다. 그만큼의 도정을 세상에 보호했을지도 모릅니다. 그런 그를 언론인들은 불렀습니다. '경기도청 기자 공무원.' 맞습니다. 그에게는 공무원과 기자의 경계가 없었습니다. 그건 무기였습니다. 끼니를 잇는 소주잔, 천리도 마다않는 방문, 밤을 새우는 논리 충돌…. 어려웠을 이 일들도 웃으며 해냈죠. 최고의 공보  공무원이었습니다. 숨김 없이 써내려갔네요. 고집스런 도정 사랑도 여전하고요. 그래서 더 와닿습니다. 결론 못 낸 토론들을 이 책에서 다시 시작할까 합니다.

공무원과 기자 사이 | 박신흥 (사진작가 · 경기도의회 사무처장)

1년 반 동안 경기도의회 사무처에 함께 근무하면서 공보실이라는 제약의 틀을 벗어나 다른 부서의 업무에도 적극적으로 협조하는 모습이 참으로 보기에 좋은 공직자였습니다. 다른 부서로 이동해서도 늘 긍정적으로 열심히 일하고 동두천시, 오산시, 남양주시에 근무할 때도 참으로 기분 좋은 소식을 들려준 멋진 공직자입니다.

지난 번《공무원의 길 차마고도》에서 좋은 글을 만났는데 이번에는 '공무원과 기자' 사이의 어려운 이야기를 실무 경험을 바탕으로 쉽게 풀어낸 글이라서 기자와 젊은 공무원들에게 추천합니다.

공무원의 고민과 취재기자의 고충 | 김광호 (연합뉴스 부국장)

경기도청에서 20년 가까이 경기도정을 취재하면서 수많은 공무원을 만나고 공보실 공무원들을 겪어보았습니다. 책에 나오는 대로 도청 기자실을 리모델링할 때는 도청 기자실에서 취재기사를 쓰고 있던 시절인데, 이처럼 여러 가지 상황들이 지나간 줄은 몰랐습니다.

이 책을 통해서 기사 나는 것을 어려워하는 공무원들의 입장도 이해가 되고 동시에 젊은 취재기자의 고충에 대해서도 공감합니다. 공보실 근무 공무원이나 입직 2년 이내의 젊은 기자들이 한 번 읽어 보기를 권합니다.

가족 4명 참석 『출판기념회』

기자#공무원#서로#권하는#홍보#이야기
경기도청 대변인실 138개월/ 공직 42년... 이강석
부시장#동장#과장의 경험적#이야기/ 30년째... 육아일기   20년 3월 5일 임광문고
공보#홍보#광고

차례

008 　편집을 시작하면서
012 　공무원 · 언론인 · 독자에게 추천하는 글

020 　강석#기자평#김종구
023 　경기도#의회홍보#박신홍
026 　공보실#7급#공무원#고민
028 　공보실#기자실#138개월
039 　기고#타이밍#공무원#홍승표
042 　기사발굴#안전모#김희겸
046 　기사#보도자료#역사기록
050 　기사창작#홍보전략#덕혜옹주
053 　기자#3년차#필독#주법
058 　기자#경향신문#동아일보
060 　기자#선후배#기준
063 　기자#식사#취재원
065 　기자단#기자실#간사
067 　기자실#2004#리모델링#경기도청
071 　기자회견#토요일#일요일#실패
074 　대변인#아웃소싱#성공#실패

차례

- 078 대응=기사=전략
- 082 도지사=시장=군수=사진 3장
- 085 독도=미스매칭=언론취재
- 090 라디오=홍보시대
- 092 방송=인터뷰=취소
- 095 방송기자=자료=보험
- 097 방송기자=통신기자=신문기자
- 099 보도=골프장=순직
- 105 보도=행간=의미
- 107 보도자료=SNS
- 110 보도자료=구성=작성
- 113 보도자료=식재료=배달요리
- 116 보도자료=작성법=활용법
- 118 부정=긍정=불가근=불가원
- 121 브리핑룸=꾸미기=기자회견
- 124 선배=선배스러운=사회=박홍석
- 126 선언=후공=언론우선
- 129 신문기고=다산의=하피첩
- 132 신문기고=상주=상주시공무원
- 135 신문=기고문=예시
- 138 신문=인연=투고
- 141 신문=사진뿐이다!=항의
- 143 악어새=변명=악어
- 145 언론=관심=독자=시청자

150	언론#광고#홍보
152	언론#홍보#보험
155	언론보도#공인기준
158	언론사#기관장#편집부#방문
161	언론사#수익#사업
163	언론인#공무원#만찬
166	언론인#응대#몰카
168	언론인#입장#공무원#바람
170	언론인#전문가#생각
173	언론인소금#간재미소금
176	언론중재위원회
178	언론홍보#타산지석
180	오늘기자#과거기자#50년 전
184	인터뷰#방송#준비#포인트
186	재난발생#공보실#할일
189	촌철살인#기사#가십#순직
191	축구선수#공무원
194	퇴임#인사#보도자료
197	퇴직자#자청#정년#보도자료
200	편집기자#사진기자
202	홍보#기획#활용#김구라
205	홍보기획#절차#과정
208	홍보사진#신문사#배달
211	홍보분석#모니터#스크랩

차례

언론기고/언론보도

216 [국방일보] 국방부장관님께 1998년 9월 3일 동두천시 생연4동장
217 [문화일보] 작년 수해 복사판… 1년간 뭐했나
218 [기호일보] 경기도 최고기록
218 [경인일보] 걸시간마저 멈춘 듯 평화로운 '걸산마을'
219 [경기일보] 궐리사는 왕립학교
219 [경기일보] 烏山에는 없는 O-san 비행장
220 [경인일보] 청렴한 전원주씨
220 [경기일보] 공직에서의 사무실과 자리
221 [기호일보] 넝쿨손
221 [경인일보] 발상의 전환 – 오산 맑음 터 공원 캠핑장
222 [경기신문] 매일 백팩 메고 뚜벅이 출근 "후배공직자의 롤모델"
223 [경인일보] 휴일에도 시민생각 '천생 공직자'
224 [경기신문] 홍유릉과 덕혜옹주
225 [경인일보] 공직은 험산 넘고 준령 오르는 여행길
226 [경기일보] 경기테크노파크
227 [경기일보] 기왓장과 이산가족
228 [경기일보] 스마트키와 無頭日
229 [경기일보] 30년 경기일보 1988~2018
230 [중부일보] 큰형 이재율 부지사와 맏형 재율이 형

- 231　[경기일보] 이항복의 쇠붙이 저축
- 232　[경기일보] 군청 등산로 담당자님 前 上書
- 233　[경기일보] 아파트베란다에서 장보기
- 234　[경기일보] 기술닥터와 인생닥터
- 235　[경기일보] 에어포스원
- 236　[경기일보] 과전불납리 이하부정관

- 237　전매칼럼 _ 공직 40년을 돌아보니
- 240　문화일보 _ 손주들 등하교 도맡으셨던 장인어른의 '내리사랑'
- 243　책을 사신 젊은이를 위한 보너스 코너
- 244　쌍둥이 남매를 낳고 키운 이야기
- 254　조선일보 _ 쌍둥이 태어난 지 7000일, 육아일기 7000페이지
- 257　중앙일보 _ 이강석·최경화 부부, 함께 쓴 육아일기 화제
- 259　한국일보 _ 꼬박꼬박 쓴 쌍둥이 육아일기
- 261　자화자찬 _ 육아일기 30년 10,000장
- 266　국방일보 _ 논산의 아들! 조국의 아들!
- 267　국방일보 _ 논산의 아들은 조국의 아들
- 269　책갈피 속에 숨겨서 전하는 글 _ 부단체장의 역할에 대한 경험적 생각
- 278　책갈피 속에 숨겨서 전하는 글 _ 과장, 동장, 소장의 역할에 대한 경험적 생각

- 286　편집을 마치며

강석#기자평#김종구

【지지대】 이강석 계장의 기자評/ 경기일보 2019. 1. 16

아마 2000년 언저리였을 게다. 정치부장과 도청 공무원이 함께했다. 정치부장은 나, 공무원들은 공보실 직원이다. 순댓국집 낮술이 하염없이 길어졌다. '2차'로 옮기자고 간 곳이 방화수류정이다. 세계문화유산인 그 정자 위에 판을 벌였다. 오징어를 안주 삼은 소주 빈병이 쌓여갔다. 틀림없이 되지도 않는 넋두리를 늘어놨을 거다. 그 헛소리를 공무원들은 끝까지 들어줬다. 틈틈이 졸면서 체력을 보충(?)하던 공무원, 이강석 계장이다.

대對 언론 업무를 그만큼 한 공무원은 없다. 공보실 직원, 공보팀장, 도의회 공보과장, 도청 공보과장―. 오죽하면 기자들이 '관선기자'라고 불렀다. 그도 이 별칭을 싫어하지 않았다. 지겨울 만도 했지만 늘 즐겼다. 기자들의 말 안 되는 항의도 웃어넘겼다. 비난기사를 쓴 기자도 끌고 가 자장면을 먹었다. 그가 화를 내거나 심각해지는 걸 본 기자는 거의 없다. 이제 그가 공직을 떠난다. 부시장과 공기관장을 끝으로 42년 공직을 화려하게 정리한다.

어느덧 그때의 기자들도 비슷한 처지다. 퇴임한 기자도 많고, 죽은 기자까지 있다. 용케 남은 '주필'도 이제 다 돼 간다. 술도 그만큼 먹지 않고 생떼도 부리지 않고, 깐족대지도 않는다. 퇴직 앞둔 '이 계장'이 뒷방 지기 '김 주필'을 찾아왔다. 소주잔이 오가자 옛 이야기가 많아진다. "기자를 미워한 적 없어요. 기자가 공격하는 것은 내 업무지 내가 아니지요. 언론은 피할 게 아니라 이용해야죠." 몇 번이나 들었던 그의 강의(?)다.

마지막 술자리일 수 있다. 물어야 할 게 있었다. "어느 기자 놈이 제일 싫었나요." 없다고 했다. 또 물었다. "한둘이라도 있었을 거 아니에요." 뜸들이던 그가 말을 시작했다. "○○○기자 그러면 안 됐어." 고인이 된 언

| 지지대 |

'이강석 계장'의 기자評

2019. 1. 16 (수) 경기일보

경기일보 kyeonggi.com

강석#기자평#김종구

론계 대선배다. 그에 대한 응어리가 있었던 듯싶다. '도청을 자기 사무실 쓰듯 했다' '개인 이익을 위해 기자직을 악용했다' '공무원 위에 군림하려 했다'—결국 그가 내린 '나쁜 기자'는 '사익私益에 눈 먼 기자'였다.

▎참된 언론인의 자격은 뭔가. 높은 도덕성? 화려한 말재주? 완벽한 글 솜씨? 쉽게 결론 낼 문제가 아니다. 그런데도 언론인끼리는 쉽게 평한다. 동료의 작은 실수에 잔인한 평가질을 해댄다. 40년 전에도 그랬고, '엊그제'도 또 그랬다. 앞으로도 고쳐갈 것 같지 않는 언론계의 난치병이다. 그래서 이 계장에게 물었던 것이다. 기자와 40년 살아온 '관선기자'에게 물었던 것이다. 퇴임식 보름 앞둔 그가 어렵게 내놓은 답이다. '사익에 눈 먼 기자가 제일 나쁜 기자입니다.' (김종구 주필)

경기도#의회홍보#박신흥

공직에서 마음이 통하는 상사를 만나는 것은 큰 행운입니다. 수많은 선배들을 만나고 지금도 더러 연락을 주고 받는 분이 있습니다만 2008년 1월부터 2009년 7월까지 18개월간 근무한 경기도의회 공보담당관실에서의 추억은 몇 가지 행복한 기억으로 간직하고 있습니다.

우선 독자적인 기능을 수행하던 공보담당관실은 몇 사람만 마음을 합하면 큰일을 해낼 수 있었습니다. 당시 도의원들이 언론의 힘을 알고 홍보의 맛을 느끼는 기회가 자주 있었습니다. 그리하여 노인학대예방조례를 제정한 후 이를 적극 홍보하자는 제안을 주셨습니다. 실무팀 회의를 거쳐 몇 가지 기획안을 만들었습니다.

우선은 의회의 권위를 상징하는 대형 의사봉을 만들었습니다. 플라스틱 통 2개를 연결하여 의사봉 머리를 만들고 긴 손잡이를 붙인 후에 초콜릿색 페인트를 뿌려서 1.5m 크기의 의사봉을 만들었습니다. 노인학대를 하면 벌을 받는다, 불효자를 징벌한다는 컨셉에 맞춰서 '불효자'라는 목걸이를 매단 직원을 의장, 의원, 노인회장이 대형 의사봉으로 머리를 내려치는 퍼포먼스를 진행했습니다.

　언론은 늘 새로움을 추구합니다. 의사봉은 안건을 의결할 때 3타 두드리는 나무 방망이로만 생각했는데 불효자를 징벌하고 노인을 학대하는 사람을 벌한다는 컨셉은 흥미를 유발하기에 충분했습니다. 방송기자들도 바쁘게 이리저리 뛰면서 대형 의사봉의 노인학대 예방의 현장을 취재했습니다.

　헌혈조례의 경우에는 기존의 핏방울 인형이 움직이고 실제로 도의원들이 팔소매를 올리고 헌혈에 참여하는 이벤트로 경기도의회 개원 이래 최대 규모의 방송 카메라가 운집했습니다.

　이 같은 성과는 요즘 말하는 정당대표의 이른바 '험지출마'에 비유할 수 있는 동료 공무원들의 '살신성인'적 참여였습니다. 스스로 불효자 역할을 하겠다는 자원자가 7명이 넘었고 3명을 선정했습니다.

　의사봉 아이디어도 6급 주무관의 결정적인 생각이었습니다. 도의원 헌혈 참여도 당시의 의장님, 위원장님 등 지도급 인사들의 솔선수범으로 가능했습니다. 행사를 마치고 공보담당관실 직원들이 불효자로 출연한 3명 동료에게 감사장을 만들어 전했습니다.

　이 같은 공보담당관실의 홍보기획을 적극 밀어준 박신홍 사무처장님의 후원은 결정적인 힘이 되었습니다. 박 처장님은 우리가 기획안을 설명들이면 '촌철살인'의 한 마디를 보태주셨습니다. 그 한 말씀이 '화룡점정'이었습니다.

　상사가 부하를 신뢰하고 부하가 상사를 존경하면 변하기 어렵다는 거북등처럼 단단한 공직에서도 혁신과 큰 변화를 이끌어 낼 수 있다는 점을 실증한 일입니다. 글 속에 특정인의 이름을 올리는 경우가 적은 편이지만 '박신홍' 처장님 이름을 올리고 행복해 하고 있습니다.

　박신홍 처장님은 공직을 마치신 후 새로운 공직에서 일하십니다. 젊은 시절 쌀 수십 가마를 팔아 마련한 독일제 카메라를 들고 서민들의 삶을 촬영하고 보관하시는 사진작가이십니다.

   행정의 달인, 소통 전문가이시면서 탁구와 바둑에도 발군의 실력을 자랑하십니다. 한여름 안방에는 에어컨을 끄지만 흑백 필름과 카메라를 보관하는 건넛방에는 에어컨 전기메타를 씽씽 돌리며 행복해 하시는 멋진 신사입니다.

공보실#7급#공무원#고민

도청 7급은 실무자이고 시청과 군청의 7급은 차석입니다. 도청 계장은 사무관이고 시청 계장, 구청 계장, 동사무소 사무장은 주사 6급입니다. 영화 7급 공무원에서 정보기관에 근무하는 배우 김하늘과 남자 요원이 현장에서 충돌하는 내용이 참으로 재미있었습니다.

아마도 정보기관 직원은 7급 공채를 하는가 봅니다. 7급 공채도 있지만 지방자치단체의 경우 9급에서 시작한 공무원이 7급이 되기까지 8급을 거치게 되면 10년 이상 공무원 밥을 먹게 됩니다.

따라서 7급 공무원은 중견입니다. 공직의 기능과 역할, 파워, 단점을 잘 알고 있습니다. 어느 순간에 고개를 숙여야 하는지 바람 강하게 부는 바다 근처 넓은 강가를 따라 자라는 갈대의 심정을 잘 알고 있습니다.

자동차 운전 중 충돌하는 순간에도 사고를 최소화하려는 노력을 하게 되고 헬기나 전투기가 추락할 때도 주택가를 피해 산으로 몰아 추돌하는 살신성인의 조종사 이야기도 많이 접하게 됩니다.

7급 공무원은 언론과 충돌할 때 어느 지점이 부드러운 재질인가를 잘 파악하고 있으므로 '적당껏' 대응하다 안 되면 작전상 후퇴를 하여야 합니다. 전사戰史에 정말로 작전상 후퇴가 있다고 합니다.

행정에서도 정말 안 되는 일은 작전상 기권하거나 포기해야 하는 경우가 있습니다. 기관장을 인터뷰하러 오다가 대형 교통사고, 산불, 기타 재난상황을 취재하러 가는 바람에 카메라와 취재기자가 오지 않는 경우에는 이를 그날의 운세로 받아들여야 합니다.

그리고 기관장께는 오다가 취재진 차량이 경미한 접촉사고가 나서 제시간에 오지 못한다 하므로 인터뷰를 다음으로 미루게 되었다고 보고하시기 바랍니다. 때로는 사실대로 보고하는 것보다 '작전상' 후퇴를 하는 것도 요령입니다. 직언이나 사실 보고가 정답은 아니라는 것을 9급으로 들어와 7급에 승진하면 다 알게 됩니다. 그것을 몰랐다면 참으로 편안한 보직에서 안주해 왔구나 반성하시기 바랍니다.

동시에 알 만한 7급이지만 아직은 젊고 어리니까 원로급 기자에게는 항변을 할 수도 있습니다. 연세 드신 언론인이 이제 40 전의 젊은 7급 직원과 언쟁을 하였다 하면 모양새 빠지는 일이니까요. 제가 7급 중간시점 1989년에 기자실 난동을 피운 사건이 있었지만 아무도 지적하지 않았습니다.

오히려 6급 승진하여 부서를 옮기자 간사기자의 권한으로 격려금을 주셨습니다. 아내에게 보여주니 냉큼 받아가서 원피스를 사 입고는 뱅그르 돌면서 옷매무새를 자랑하던 모습이 오늘 갑자기 떠오릅니다.

5급이 못하는 일을 7급이 하기도 하고 7급이 해결하지 못할 것 같은 어려운 일은 고참 6급이 어찌어찌해서 풀어내는 경우도 있습니다. 그래서 모든 조직에는 9,8,7,6,5급이 함께 근무하나 봅니다. 시청 4급 국장은 따로 방을 쓰지만 도청 4급 과장은 부서에 함께하는 이유도 다 소통하라고 그리 한다 들었습니다.

공보실#기자실#138개월

1988년 당시 공보실에 근무하는 홍승표 선배가 구내식당에서 커피 한 잔 하자고 청합니다. 사금파리 흰 잔에 검붉은 커피 한 사발을 주는데 200원이었습니다. 5잔을 마셔도 1,000원에 해결되는 시기였습니다.

물론 연봉이 1천만 원을 넘지 못하였으니 당시 500원이면 최근 코미디에서 한동안 인기를 누린 '궁금하면 500원' 보다는 더 비싼 돈이었습니다. 3명이 앉아서 3잔을 마시며 나눈 이야기는 공보실에 와서 일해 보자는 제안이었습니다.

제안에서 가장 의미 깊은 말은 고등학교 3년 동안 문예반 활동을 한 것이 1순위요, 두 번째는 전임 세정과보다는 자율적인 분위기에서 일한다는 설명이었습니다. 사실 지방행정주사보 7급에 승진하여 세정과에 가니 매일매일 하는 일이 전자계산기 두드리기였습니다.

36개 시군(현 31시군)의 세외수입 보고서, 하천점용료 부담금, 그리고 본청 각 부서의 세입보고서를 집계하여 안전행정부에 전화로 불러주고 다음

날 보고서를 제출하는 일이 전부였습니다.

　공무원 7급에 대한 기대가 서서히 식어갈 즈음인데 아주 샤프한 제안을 받은 것입니다. 더구나 세정과 근무기간도 2년이 흘렀으니 이즈음에 부서를 이동하는 것도 자연스럽겠다는 생각이 들었습니다. 일주일이 지나니 청내 방송이 나왔고 문화공보담당관실 보도계에 배속되었습니다.

　그리고 전임자의 간단한 오리엔테이션을 듣고 청내 각 부서를 다니며 자료를 받아 보도자료로 작성하고 그 내용을 다시 해당과에 전하고 검토를 받아 출입언론인에게 전하는 이른바 '아이템' 담당자가 되었습니다.

　그리고 2년 9개월을 근무하고 6급에 승진하여 인재개발원으로 전출되었습니다. 자연과 배움의 전당인 인재개발원에서 흥미롭게 1년을 근무한 어느 날 도시개발과로 발령되었습니다. 당시에는 행정직으로서 도시개발 부서에 간 것이 조금 서글펐습니다. 더구나 1년 전에 7급으로 신바람나게 근무한 전임지 공보관실에 6급 2명이 전출되고 승진 동기생 2명이 전입되었으니 말입니다. 공보관실에서 7급으로 근무하는 동안 열심히 일한 공로는 제대로 평가 받지 못한 느낌이 들었습니다.

　6급 재직기간 중에는 공보관실에 근무하지 못하고 5급 공무원이 되어 동장으로 동두천 시에서 동장으로 2년간 근무하고 소방재난본부를 거쳐 다시 공보관실 홍보기획팀에 들어와 3년 9개월간 일하다가 같은 공보관실 언론담당에서 2년 11개월을 근무했습니다.

　공보관실에서 사무관으로 6년 8개월, 햇수로는 8년을 공보관실에서 일했습니다. 그 기간이 참으로 길지 않게 느껴지는 것은 아마도 나이 40대 초중반의 세월이어서만은 아닐 것입니다.

　이제 더 이상은 공보부서 근무가 없을 것이라 생각하였지만 지방행정연수원에서 1년 장기교육을 마치고 돌아온 곳이 의회 공보담당관실입니다. 이곳에서 존경하는 박신홍 처장님으로 모시고 헌혈조례 제정기념 언론이

벤트, 노인학대예방조례 이벤트, 수도권규제 규탄 언론플레이, 비수도권의 경기도의회 배척 규탄 성명 등 이채롭고 재미있는 언론홍보 업무를 재미있게 수행합니다.

또 다시 더 이상 공보실에서 일할 기회가 없을 것이라 생각했지만 이번에는 도청 대변인실 언론담당관에 근무를 명받습니다. 동두천시 전출로 6개월 단명이었지만 ABC제도 논란, 새로운 대변인 발령 등 작은 변화와 자잘한 사건을 만나면서 근무하였습니다.

이런 과정을 회고해 보면 공보가 아닌 다른 부서에 발령받았다면 또 다른 일을 하였을 것이고, 그 속에서 다양한 경험을 축적하였을 것이라는 생각을 합니다. 흔히 공직에서 기획 예산 인사 조직 등 반드시 거쳐야 하는 라인이 있다고 하는데 예산부서 2년 반 근무 외에는 핵심조직 문고리를 잡지 못했습니다.

그래서 행정의 흐름을 제대로 간파하지 못하는 것 같다는 자성을 합니다. 다만 경험을 통해 후배들에게는 이른바 '보직관리'를 권합니다. 좀 무리를 하고 오버를 해서라도 핵심부서라 칭하는 자리에 가야 한다는 점을 강조하고자 합니다.

그리고 토목 건축직의 경우도 조직내 국이나 과의 핵심부서에서 8급, 7급 때 근무하는 것이 필요하다는 점을 말씀 드립니다. 이제는 공보부서에 11년 6개월, 공직기간 1/3을 근무했다는 자랑만 있을 뿐 5급 이후의 보직관리에 있어서 공보실 11년 반의 경력이 별로 도움을 주지 못하였다는 사실을 알려 드리는 바입니다.

1988년은 언론의 변혁기입니다. '1도 1사' 체제에서 '1도 다사'로 전환되면서 기호일보, 인천일보, 경기일보가 차례로 창간을 하게 되고 경기도청 기자실에 언론인이 늘어나면서 다양한 변화가 시작됩니다.

우선은 공무원의 눈에 거의 보이지 않았던 언론인들의 움직임이 여러 곳에서 보인다는 점이 달라진 모습입니다. 이과 저과를 직접 취재하는 기자가 늘면서 공무원들은 처음 맞닥뜨리는 언론인의 취재가 당황스러웠습니다.

이전까지의 상황은 이른바 공보실 선전계에서 전략적으로 언론과 조화를 이루면서 취재독점의 시대를 향유하고 있었습니다. 이른바 공보실 직원은 언론이라는 특별한 우산 아래에서 선택적으로 도정을 홍보하였습니다. 요일별로 월, 화, 수요일에 나갈 보도자료를 미리 정해두고 그날에 그 자료를 꺼내어 배포하면 기사가 나고 스크랩하면 되는 상황이었습니다.

오늘 아침에 당일의 보도자료를 쓰는 것이 아니라 내일 모레에 배포할 자료를 준비하고 있고 오늘 나가야 할 보도자료는 이미 배포담당자에게 넘겼습니다. 당일 아침에 팡팡 돌아가는 복사기에 15부를 돌려서 오전 10시경에 기자실에 배포하였습니다.

자료를 받은 도청 출입기자들은 지방신문, 중앙신문, TV방송의 아이템에 맞게 재구성하여 모사전송(FAX)을 이용하여 본사 지방부, 정치부에 송고하면 되는 일이었습니다. 1988년 당시 사진자료는 수원역에 가서 서울역에 비치된 본사 사서함으로 연결했습니다.

중앙지는 기사가 많아 지방기사가 보도되는 지면이 좁기 때문에 핵심중심으로 기사를 정리하여야 합니다. 반면 지방지는 면에 여유가 있으니 보도자료를 바탕으로 추가 취재를 해서 좀 더 색다른 기사로 맛을 내기 위한 작은 노력이 필요했습니다. 그리하여 지방사 기자중 젊은 기자들의 취재 열기가 높아지기 시작했고 고참 부장급은 국장실을 돌면서 굵은 기사제목을 잡아내기 위한 신경전을 벌이기도 했습니다.

당시에는 중앙지나 지방지 모두 이른바 '가십(Gossip)'이라는 고정면이 있어서 요일을 정해놓고 도정을 쥐락펴락하는 참으로 오묘한 힘이 작용하였습니다. 내무부(현 행정안전부)와 청와대에 항상 안테나를 세우고 살았던 당시의 L도지사님, 또 다른 L도지사님, Y도지사님 등은 지방지와 중앙지의 가십에 의해 윗선의 전화를 받으신 바도 있습니다.

그러므로 공보실 간부들은 나쁜 가십 안 나게 하고 반면에 좋은 가십이 나도록 이른바 작업(!)을 한 후에 그 공적을 내부 윗선에 정보 보고하는 등으로 성과를 올리는 데 힘을 쓰는 상황도 보였습니다.

하루 종일 기사를 쓰고도 석간신문이나 다음날 석간에도 기사 손맛을 못 보는 강태공 기자가 있고, 슬쩍 던져 넣은 빈 낚싯바늘에 월척이 걸려드는 재수 좋은 조사釣士 기자도 있었습니다.

어느 편이 기자정신인가는 판단하기 어렵지만 '꿩 잡는 게 매'라면 가십이든 기획기사이든 신문에 검은 색 잉크냄새 풍기며 기사를 올리는 편이 승자라 할 것입니다.

결국 이래도 저래도 1년은 지나가고 1988년 당시에도 종무식 행사에서는 늘상 '다사다난했던 한해'를 보냈던 것입니다. 사실 도정이든 시정에서 다사다난多事多難은 대부분 언론을 통해 시작되고 신문과 방송을 통해 마무리되던 시절이었습니다.

혹시나 도민들은 잘 모르시는데 공무원과 언론인 사이의 신경전으로 1년을 보낸 것은 아닐까 하는 의구심도 가져보았지만 지나간 세월을 돌이켜 보면 언론의 직필정론, 목탁으로서의 역할, 소금으로서의 간제미의 소임을 다한 것임을 알 수 있습니다.

그래서 공보실 근무자는 다른 부서의 발탁 대상에서 빠져 있었습니다. 언론인과 조화롭게 근무하는 어느 7급, 6급 직원을 빼가는 것은 언론에 대한 도전으로 받아들여졌던 당시의 행정 분위기로 인해 더러는 인사상 도움을 받았다고도 하고 어떤 경우에는 장기근속으로 이어져서 혜택을 받은 것인지 아닌지도 모호한 상황이 되어서 결국 승진할 연식이 되어 어쩔 수 없이 공보실을 벗어나는 묘한 정황도 보이더라는 말입니다.

하지만 지나간 세월을 돌아보면 공보실에서 공무원과 언론인과의 중간 역할을 하였던 이른바 '관선기자' 들은 스스로 작은 모임을 통해 당시를 회고하고 앞으로의 우의를 다짐하던 시절이 있었답니다.

최근 경기도청을 보면 1987년 당시 직원 9명의 계가 하던 홍보업무를 대변인 3급 계약직이 지휘하는 국局 단위 부서에서 일하고 그 옆에는 소통담당관이라 해서 공보기능의 일부를 새로운 업무로 개척하여 만든 조직이 함께 힘을 합하고 있습니다.

1984년 경기도청 복도를 소리 없이 차분하게 거니는 연합뉴스 기자 한 분은 그 복장이나 행동반경이 공무원과 비슷하므로 대부분의 직원들은 이 분이 어느 과의 사무관(계장)으로 생각하였답니다. 실제로 이 기자님은 각 부서의 계장님 석에 마실 가듯 가서 이런저런 이야기를 나누시고 복도에서는 참 여유로운 사무관 걸음으로 어디론가 가시는 모습이 목격되었습니

청와대 출입기자단(1979)

다.

　지금은 연합뉴스인데 당시에는 연합통신이라 했습니다. 사무관들과 나눈 대화와 간단한 자료 하나를 챙겨 사무실에 가시면 하나의 기사를 올렸던 것입니다. 이후 '연합뉴스'로 개명된 당시의 연합통신(연통)이 기사를 쓰면 중앙지, 지방지, 중앙방송 등이 이 기사를 돈을 내고 받아보았고 이를 근거로 부족한 기사를 채우거나 기자를 보내지 못한 중앙 정치권, 서울의 경제뉴스, 그리고 지방의 사건사고 중 꼭 보도해야만 하는 기사를 전제하여 기사로 작성하여 올렸던 것입니다.

　지금도 기사말미에 [연합]이라고 적힌 기사는 이 연합통신에 돈을 내고 기사를 받아 자사의 신문에 보도하는 것입니다. 그리하여 당시에는 모든 기사는 '연통'(연합통신)에 연기가 나므로 기사가 된다는 유행어가 있었습니다. 전혀 아니라고 해도 어느 순간 연통에서 연기가 나면 아궁이에 불을 지핀 것이 확실하다는 말입니다. 아니 땐 굴뚝에서는 연기가 나지 않는 법이니까요.

　강한 부정, 이중의 부정은 긍정이라는 말이 언론계 정설입니다. 청문회나 국회와 의회 답변에서 '절대 아니다'라는 말을 액면대로 받아들이지 않는 것이나, 구속되기 직전에 취재기자에게 '일면식도 없다'고 답하지만 이 분이 그 업체에서 돈을 받은 사실은 영수증까지 신문기사로 확인되는 것이 작금의 세태인 것입니다.

　특히 회사의 모든 부서를 입막음했지만 당일 어느 건물 주차장에서 박스를 건넨 정황이 차량 운행일지에서 밝혀지는 이른바 '어처구니'가 없는 일이 발생하기도 하였습니다.

　아시는 바이겠지만 '어처구니'란 맷돌의 나무 손잡이입니다. 두부를 만들기 위해 불린 콩, 간수, 도마, 보자기 등 모든 세트를 준비하였는데 정작 두부를 갈기 위한 맷돌의 손잡이가 없는 황당한 일을 당하면 우리는 '참으로 어처구니가 없다'고 합니다. 큰일은 잘 준비되었지만 작은 곳에서 아주 미미한 실수로 인해 전체가 진행되지 못하거나 행사 자체를 망치는 경우를 말합니다.

혹시 63빌딩 엘리베이터가 고장 나서 비상계단을 걸어서 내려왔는데 자동차 키를 63층 사무실에 두고 왔을 경우에도 '참으로 어처구니가 없다' 하셔도 좋을 것입니다. 결혼식을 마치고 아주 급하게 비행기 시간에 맞춰서 인천공항에 도착하였는데 여권을 어머니 가방에 넣어둔 엄친아 아들이라면 이 또한 '어처구니'가 없는 일입니다. 해외여행을 많이 하는 시대이니 '어처구니 없다'를 '여권 없다'로 바꿔도 좋을 법합니다.

도청 사무실에 기자들의 활동이 늘어나면서 발생한 미스매칭 사건을 한 번 더 소개하고자 합니다. 당시 도청 사무관조차도 언론사가 상호 경쟁한다는 사실을 알지 못했습니다. 공무원들은 국민들에게 알려야 할 일을 오늘 못하면 내일 하면 된다는 마음이었나 봅니다. 요즘같이 인터넷뿐 아니라 스마트폰 등에 의한 각종 SNS가 활보하는 시대와는 좀 다른 분위기였습니다.

내무국의 어느 과에서 계장님(지방행정사무관)이 참 좋은 시책을 널리 알리기 위해 K언론사 S기자와 의논한 결과 문답형식의 홍보문안을 제공합니다. 목요일자에 편집을 하기로 내부회의까지 마쳐둔 상황에서 계장님은 최근 창간된 또 다른 신문사 젊은 기자에게 이 자료를 또 한 번 넘겨줍니다.

자료를 받은 젊은 기자는 그날 저녁 즉시 편집을 하여 수요일자에 정말로 신문짝 만하게 보도합니다. 목요일에 기획기사를 준비하고 다른 기사를 취재하던 S기자는 경쟁사 신문에 신경을 쓰면서 수요일 신문을 읽었을 것이고 그 신문에 난 기획기사를 보고 소스라치게 놀랍니다.

그리하여 자료를 제공한 계장님에게 가서 왜 타사에도 이 자료를 주었는가 따지듯 물었던 바, 계장님은 수요일에 나간 신문은 나갔고 내일 목요일에 또 나가면 좋은 일 아닌가 반문합니다. 그리하여 S기자의 어필은 과장님까지 올라갔고 영문을 모른 과장님은 일단 항의를 하므로 미안하다는 답을 하였지만 왜 미안한지는 이해하지 못한 듯하였다는 전언입니다.

이처럼 1988년은 올림픽이 개최된 해이지만 지방자치단체에서의 언론에 대한 이해도는 많이 낮았던 시절입니다. 그래서 4사 언론과 소통이 시작되었습니다. 관선기자를 포함하면 5명 기자가 도청이라는 언론 밀림의 숲에서 야생이 시작된 것입니다.

좋은 자료를 먼저 받기 위해 동분서주하는 것입니다. 신문사 기자가 먼저 취재한 자료는 풀 보도자료로 내지 않는 신사협정 비슷한 상황도 있습니다. 그리하여 취재원을 찾아다니는 야생의 현장에서 생존경쟁이 치열했습니다. 기존 신문사 기자들은 풍성한 지방행정사무관 계장과 행정사무관

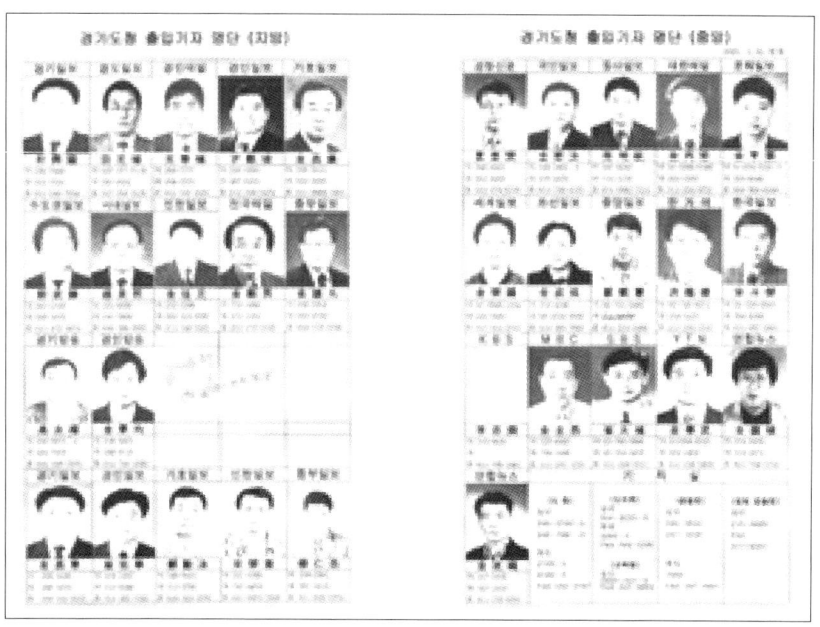

2002년 5월 16일 경기도청 출입기자(지방 + 중앙)

과장의 지원을 받으며 기사취재를 이어갔고 신진 언론인들은 악어가 세렝게티 공원에서 누를 사냥하듯이 치열한 취재현장의 소리없는 전쟁을 이어갔습니다.

관선기자는 도지사 비서실, 부지사실, 발간실, 문서실의 중앙문서 접수와 발송 장부를 확인하면서 좋은 기사의 냄새를 찾아다녔습니다. 최근에도 찾아가고 공무원 퇴직 후에도 가끔 마실을 가는 '경기도청 발간실'은 취재원의 천국이었습니다. 발간실에는 결재가 완료되어 시군청이나 민간에 발송을 기다리는 따끈한 '기자의 먹잇감'이 책꽂이에 깔끔하게 정리되어 있습니다.

이것은 마치 악어가 사는 강둑 여울목으로 꽃사슴이 단체로 물을 마시러 온 격입니다. 일단 발간실장님에게 양해를 구합니다. 저는 공보실에 근무하는 이강석입니다. 도정 홍보자료를 구하러 왔으며, 이 자료의 제목만 적어가서 해당과의 동의를 구해서 자료로 활용할 계획입니다. 당시 김 아무개 실장님은 약간 걱정을 하는 기색을 보이면서도 승낙해 주셨습니다.

2년 반 동안 보도자료 먹잇감이 떨어지면 찾아가는 초원, 풀밭은 발간실이었습니다. 활자라는 풀이 대자연 위에 펼쳐진 곳입니다. 그 풋풋한 야생초의 맛을 지금도 잊지 못해서 동두천시청 동장을 하다가도 이곳에 와보고 북부청 과장을 하다가도 왔습니다. 최근에도 발간실에 들러서 추억을 이야기하고 옛날 선배들을 추억했습니다.

30년 전 도청 공보실을 돌아보고 당시의 기자실을 회고해 보면서 참으로 세월도 많이 흘렀지만 그 세월의 흔적도 이곳저곳에 많이 간직되어 있음을 알게 됩니다. 신문이라는 흔적이야말로 역사의 소중한 부분이고 방송보다 신문이 정보전달에 앞장섰던 시절이었으므로 신문기자가 대부분이었던 당시를 행복하게 추억하고 있습니다.

이제는 1988년에 근무하였던 그 사무실은 보도담당관실이 차지하고 있지만 세 분의 계장님, 차석님 동료들이 생각납니다. 골프장 보도를 막다가, 열심히도 막다가 스트레스로 쓰러져 우리 모두를 울리고 안경을 분실할 정도로 술을 마시게 한 고인이 되신 계장님을 추억합니다.

지금도 성남시 공원묘역 어느 중턱에 영면하신 계장님. 오늘처럼 참 추웠던 1989년 12월 31일 도청장道廳葬을 기억하는 이가 대부분 경기도청을 떠나신 듯합니다. 이제는 작은 글로 1988년, 1989년 경기도청 공보실과 기자실을 기록하고 저 또한 사무실을 떠났습니다.

모든 공무원, 언론인, 도민들께 감사드립니다. 1991년 4월 24일에 적어둔 글을 2020년에서야 첨삭 정리했습니다. 그동안 시간과 세월이 많이 흐르고 주름살이 늘었지만 자신을 돌아보는 능력은 조금 신장되었습니다.

기고#타이밍#공무원#홍승표

홍보의 맥은 타이밍입니다. 이른바 계기홍보가 중요합니다. 언론에서 기관장 취임 100일 기념 인터뷰를 하는 것도 홍보의 계기를 만들어 기사를 쓰면 '누이 좋고 매부도 좋은' 일이 있기에 필요한 전략입니다.

경기도청에서 홍보의 진맥을 잘하는 '공보명인'으로 꼽는 선배가 있습니다. 공직에서 두 번을 전임자와 후임자로 만났습니다. 이 분이 신문에 기고한 내용과 타이밍을 소개하겠습니다.

[아침단상] 경기도청 이전 후를 생각한다

경인일보 2019-11-06 제22면

경기도청은 수원화성이 있는 팔달산자락에 자리 잡고 지대도 높아 전망이 좋은 곳입니다. 잔디광장도 있고 산자락은 사시사철 다양한 색상과 다른 정취가 느껴지고, 고즈넉한 분위기가 감도는 최고의 환경을 갖추고 있지요. 벚꽃이 필 무렵에는 청사를 개방해 수십만의 도민이 찾는 명소이기도 합니다.

30년 넘는 세월을 그곳에 몸담아 일을 했지요. 그런 경기도청이 광교신도시로 이전을 앞두고 있습니다. 도청은 1967년 수원으로 이전해 근대유산으로 지정된 구관만 있다가 신관이 들어서고 지방자치시대가 다시 시작되면서 경기도 의회 건물이 들어서고 잇달아 식당이 있는 제2, 제3별관이 들어섰지요.…(중략)…

도청이 광교 신청사로 이전하면 도 산하기관들이 입주를 한다지요. 이곳은 의미가 깊은 곳입니다. 단순히 사무실 공간으로 쓰이기보다는 공연장과 전시, 숙박 시설로 개조하고 K-POP이나 뮤지컬 등을 상설공연하고 미술작품과 문화유산을 상설 전시하면 사시사철 관광객이 찾아들 것입니다. 중국이나 유럽엘 가면 인상시리즈 공연이나 오케스트라 공연을 언제든지 감상할 수 있어 수많은 관광객들의 사랑을 받고 있습니다.…(중략)…

도청을 이전하면 주변지역이 슬럼화될 우려가 있어 도시재생사업도 추진한다고 하지요. 이곳은 세계문화유산 수원화성이 있는 역사적인 곳입니다. 수원화성 성곽의 고풍스러운 환경과 어우러질 수 있도록 하고 역사문화도시로서의 품위와 가치를 살려 많은 사람들로부터 사랑받는 공간으로 바뀌기를 소망합니다.

(**홍승표** 시인 · 前 경기관광공사 사장)

1988년 공보실 7급 전임자이기도 한 홍승표 시인은 탁월한 정무감각으로 매사 타이밍을 잡아냅니다. 공직은 물론 기업에서도 타이밍이 중요합니다. 기관장 취임 100일, 1년을 맞이하기 20일 전부터 차분히 준비를 해두는 역량이 있습니다.

전임자로서 슬쩍 던져주는 전화멘트 한 마디를 바탕으로 미리 준비해 둔 언론 관련 자료를 올려드려서 공보실 간부들의 칭찬은 제가 받았음을 고백하고 그날의 응원과 이후의 지도편달, 그리고 미래의 성원에 감사인사를 드립니다.

위에 소개한 기고문도 경기도청 신청사가 문을 열기 1년 전쯤에 맥을 짚어서 미리 올려 두는 바둑 고수 이세돌의 한 수나, AI바둑 프로그램 기사의 착점 느낌이 드실 것입니다. 아마도 경기도청 신청사 개청식 전달쯤에 또 다른 경기도의 비전에 대한 소견을 언론사에 기고할 것으로 기대합니다.

  11년 넘게 공보실에 근무했다고 자랑하지만 이런 정무 감각을 갖추지는 못하고 있습니다. 그래서 오늘 현재 공보부서에 근무하시는 공무원들은 그날의 성과를 즐기시고 즐거워하면서 앞날의 전략을 늘 고민해야 한다는 점을 거듭 강조합니다.

기사발굴#안전모#김희겸

김희겸 재난안전실장님(현, 경기도 행정1부지사)께 드린 안전모가 언론에 많이 나왔습니다. 안전을 총괄하는 자리로 영전하신 부지사님께 북부청 간부들이 정성스럽게 비용을 염출(拗出: 필요한 비용 따위를 어렵게 걷거나 모음)하여 만들어 드린 것이기에 '국민의 안전'을 지켜 달라는 소망과 함께 이임을 아쉬워하는 마음도 동시에 담겼다는 의미를 부여할 수 있을 것입니다.

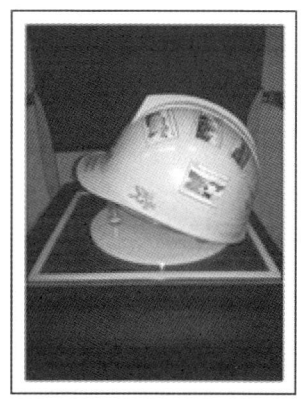

간부들이 만들어 드린 이 안전모에는 당시의 국민안전처 로고와 함께 경기도에서 함께하신 것을 기억해 달라는 의미로 경기도 로고(넥스트경기, 굿모닝 경기, 세계 속의 경기도)가 새겨졌습니다.

경기북부청에서 다양한 분야를 총괄하는 부지사로 일하셨지만 특히, 세월호 사고, 의정부 화재, 고양터미널 화재, 판교 환풍구 붕괴사고 등 언론에 크게 보도된 사건마다 때로는 수개월간 사건이 마무리될 때까지 현장을 지켰습니다.

사건이 없을 때에는 재해안전 현장을 점검하는 발로 뛰는 '현장 부지사'의 역할役割을 수행한 결과를 보도한 기사를 안전모 여백에 담았습니다. 그래서 단단한 플라스틱에 움직이는 생명의 호흡을 불어 넣었다는 자부심을 갖게 되었습니다.

중앙지와 지방지에서 여러 문장을 길게 동원하여 다양하게 설명해 주고 나아가서 김희겸 부지사님의 활동상을 알려주시니 감사한 마음입니다. 국민안전처에서 재난업무를 총괄하는 업무를 수행하신 후 다시 경기도 행정 1부지사로 금의환향錦衣還鄕하셨습니다.

행정에서는 언론 홍보와 관련해 '행정의 뼈다귀'를 3탕 4탕 끓여내어 뽀얀 국물에 밥 말아 먹어야 한다는 말을 합니다. 행사를 마친 결과만 알릴 것이 아니라 행사한다 말하고 행사를 진행하고 있다고 설명하고 행사를 마쳤는데 성과가 있었다고 강조해야 하는 것입니다. 그리고 행사 중이 이런저런 일이 이른바 '가십, 고십, gossip'도 만들어 내야 할 것입니다.

부지사님 이임식장에서도 그간의 언론보도 기사를 판넬로 만들어 알리고 이임식장에서는 동영상을 통해 방송보도를 넣고 재난과 관련한 부분에 특히 방점을 찍은 바 있습니다. 이 새벽에도 국민안전처 사무실이나 원룸에서 재난에 대비하고 있습니다.

많은 분들이, 다수의 공무원들이 언론인을 어려워하고 불편해 하고 보도가 나오면 가슴 아파하면서 때로는 항의도 하고 어필도 합니다만, 기본적으로는 언론인은 우리 편이라고 생각합니다. 우리의 행정업무, 우리의 일, 공무원이 추진하는 정책이 올바르게 가도록 해 주는, 배로 말하면 나침반이고 승용차의 내비게이션이라 할 것입니다.

큰 배가 북극성과 등대를 바라보며 항해하고 자동차 운전자가 지도와 내비게이션을 의지하여 산고개를 넘고 도심의 약속장소를 찾아가듯이 공무원은 늘 국민, 도민, 시민과 언론인을 이정표 삼아 행정을 입안하고 집행하고 평가해야 할 것입니다.

안전의 기본에 안전모가 있고 운전의 안전은 안전벨트와 바른 자세가 수호하며 음주의 안전은 안주가 지켜주듯이(?) 우리 행정의 앞에는 늘 언론의 선도가 있음을 잘 알고 공감해야 할 것입니다.

---

munhwa.com 문화일보

경기도 직원들, 김희겸 재난관리실장 안전모 선물한 이유는

문화일보/오명근기자 omk@munhwa.com

"앞으로도 안전한 대한민국을 만들기 위해 열심히 노력하겠습니다. 안전한 경기도를 만드는 데 힘써 주길 바랍니다."

경기도북부청 소속 실·국장들이 김희겸 국민안전처 재난관리실장에게 안전모를 선물해 화제다.

경기도북부청 이강석 균형발전기획실장 등 4명은 지난 4일 오후 국민안전처 재난관리실을 방문, 김희겸 재난관리실장에게 재난 현장에서 사용하는 '안전모'를 선물해 주변 사람들을 깜짝 놀라게 했다. 경기도북부청 간부들이 지난달 초까지만 해도 경기도 행정2부지사로 모시던 김 실장을 찾아간 이유는 제2부지사 시절 각종 경기도 재난 사고현장을 뛰어다니며 수습해준 데 대해 감사의 뜻을 표하며 국가에 대한 '재난 안전'도 당부하기 위해서였다.

경기도북부청 직원들도 5일 안전모를 김 실장에게 선물한 소식을 듣고 "경기도를 위해 헌신하신 분에게 직원들의 따뜻한 마음을 전달한 것 같다"며 환영하는 분위기였다.

지난 10월 경기도 행정2부지사에서 국민안전처 재난관리실장으로 자리를 옮긴 김 실장은 이날 안전모를 전달받고 "앞으로도 안전한 대한민국을 만드는 데 힘써 달라는 의미로 생각하겠다"며 "도 소속 공직자 여러분도 안전한 경기도를 만드는 데 더욱 노력해 달라"고 말한 것으로 알려졌다.

안전모의 앞부분에는 국민안전처 로고가, 좌우 측면에는 현재 도정에서 쓰이는 'NEXT 경기, 굿모닝 경기' 로고를, 뒷부분에는 경기도의 슬로

건인 '세계 속의 경기도'가 각각 새겨졌다.

또한 여백에는 김 실장이 행정2부지사로 근무하던 시절 세월호 사고, 의정부 화재사고 등 재난 현장에 직접 출동하거나 재난 복구를 지휘했던 내용을 담은 보도기사가 채워졌다. 안전모의 받침대에는 남경필 경기지사, 이재율 행정1부지사, 이기우 사회통합부지사, 실·국장 명의의 기념패가 새겨졌다.

안전모를 기획한 박인복 경기도 행정관리담당관은 "김희겸 부지사가 경기도북부청사에서 근무하던 시절 각종 재난 현장을 지휘하고 정부의 재난 관련 주요 보직인 재난관리실장으로 임명된 것에 힌트를 얻어 도 소속 간부들이 성의를 모아 이와 같은 안전모를 제작하게 됐다"고 취지를 설명했다.

김희겸 재난관리실장은 2013년 7월 15일부터 지난 10월 15일까지 2년 3개월 동안 경기도 행정2부지사로 근무하면서 경기북부지역의 건설 교통은 물론 남북교류, 미군 공여지 개발, 비무장지대(DMZ)사업 추진 등 많은 업적을 남긴 것으로 평가받고 있다.

기사#보도자료#역사기록

경기도 행정역사관에 참 좋은 기억이 저장되어 있습니다. 언론에 보도하기 위해 의도한 것은 아니지만 결과적으로 작은 관심이 큰 결과를 가져왔다는 점에 대해 자랑을 하고자 합니다. 박정희 대통령의 경기도청 현판, 김영삼 대통령의 경기도의회 현판이 나란히 정리 보존 중입니다. 두 기관의 명칭이 새겨진 동판을 보존하는데 일익―翼을 담당하였던 바 이에 대한 자랑을 이야기하고자 합니다.

1965년경에 서울 광화문에 소재한 경기도청 청사를 수원으로 이전 결정을 합니다. 처음에는 인천시로 간다 했습니다. 도청이 이전하려면 문방구, 설계사무소, 건설사, 식당 등 어느 정도 인프라가 필요했을 것입니다. 수원으로 경기도청이 이사를 온 1967년에 수원시내 택시가 10대 내외였다고 합니다.

그러니 정부의 관리들은 경기도 땅 서쪽 방면으로 치우쳐 있는 인천시로 경기도청을 이전해야 한다는 현실적 판단을 하였던 것으로 보입니다.

하지만 수원으로 경기도청이 와야 한다는 여론이 높아지면서 당시 이병희 국회의원이 삭발투쟁을 벌이는 등 많은 인사들의 노력으로 수원 이전이 결정되었고, 1967년에 지금의 팔달산 중턱에 경기도청 본관을 짓고 이사를 했습니다. 당시에 인천시로 경기도청을 이전했다면 또 다시 경기도 내로 청사를 이전하는 재정적, 행정적 부담과 비효율이 발생하였을 것입니다.

도청 건물이 수원으로 이사 올 당시 사무관급은 고등동에, 주사 이하는 세류동 전투비행장 인근에 집을 짓고 이사를 했다고 합니다. 그리하여 사무관 고참들이 많이 살았던 고등동에는 '시장/군수 골목'이 있었습니다.

이 골목 양옥집에 사는 분들이 순서대로 군수가 되었는데, 사모님들은 저녁에 골목에 나와 줄지어 앉아서 "우리 애기 아빠가 이번에 군수郡守 되는 과장이 되었다"고 자랑을 했답니다. 당시의 지방과장, 서무과장을 말하는 것 같습니다.

경기도청이 이사 오면서 박정희 대통령의 글씨를 받아 '경기도청' 간판을 내걸었습니다. 1992년경에 경기도의회를 준공하면서 김영삼 대통령의 글씨로 '경기도의회' 휘호를 받았습니다. 이후 경기도청이 지방자치를 이어가던 중에 김문수 도지사님 인수위에서 경기도청 울타리 철조망을 걷어내자 했습니다.

김문수 지사님 취임 후에는 정문도 철거하라 했습니다. 시멘트 기둥에 대리석을 붙인 2m 높이의 정문을 철거하게 되었습니다. 토요일임에도 일부러 사무실에 나와서 작업반장님께 동판을 안전하게 회수해 달라고 요청

2018. 8. 2. 경기일보

경기도청·도의회 측백나무 현판

천자춘추

이강석
경기테크노파크 원장

경기도청이 1967년 6월23일 서울 정부청사 건너편에서 현재의 이곳 수원 팔달산 중턱에 이사하여 자리한지 51년이 되었다. 1965년 당시에는 수원시도 작은 편이어서 도청사가 인천시로 가야 한다는 주장이 있었다고 한다. 인천시로 갔다면 1981년 광역시 승격으로 행정구역이 분할되면서 또 다시 경기도청은 타 지역 신세를 질 뻔 했다. 경기도청 '현판'은 박정희 대통령의 글씨다.

경기도의회 건물은 경기도청 서울청사 시절도 서울 종로구 세종로 76번지에 있었다. 지방의회가 다시 구성되면서 1991년 7월8일 수원시 권선구 인계동 1117번지 문화의전당 내에서 문을 열었다. 의회청사는 1993년 2월11일에 입주했다. 경기도의회 현판은 김영삼 대통령의 친필이다. '경기도의회' 원본은 도의회 사료관에 보존 관리되고 있다.

김문수 도지사님이 취임하면서 도청 울타리 철조망을 걷어내고 정문의 철문도 철거하자 했다. 2009년 2월 어느 날 도청과 의회 정문과 후문의 철거현장에 나가서 경기도청과 경기도의회 현판을 회수했다. 자칫 철골 고물로 사라질 위기에서 구해내어 경기도의회와 경기도청 관련부서에 전달했다.

철거 이전에 문화재부서에 의견을 전했다. 정문의 2개 문패가 달린 대리석 구조물을 통째로 뽑아서 청내 녹지공간에 보존하자 했다. 그리고 광교청사 건립시에 도청과 의회 입구나 현관에 부조처럼 설치하자 했다. 중앙청의 맨 위 구조물이 독립기념관 반 지하 땅속에 이전된 것을 아는 이가 더러 있을 것이다. 여기에서 힌트를 얻었다.

하지만 당시 부서의 담당자 의견은 아직 42년(1968~2009) 밖에(?) 안된 구조물이어서 보존의 가치가 없다고 했다. 태어나서 곧바로 회갑을 맞는 이는 없다. 안타까웠다. 그래서 동판이라도 온전히 회수하자고 불쑥 나섰던 것이다.

10년이 지난 2018년 7월 어느 날 도청과 의회의 현판이 아직도 도청과 의회의 담당부서에 보관중일 것이고 하루 빨리 경기도와 도의회 청사 신축을 진행하는 부서에 이관했으면 하는 바람을 말했다. 경기일보 H기자는 즉시 취재를 하여 3시간 만에 답장 사진을 보내주었다. 경기도인재개발원 박물관에 보존되어 전시 중이었다. 가슴 뭉클하게 반가웠다.

경기도청이 수원으로 이사온 지 51년만에 서울청사를 외롭게 지켜온 측백나무를 서울시로부터 무상양여 받아 수원 광교역사박물관에 가이식 했다. 2020년 광교청사가 준공될 즈음 좋은 자리를 잡아 이식할 예정이란다. 경기도인재개발원에 보관된 '경기도청', '경기도의회' 동판도 훗날 광교청사 1층 도민들이 많이 오시는 곳에 멋지게 모셔주기를 바란다.

했습니다.

  이전에 정문 철거 이전 소식을 듣고 도청 문화재과, 회계과, 도의회 총무담당관실에 의견을 냈습니다. 철거는 하되 통째로 화단에 이동했다가 광교 청사를 지을 때 현관에 석굴암처럼 부조로 설치해서 경기도청의 맥을 이어가자 했습니다. 하지만 누구도 관심 갖지 않았습니다.

  문화재과 직원은 정말 공무원적으로 답했습니다. 아직 50년이 경과하지 않아서 보존대상이 아니라고 했습니다. 1967년~2008년이면 41년이고 2017년에 50년이 되는 것인데도 그렇게 답을 합니다. 그 누구도 태어나면서 회갑을 맞이하는 것은 아닌데 말입니다.

  결국 어렵게 동판을 회수하고 경기도청 동판은 총무과에, 경기도의회 동판은 총무담당관실에 보냈습니다. 2008년의 일입니다. 10년의 세월이 흐른 2018년 어느 날에 경기일보 기자들과 점심을 먹는 중에 이 이야기를 꺼냈습니다.

  젊은 기자가 동판에 대한 이야기를 듣자 곧바로 취재를 시작하였고 저녁식사 전에 답이 왔습니다. 지금 동판은 경기도행정역사관에 보존되어 있다는 것입니다.

  그러니까 2014년경에 경기도청 자치행정국에서 행정박물관 건립을 추진하였고, 동판을 보관하던 공무원이 이를 전달했나 봅니다. 결국 경기도청, 경기도의회 동판을 받아 잘 보존하고 있다는 소식을 들었고 그간의 이야기를 정리하여 신문기사로 내게 된 것입니다.

기사창작#홍보전략#덕혜옹주

2016년 8월 3일에 영화 덕혜옹주가 개봉하였습니다. 남양주시청에 근무하면서 숙소에서 사무실까지 아침에는 3.5km 우회하며 걸어가고 퇴근길은 2.5km 지름길로 다녔습니다. 어두운 밤에 묘역주변 산길을 걷기에 자신이 없었습니다. 1년 동안 봄 여름 가을 겨울까지 걷고 또 걸어서 꼭 366일 근무기간 동안 280번 가까이 걷고 또 걸었습니다. 그 출근길에서 매번 만나는 분이 덕혜옹주였습니다.

1912년에 고종황제의 고명딸 옹주로 태어나시어 1989년에 돌아가셨습니다. 해방 후 한참 지나서 1962년에야 환국하여 창덕궁 낙선재에 사셨습니다. 어린 나이에 유학이라는 명분으로 일본에 끌려갔습니다. 결혼과 이혼, 딸을 잃는 아픔을 겪었습니다.

그리고 이곳 남양주 묘역에 영면하셨습니다. 덕혜옹주의 일생이 영화로 제작되었습니다. 영화 '덕혜옹주'가 개봉된다는 사실을 알고 곧바로 움직였습니다.

간부 공무원들과 버스를 타고 영화관 인근에 가서 저녁으로 갈비탕을 먹고 영화를 관람했습니다. 다음날 오전 12시까지 소감문을 제출해 달라고 간부들에게 요청하여 그 내용을 정리한 후 감상문을 만들어 영화사에 보냈습니다. 그리고 시간이 나시면 남양주시청과 덕혜옹주 묘역을 방문해 달라고 요청했습니다.

감독, 제작자, 스텝 등 8명이 시장님을 만나 영화홍보에 힘써준 데 대해 감사인사를 했습니다. 함께 덕혜옹주 묘역에 묵념을 올렸습니다. 왕릉관리사무소에서는 의친왕－덕혜옹주－영친왕릉으로 이어지는 산길에 조선 역대 왕의 왕릉 사진을 간략한 소개문과 함께 게시해 주었습니다. 덕분에 세계유네스코에 등재된 조선왕릉 사진을 한눈에 볼 수 있었고 관광객도 많이 다녀갔습니다.

1년 후에 문화재관리청에서는 비공개지역이었던 덕혜옹주 묘역 공개를 결정했습니다. 문화재 업무 분야에서 쉽지 않은 일이라 했습니다. 그리하여 일반인들이 묘역을 방문할 수 있게 된 것입니다. 영화 덕혜옹주를 제작한 감독, 제작자, 투자자들도 대단한 분들입니다. 이 영화 개봉을 기회로 남양주에 덕혜옹주의 묘역이 있음을 널리 알리게 되었습니다.

더구나 고종황제와 명성황후의 홍릉이 이곳에 있음을 알릴 수 있게 되었습니다. 그동안 명성황후의 생가가 경기도 여주에 있다는 사실은 알지만 고종황제와 명성황후의 홍릉이 남양주에 있다는 사실은 널리 알리지 못했던 것입니다.

홍릉(고종황제 명성황후)

　덕혜옹주의 묘역을 일반에 공개하는 쾌거를 맞은 이후 새로운 욕심이 생겼습니다. 정부의 시책으로 홍보관을 만들자는 구상입니다. 유네스코에 등재된 조선왕릉 미니어처를 만들어서 초중고생들의 역사 교육의 장이 되도록 하자는 생각입니다.
　남양주에 왕릉을 소개하는 역사의 현장을 마련하고 다산 정약용 선생의 유적지와 함께 조선을 이해하는 참 좋은 교육현장으로 발전시켜 나가기를 바라고 있습니다. 언론을 통한 홍보는 늘 새로움을 창출하고 더 큰 정책을 유도할 수 있습니다.

기자#3년차#필독#주법

신입 언론인, 초임 공무원이 현업에서 가장 어려워하는 일이 회식입니다. '인구人口에 회자膾炙된다' 는 말은 "사람 입 속에 들어간 회와 구운 고기"라는 뜻으로, 칭찬을 받거나 비판을 받게 되는 경우 음식처럼 사람의 입에 자주 오르내림을 이르는 말이라고 합니다. 날 음식과 익힌 음식을 먹는 입에 좋은 칭찬, 나쁜 비판이 오르내린다는 뜻이라고 합니다. 언론인이나 공무원은 물론 회사원들도 주변의 평가가 중요하고 그 직장에서의 미래를 좌우한다는 말입니다.

이 사람 저 분들의 입에서 입으로 전해지는 이야기를 두고 '인구에 회자 되고 있다' 고 합니다. 회식會食은 모여서 식사를 한다는 뜻입니다. '명사'로 여러 사람이 모여 함께 음식을 먹음 또는 그런 모임이라고 해석합니다.

이 부분을 길게 반복해서 말하는 이유는 직장생활에서 일하는 것 이상으로 회식이 중요하고 동료와 선후배의 입에 오르내리는 것이 필요하다는 것을 강조하고자 함에 있습니다. 다시 말해 함께 식사를 하고 술을 마시면서 서로를 이해하고 상대방의 사회적 활동성에 대한 평가를 하게 됩니다.

그런 이야기가 입에서 입으로 전해집니다. 건강을 위해서는 익은 음식도 먹고 날 음식과 야채 등 다양한 것들을 고르게 섭취하는 것이 중요합니다. 그런 입은 세상사의 이야기를 전합니다. 구설에 오른다는 말도 있습니다. 입과 혀를 '구설口舌' 이라 하는데 남의 흠을 말하는 것을 의미합니다.

입에서 혀로 남을 비판합니다. 칭찬하는 '구설' 이 되어야 합니다.

구설수에 오르는 것은 안타까운 일이지만 자신에 대한 칭찬도 글보다는 구설에 의해 전해집니다. 그래서 오늘 식사에 대한 이야기를 하였고, 거기에 더불어 주법을 강조하고자 합니다. 저녁식사에는 술이 따라옵니다. 따라줍니다. 점심에 반주를 합니다만 눈치가 보입니다. 눈치 밥이 맛있는가는 모르겠습니다만 눈치 술은 캬~~~입니다. 예비군 훈련 중에 마신 술이 가장 기억에 남습니다. 발각되면 1.5배 재훈련을 받아야 했던 그 시절에도 우리의 선배 예비군들은 철조망을 뚫고 나가 구해 온 소주를 나누어 마셨습니다. 안주 없이 마신 그 아찔한 술맛이 기억납니다.

몇 번 예비군 술을 마신 바 있습니다. 평생의 가장 멋지고 훌륭하며 아내가 가장 칭찬하는 부부 모임도 예비군 훈련장에서 시작되었습니다.

결국 술 이야기를 마쳐야 하겠습니다만 다음에 보실 폭탄주 조례는 술을 덜 마시고 건강을 챙기자는 취지의 글 모음이고 그 동안 수많은 선임 주당들의 검증을 받은 바이니 믿고 신뢰해서도 손해가 없을 줄 자부합니다.

제가 글을 쓰면서 자신의 글에 이처럼 자부심과 함께 품질보증을 한 것은 이 '주법조례' 가 처음이자 마지막이라 단언합니다.

언론인&공무원 주법조례

(이강석 제정)

제1조(목적) 이 조례는 폭탄주의 제조법과 주류의 음용방법에 대한 구체적인 절차

와 방법을 정하여 폭음을 예방하고 가급적 음주량을 줄여 나가도록 함으로써 공무원과 언론인, 그리고 대한민국 국민건강을 보호하고 사회전반에 건전하고 품격 있는 음주문화를 전파하는 데 목적이 있다.

제2조(용어의 정의) ① 이 조례에서 쓰이는 용어의 정의는 다음과 같다.

1. 주酒 : 시중에서 판매되는 임의의 술로서 알콜 농도가 5에서 50도까지인 것을 말한다.
2. 폭탄주爆彈酒 : 위 1호의 술을 2가지 이상을 컵이나 식당의 각종 그릇에 함께 부어넣은 것을 말한다. 군인화, 구두, 재떨이 등은 그릇으로 보지 않는다.
3. 제조주製造主 : 폭탄주를 만드는 자를 말하며 반드시 함께 식사하는 일행 중 1명이며, 좌우 참석자는 폭탄주 제조시 조력助力의 의무를 진다.
4. 폭탄사爆彈辭 : 제조주의 권유에 의하여 폭탄주를 받은 참석자가 마시기 전에 남기는 말이다. 일명 '유언遺言' 이라고도 한다.
5. 흑기사黑騎士 : 본인이 폭탄주를 마실 수 없는 경우 도움을 청하여 대신 마셔 주는 참석자를 말한다.

② 이외에도 다양한 용어가 있을 것이며 추후 조례 시행규칙에서 보강 설명하고자 한다.

제3조(제조주) ① 폭탄주의 제조권자(이하 '제조주' 라 한다)는 좌중의 선임자, 연장자, 식사 초청자가 우선이나 경우와 상황에 따라서는 누구나 자발적 제조주가 될 수 있다.

② 제조주가 되려는 자는 좌중에 자신이 제조주가 되겠다는 의견을 말하고 참석자 ⅔ 이상의 묵시적 동의를 얻어야 한다.

제4조(폭탄주의 제조 및 배분) ① 제조주는 첫 번째 폭탄주 제조시에 술의 종류와 배합의 비율을 좌중에 공지하여야 한다. 다만 몇 순배 이후에는 그러하지 않을 수 있다.

② 제조주는 정성을 다하여 폭탄주를 제조하고 첫 번째로 제조된 폭탄주는 본인 혼자 공개적으로 마심으로써 위험성이 적다는 점을 좌중에 공지하여야 한다.

③ 제2항의 폭탄주를 마시고 1분分이 지난 후에 좌중 다른 참석자에게 폭탄주를 권할 수 있다. 제조주가 그 술을 마시고 쓰러지거나 사망하면 식사와 폭탄주 행사는 중단한다.

④ 폭탄주는 1잔씩 전달을 원칙으로 하나 인원이 8명 이상이거나 2명 또는 3명씩 의미를 부여하여 권할 수 있을 경우에는 다인식도 가능하다. 의미부여의 방법으로는 함께 마시고 싶은 사람을 선택하는 호감형, 평소의 감정을 풀기 위한 회포형 등을 제시할 수 있다.

⑤ 제조주는 상대방에게 폭탄주를 먹여주는 '천국주' 제도의 발전에 노력하여야 한다. 아울러 단합주, 회오리주 등 좌중을 즐겁게 하면서 동시에 술을 조금 마시도록 시간을 끄는 전략戰略 개발에 노력하여야 한다.

제5조(폭탄주 음용방법) ① 폭탄주를 받으면 우선 제조주에게 감사의 목례目禮를 하고 폭탄사를 하여야 한다. 폭탄사의 내용은 살아오는 동안 고마웠던 가족, 부모, 직장동료, 회사의 상사 등에게 남기고 싶은 말이어야 한다. 폭탄주를 마신 후 사망하는 경우 동석자들은 그 폭탄사를 유언으로 간주하고 가족에게 서면으로 전달하여야 한다.

② 2인이 폭탄주를 받은 경우에는 각각 폭탄사를 하며 연장자, 상급자가 먼저 하는 것이 좋다.

③ 폭탄주 잔은 식탁에 내려놓을 수 없으며 일단 폭탄사를 마치고 마시기 시작하면 중지할 수 없다. 폭탄주 마시기를 다하지 못하면 같은 폭탄주 1개를 더 받을 수도 있다.

④ 폭탄주를 다 음용한 자는 자신의 의무를 다했음을 확인하기 위해 머리 위 15cm 상공에서 잔을 뒤집고 3초 동안 머물러 한 방울의 술도 떨어지지 않음을 좌중에게 확인시켜 줄 의무가 있다. [2016. 1. 27 박 국장님 제안으로 신설]

⑤ 2인이 마시고 난 잔은 그 중 1인이 모아 제조주에게 즉시 전달한다.

제6조(흑기사) ① 폭탄주 과음으로 인한 사고를 예방하기 위하여 '흑기사' 제도를 둘 수 있다.

② 폭탄주를 받은 자는 흑기사를 쓸 수 있다. 다만, 여성은 첫 번째 폭탄주부터 가능하고 남성은 2번째부터 인정된다.

③ 흑기사를 쓰는 경우 흑기사에 대한 예우 또는 사례謝禮에 대한 구체적인 내용을 그 자리에서 좌중에 밝혀야 한다.

제7조(기타 음주예법) ① 술잔은 오른손으로 권한다.

② 술병은 오른손으로 술병의 큰 상표를 잡고 왼손은 가볍게 함께한다. 왼손의

위치는 아랫사람일 경우 병 아래, 동료일 경우 병 옆에, 상사이거나 연장자일 경우에는 병 위에 위치하는 것을 권고한다.
③ 잔을 권하기 전에 먼저 상대방과 눈으로 인사하고 눈인사를 받으면 천천히 잔을 권한다. 이때 술병은 자신의 주변에 미리 준비하여야 한다. 잔을 전하고 술병을 찾는 것은 아주 큰 결례이다.
④ 술을 권한 후 받은 이가 한 모금 마실 때까지 그윽한 눈빛으로 상대방을 바라보아야 한다.
⑤ 술잔은 감사한 마음으로 정성을 다하여 두 손으로 받고 잔을 술병목 부분에 접촉하지 않고 5㎜정도 간격을 두고 따라 올리고 받아야 한다.

제8조(음주습관과 해장방법의 권고) ① 첫잔은 원샷하지 않는다. 첫 잔은 3번 나누어 마신다. 자신의 몸에게 술을 마신다는 사실을 미리 알려줌으로써 알콜을 해독하는 효과를 얻을 수 있다.
② 회식 중간 중간에 물을 자주 마신다. 반찬 중 국물이 있는 것을 먹으며 야채 중심의 안주를 많이 먹는다.
③ 술을 마신 다음날 아침에는 가급적 식사를 하여야 한다. 북어국, 콩나물국을 먹고 인삼 등으로 몸을 다스려야 한다. 보이차를 약하게 마시는 것도 해독의 한 방법이 된다. 아내와 남편이 다음날 아침에 해장국을 준비하고 안 하고는 남편과 부인이 할 탓이다.

부 칙

제1조(시행일) 이 조례는 공포한 날로부터 시행한다. 다만, 이 조례 시행 이전부터 진행되거나 향후에 진행될 모든 폭탄주 제조과정은 각각의 기관 단체에서 이미 형성된 의미와 권한을 존중한다.
제2조(경과규정) 다른 기관, 다른 사람들이 폭탄주를 만들어 무슨 방법으로 마시는 것에 대하여 관여하지 아니한다. 공무원과 언론인들이 이 조례를 적극 활용해 줄 것을 권장하고자 한다. 그래야 술 덜 먹고 건강에도, 사무실 분위기도 밝아진다.

기자#경향신문#동아일보

중앙사 K기자는 100자 원고지에 살살 내려쓴 후 팩스 보내고 데스크에 전화하면 끝입니다. 그날 송고해야 할 기사를 난로가에서, 소파에서 머리 속으로만 구상한 후 이제다 싶으면 자리에 앉아 플러스 펜으로 초서처럼 내려쓴 후 다시 읽어보지도 않고 팩스에 밀어 넣습니다. 잠시 후 본사 지방부에 전화를 해서 도착여부만 확인하면 끝입니다. 생각 2시간 기사작성 3분, 송고 2분이면 기사는 마무리됩니다.

다른 중앙사 L기자는 원고지 200자에 오전시간을 다 쓰십니다. 아침 10시에 보도자료를 배포하면 앞으로 자신에게는 8시반에 미리 달라는 주문을 하면서 기사작성에 들어갑니다. 우선 제공된 보도자료에 검정색으로 수정 가필한 후 읽어봅니다. 다시 100자 원고지에 옮겨 적고 붉은색으로 가필한 후 청색으로 고치고 검정색으로 추가합니다. 원고지 위에 교통지도, 도로망도가 그려진 듯 복잡하고 글씨도 둥글둥글합니다.

그래서 늘 바쁘신 L기자님은 점심시간 맞추기도 어렵습니다. 당시에는 잘 나가는 석간신문이었으므로 오후 1시경 지방판이 마감됩니다. 점심을 제때에 맞추지 못하고 늘 허덕허덕입니다. 수차례 수정과 가필을 거듭한 끝에 또 다시 정서한 원고에 수정을 한 후 팩스기로 뛰어가십니다.

송고하러 가면 늘 팩스기는 만원입니다. 소리소리 고래고래가 따로 없습니다. 전쟁이라도 터진 듯한 분위기입니다. 왜 바쁜 판에 팩스를 쓰느냐! 고함을 치십니다. 기존에 보내던 자료를 빼내고 자신의 원고를 서울 본사로 보냅니다. 왜 이리도 팩스기는 느린 것인가요. 나오는 원고를 잡아 뽑습니다. 그리고 본사에 전화를 합니다. 본사 담당자와 통화 중인데 마지막 페이지는 아직도 송고 중입니다. 데스크에서 그래도 잘 받아주나 봅니다. 평소 소주 한 잔은 하시는 사이일 것입니다. 보내놓고 또 전화를 통해 기사를 수정하고 고치십니다. 오후 석간 지방판에 2단기사가 나옵니다. 제목은 2단이지만 기사내용은 4단 분량이니 지면의 이 골목 저 골목을 누비고 다니며 기사를 읽어야 합니다. 고인이 된 L기자는 선배님으로 부르고 싶습니다. 아니 그냥 '선배' 라고 불러야 극존칭이라 했으니 '선배' 라 부르고자 합니다. 고인이 된 그 선배가 그립습니다.

기관 간부들과 언론인들이 만찬을 하던 중 언쟁이 벌어지자 선배는 후배 기자들을 질책하며 '너희들을 야단치느니 내가 벽을 차버리겠다' 고 액션을 하다 발가락이 골절됐습니다. 당시 50대 초반이었습니다. 뼈가 아무는 데 달 반 이상 걸렸습니다. 사무실 차로 출퇴근시켜 드린 기억이 납니다. 2년 전엔가 상가에서 만난 B기자가 당시 현장에 함께하였고 사건을 생생히 기억한다며 반가워 했습니다. 언론인들의 기사작성 방식은 언론사 수 이상으로 다양합니다. 기사작성에 전심전력하여 점심을 거르는 경우를 많이 보았습니다. 간단하게 다른 기자의 기사를 참고하여 숟가락 올리고 가는 방법도 있습니다. 하지만 이 두 분은 달랐습니다. 그래서 고인이 된 두 분 선배가 그립습니다. 기사작성에 5분이면 족한 K선배가 그립고 2단 기사에 5시간이 필요한 L선배가 보고 싶습니다.

기자#선후배#기준

기자들의 선후배는 나이보다 학교보다 언론에 입문한 연식을 기준으로 합니다. 입직이라고 합니다. 언론인 간 선배는 참으로 중요 의계位階로서 군대의 계급 이상으로 그 위력이 강합니다. 언론인은 편집국장조차 "선배先輩"라고 부릅니다. 만약에 국장이나 부국장에게 '선배!' 하지 않고 국장님이라 부른다면 별로 존경하지 않는다고 보면 맞습니다.

특히 술을 마시면서 취기가 오르면 자신들의 내부 선배는 물론 동석한 공무원이나 다른 기관 부서장에게도 "선배, 선배!!!" 하면서 이런저런 고충을 이야기합니다. 사실 기자만큼 고충이 큰 직업도 별로 없을 것입니다. 밖에서 보면 기자는 기사 쓰면 쓰고 말면 마는 것 같지만 실상은 다릅니다. 치열한 경쟁 속에서 하루하루를 보내며 저녁으로 아침으로 스트레스를 받습니다.

사건이 없다고 신문 3면이 백지로 나가는 것 아니고 큰 사건이 많아도 지면이 늘지는 않습니다. 지면이 잠시 늘어나는 경우라면 대부분 창간 기념일일 것입니다. 신문사 편집국은 기사의 우선순위를 정해서 면별로 기사를 채우고 기사가 부족하면 사진을 늘리고 기사 넘치면 사진을 조금 줄일 수는 있을 것입니다. 아니면 기사 몇 개를 버리면 되는 일입니다.

그러니 우리가 평소에 제공하는 홍보 자료가 크게 잘 나고 못 나가는 것은 그날의 운수입니다. 사건사고가 적고 정치권 기사가 약하면 행정기관의 자료가 크게 나가는 것이고 반대이면 우리 기사가 작아지는 것입니다. 그리고 2단 지적指摘기사 정도로 약하게 보도될 것이 4단으로 커지거나 때로는 면 톱이 되기도 합니다.

따라서 행정 홍보성 기사 보도자료는 일요일 오후에 제공하는 것도 전략 중 하나입니다. 일요일 오후에 신문을 만들어 월요일 아침에 가정에 배달해야 하는데 사실 일요일에는 사건사고 이외에는 기사 될 자료가 없겠지요. 그런 날 출입처에서 좋은 기사 하나 들어오면 우리의 출입 기자님은 곧바로 기사를 키우고 늘려서 일요일 오후 편집을 마감하고 퇴근하려 할 것입니다.

가장 바보스러운 일은 금요일에 행사를 잡는 것이고 월, 화, 수라도 오후 5시, 6시에 보도자료 내는 것입니다. 낮 2시에 행사를 잘 마치고도 정작 보도자료를 사무실에 돌아와 낸다면 참으로 잘 못하는 행정인 것입니다.

우리가 하나의 행사를 한다면 미리 이런저런 계획이 있다고 자료 내고 행사했다고 사진과 함께 자료를 언론사에 보내고 며칠 후 그 일들이 잘 되고 주변의 반응이 좋다고 또 한 번 홍보하는 것이 필요합니다. 다다익선多多益善 오늘 흐르는 강물은 어제의 그 물이 아니듯이 오늘 신문을 보는 독자, 인터넷을 돌아다니는 네티즌은 늘 그분들만은 아니니 말입니다.

1980년대 대부분의 회사나 공직에서는 후배가 선배나 고참에게 밥을 산다고 하던데 언론은 늘 선배가 후배를 챙깁니다. 후배에게 무한 리필 맥주 소주 안주를 사는 대신에 선배는 선배로서의 무한의 권력을 행사합니다. 모두가 그러하지 않겠지만 몇 번 마주한 언론인 내부의 선후배 모습은 그

기자#선후배#기준

러했습니다.

　이제 이 시대 언론인의 선후배 격식은 작은 변화를 겪고 있겠지요. 하지만 지금도 기억이 나는 선후배 이야기가 있습니다. 동창이거나 동갑이라면 여기자가 선배일 것입니다. 군대를 다녀왔다면 2년에서 3년 남기자가 후배인 것입니다.

　정말로 틀림없이 선배 여기자에게 '선배선배' 하면서 모시고 동갑의 여기자는 그런 선배대우가 당연한 듯 받아들이고 때로는 강하게 '해병조교' 같은 카리스마를 보인다는 사실입니다.

　그래서 언론인 내부에는 보이지 않는 위계가 있고 이를 지키지 못하면 언론인 조직 안에서 대우 받지 못한다는 사실을 잘 알고 있습니다. 하지만 이런 위계질서가 때로는 창의력을 말살하거나 조직 내 소통을 방해하는 것은 아닐까 작은 걱정이 되기도 합니다.

기자#식사#취재원

잘 해 보자고 언론인과 저녁식사를 할 수 있는 타이밍은 두 가지 시나리오가 있습니다. 6시에 만나서 맛있는 음식을 술 없이 먹고 7시에 헤어지는 경우와 8시 반에 모여서 11시까지 저녁식사에 술 한 잔 하면서 여유롭게 대화를 나누는 상황이 가능합니다. 본사에서 출입처에 오가는 기자의 경우를 말하는 것입니다.

6시에 만나는 이유는 오후 편집회의를 마치고 잠시 맞이하는 새참시간이기 때문입니다. 본사 기자들은 오후 3시까지 출입처에서 취재활동을 하고 돌아와 4~5시에 기사작성과 편집을 진행합니다. 그리고 6시경에 브레이크타임을 갖습니다. 간단히 식사를 하는 것입니다. 그리고 8시 반까지 자리에 앉아서 컴퓨터 화면과 씨름하고 취재원과 통화를 합니다.

새로운 취재보다는 취재원 측에서 해명과 설명을 하므로 이를 들어 주어야 하는 의무의 시간입니다. 취재의 기본은 양측의 입장을 들어보고 그 내용을 기사에 실어주는 것입니다. 일방의 기사만 쓰면 온당한 기사로 대접받지 못할 것입니다. 그래서 기사 말미에 당사자와 수차례 통화를 시도했으나 통화를 하지 못해 설명이나 반론을 싣지 않는다고 설명하기도 합니다.

8시 반에 기자들을 만나는 경우는 좀 여유롭게 술 한 잔 하면서 이런저런 이야기를 나누고 장차에 추진할 업무에 대한 사전 설명회의 기회를 갖습니다. 좋은 기사는 키우고 불편한 기사는 줄이거나 인터넷에서조차 내리는 것을 원합니다. 그러다가 기사의 강도를 낮추는 작업을 합니다. 나중에는 표현을 부드럽게 하기 위해 단어 한 개와 싸웁니다.

기자는 행간의 의미를 캐취해 달라고 말하고 취재원은 공익의 기준과 잣대를 설파합니다. 그리고 시간이 지나고 한 잔 두 잔 늘어가면 결국 인간적인 관계로 갑니다. 다음 날 아침에는 전혀 어제의 대화를 기억하지 못합니다. 하지만 친밀해진 것은 확실합니다.

언론과 행정은 친밀해야 합니다. 행정은 보다 많이 홍보해야 하는 입장이고 언론은 가급적 비판적 기사에 비중을 두게 마련입니다. 친밀한 관계 속에서 좋은 기사는 늘리고 나쁜 기사는 줄여가는 것이 공보부서의 행복스러운 일입니다. 평소 언론인과의 친분은 나이 들어 요긴하게 쓰는 건강보험과 같은 것이니까요.

기자단#기자실#간사

기자실은 행정기관과 언론인간의 밀고 당기는 공간 확보의 현장입니다. 기자실 확보는 출입 언론인의 자존심이고 기관의 입장에서는 민의를 대변하고 소통하는 현장이라 생각하는 것 같습니다.

일부 지자체에서는 공사를 하겠다며 잠시 기자실을 폐쇄한 후 장기간 신장개업하지 않은 사례가 있습니다만 대부분의 기관에서는 늘 아주 넓은 기자를 위한 공간을 확보하려 노력합니다. 기자실 옆에는 늘 브리핑룸이 있어서 각종 중요 현안에 대해 언론에 설명하고 때로는 시민단체 등이 찾아와서 기자회견을 합니다.

경기도의회 기자실 브리핑룸에서는 지방선거 때마다 출마 기자회견이 줄을 이어가고 국회의원 출마선언의 장으로 활용합니다. 환경단체, 경제단체, 복지단체 등의 주장을 펼치는 장소로 도의회 브리핑룸은 언제나 열려 있습니다.

기자단은 기자실에 출입하는 언론인들의 모임입니다. 기자단에는 간사라는 총무 겸 회장의 역할을 하는 중견 언론인이 있으며 2년씩 돌아가며 담당하기도 하고 어느 기자단 간사는 10년 넘게 이어가기도 합니다.

안정된 기자단의 간사는 장기근속을 하게 되고 심히 유동적인 기자단의 간사는 수시로 바뀌고 합종연횡을 이어갑니다. 안정적인 기자단의 간사는 1년에 2번 정도 정기회의를 하는 반면 불안전하거나 불완전한 기자단의 회의는 수시로 소집됩니다.

1970년대 기자단 간사에게는 약간의 대우와 특전이 있었다고 들었습니다. 하지만 요즘 기자단 간사는 대표성도 약해 보이고 특전보다는 오히려 비난을 받고 그것을 해명하느라 상호 밀당이 이어지는 듯합니다. 잘 되면 그냥 가다가도 무엇인가 맞지 않으면 간사가 잘못이라는 비판을 듣는 것 같습니다.

그래서 '간사도 못해먹겠다'는 말이 나올 정도입니다. 그래도 행정기관의 입장에서는 간사가 있어야 편리합니다. 전체의 의견을 묻는 일이라든지 중요 취재에 동행할 1~2명의 언론인을 간사가 정해 주기 때문입니다.

기자단의 회원으로 가입하기 위해서는 부단한 노력이 필요합니다. 기존의 회원사 출입기자가 본사 발령으로 변경되는 경우에는 그대로 대를 이어갈 수 있지만 새로운 언론사가 들어오려면 1년 정도 공을 들여야 합니다. 마치 대기표를 받고 발령을 기다리는 듯이 수시로 접촉하면서 기자단 가입을 위해 노력하면 6개월이나 1년쯤 지난 어느 날 간사가 회의를 소집하고 예비 회원사 가입에 대한 투표를 합니다.

교황 선출방식으로 전원 찬성을 받아야 합니다. 개헌발의선인 2/3의 경우도 있습니다만 일단은 신라시대 화백和白제도처럼 전원 찬성을 필요로 합니다.

기자실#2004#리모델링#경기도청

2004년 당시의 도청 기자실은 참 복잡한 미로였습니다. 중앙지 방, 지방지 방, 지방2진 방이 있었습니다. 그리고 각각의 방은 일단 문을 열면 작은 방이 있고 다시 문을 열면 본방이 나오는 구조였습니다.

언론인은 지금 그 자리를 고수하고 있는 중앙지와 지방사 1진방, 2진방에서 50여 명이 취재를 하고 있었는데 도지사는 물론 부지사, 국장, 과장 등이 현안사항을 설명하려면 3번 동일한 설명을 반복해야 했습니다. 즉 지방1진 방, 지방2진 방, 중앙지 방을 각각 돌면서 설명을 이어갔습니다.

어떤 경우는 기자회견 급인데도 3번 반복하기도 했고 여하튼 대화중에 나온 질문의 포인트가 다를 수 있으니 다음날 보도를 보면 서로 핵심과 주제가 약간 혼선을 가져오기도 했습니다. 이리하여 브리핑룸의 필요성이 대두되었고 많은 언론인들이 일괄 발표하는 별도의 방이 필요하다는 데 동의하게 되었습니다.

하지만, 기자실은 그냥 넓게 쓰면서 브리핑룸이 설치되는 것은 누구나 찬성할 일이겠지만 현재의 공간에 브리핑룸을 만들고 기자실을 유지하는 것은 어려운 일이었습니다. 물론 앞에서 말한 대로 창고형태로 버려진 면적을 조상 땅 찾듯이 찾아내는 것으로 일부 면적을 보충할 수는 있겠으나 최소한의 면적이 필요한 브리핑룸을 만들고 남는 면적으로 기자실을 꾸미는 설계에 출입 언론인들은 크게 반발하였습니다.

하지만 일단 공사는 시작되었고 중앙지 기자들은 현재의 면적을 지키겠다는 입장이 커서 그대로 두기로 하고, 지방지쪽의 숨은 면적을 찾아내어 브리핑룸을 꾸렸습니다. 그 과정에서 중앙지 방쪽의 벽을 철거하고 새로운 브리핑룸 벽을 세우는데 공사과정에서 5㎝ 정도의 각목이 지방지쪽으로 가야 한다는 주장이 나와서 결국 중앙지는 단 1㎜도 양보하지 않았습니다.

2020년 현재까지도 중앙지 방은 2004년 당시의 모습으로 운영되고 있습니다. 물론 중앙지 방도 좁다고 하겠지만 지방지 방은 인원이 늘어나도 더 이상 채워주지 못하고 있는 실정입니다. 지방지 방도 모두 정리해서 취재용 책상을 배열하는 것으로 준비되었습니다. 개인자리가 없고 소파도 없는 학교 교실 같은 기자실이 될 뻔하였습니다.

그런데 이를 결정하신 책임자가 새벽에 잠에서 깨어 머리에 떠오른 대로 별도의 소파방을 만들었습니다. 이 분의 꿈속에 연세 높으신 어르신들이 좁은 책상과 의자에 불편하게 앉으신 모습이 나타났다고 합니다. 원로 기자분들의 불편해 하시는 꿈속의 모습이 깨어서도 머리 속에 생생하게 남아 있으므로 아무래도 작은 휴게실 공간이 필요하다는 큰 결정을 하게 된 것입니다.

일단 브리핑룸이 마련되니 공무원은 편안해졌고 지방지 방에 책상을 마련하지 못한 언론인들이 브리핑룸에 노트북을 놓고 취재를 하고 기사를 작성했습니다. 그래서 브리핑룸에도 전화기를 놓았습니다. 하지만 한동안 브리핑룸은 끽연가들의 담소장소가 되었고 요즘에도 일부 담배를 피우는 분들이 애용하고 있다고 합니다.

이제 도지사님이 정책을 발표하시거나 현안을 이야기하시는 장소로 브리핑룸이 활용되니 여러 가지 의미가 있었고 보람도 있습니다. 어느 날 정창섭 부지사님께서 앞으로 브리핑룸의 활용기준을 정해야 한다고 말씀하셨습니다. 그래서 몇 사람이 의논한 결과 몇 가지 기준이 나왔습니다.

우선 정치활동은 금한다. 정치인의 출사표를 발표하여서는 아니 된다는 것입니다. 그래서 이후 모든 정치인들은 정치의 장이라 할 수 있는 경기도의회 브리핑룸을 사용하고 있습니다.

둘째 규정은 개인민원을 주장할 수 없다는 것입니다. 단체민원은 가능한데 민원을 발표할 때 구호제창이나 피켓은 금합니다. 다만 플래카드는 사전에 협의한 경우 게첨이 가능합니다. 발표자는 5인 이내로 제한합니다. 나머지 민원인들의 개별적인 객석 참석은 가능합니다.

그런데 몇 달 후 국회의원 출마자들이 도청 브리핑룸으로 왔습니다. 아마도 언론인들이 한 번 도청에 와서 기자회견을 해달라고 요청한 것 같습니다. 사진을 찍어야 기사가 커지기 때문일 것입니다. 그런데 직원이 마이크 장치의 키를 가지고 도망쳐 버렸습니다.

조명은 가능하니 켜놓고 마이크 없이 출마발언을 하는 상황이 발생했고 일부 언론인들은 공보관실은 마이크를 켜라고 했지만 뒷줄에 서서 관망하면서 못 들은 척했습니다.

다음 주에 다른 당에서 또 후보자들이 왔지만 전례가 있으므로 마이크를 잡지 못했습니다. 결국 모든 정치인들이 더 이상 도청 브리핑룸에 오지 않게 되었고 의회는 진정한 정치의 장이 되었습니다. 이후 모든 정치적 발표는 의회 브리핑룸을 쓰게 되었습니다.

사실 브리핑룸은 기자회견의 공간입니다. 좁다는 느낌이 들기는 합니다.

그래도 음향장치를 해서 방송기자들은 뒤편 벽면에 마련된 코드에 잭을 끼워서 음향을 딸 수 있습니다. 브리핑룸 백드롭은 6년이 지나도록 당시의 것을 그대로 쓰고 있었습니다.

　백드롭을 그냥 보면 평범한 듯 보이지만 나중에 TV화면을 통해 보면 약간 돌출된 듯 보이고 야광처럼 돋보입니다. 마치 방송국 뉴스룸을 그냥 보면 평범한데 TV화면에서는 우람해 보입니다. 전문가 기술의 승리입니다.

　이제는 도청 브리핑룸은 조금 업데이트가 필요해졌습니다. 노트북을 쓰는 기자를 위해 무선 네트워크를 좀 더 보강해야 할 것 같고 전기코드를 보강하고 조명도 새롭게 설치해야 합니다.

　그리고 언론인들도 사건사고에만 치우치지 말고 경기도청 기자실을 10수년째 쓰시니 가끔은 홍보성 도정기사도 취재해서 올려주시기 바랍니다. 본사 데스크에서 자르고 편집하는 것이야 도청 대변인실에서 대처할 일이고 일단 일선 기자가 홍보성 기사를 올려주시기 바랍니다.

　지나간 일이지만, 이리저리 해서 한 11년이 브리핑룸과 사무실을 오간 지난 공직근무 기간이 약간은 자랑스럽기도 하고 조금은 일말의 책임감도 있다는 생각을 합니다.

　언론인들이 이 글을 읽을 가능성은 거의 없는 것을 알기는 하지만 그래도 중국 역사 속의 어느 새가 모래알을 물어 양자강을 메우다가 죽었다는 고사를 생각해 봅니다. 작은 노력이 언젠가는 큰 성과로 다가오기를 간절히 소망합니다.

기자회견#토요일#일요일#실패

요즘 광역자치단체장 1급 관사와 기초자치단체장의 관사운영에 대한 논란이 있습니다. 광역단체장의 경우 과거의 유산인 경우도 있지만 차지하는 땅도 넓고 건물도 크며 그 안에 들어가는 각종 가구 등도 고가의 예산이 들어간다는 지적을 받고 있습니다.

특히 기초자치단체장의 경우 해당 시군에 거주한다는 전제가 있을 것이라는 언론의 지적이 있고 어떤 경우에는 살던 집을 전세 주고 관사로 이사하였으니 재테크를 하고 있다는 비판도 받습니다.

이처럼 권한이 있는 단체장이 언론 앞에 서는 경우 실무진은 늘 고민을 하게 됩니다. 물론 좋은 내용으로 인터뷰를 하는 경우라면 점수도 따고 언론에도 나오니 즐거운 일이겠습니다만, 관사문제와 같이 답변이 어려운 경우라면 담당부서는 참으로 힘이 듭니다. 그래서 언론 앞에 나서는 단체장의 경우를 살펴보고자 합니다.

우선은 취임식, 취임 100일, 취임 1년 등 언론에서 어떤 계기를 활용한 홍보전략을 제시하기도 하고, 발 빠른 공보부서의 간부는 바둑으로 치면

선수잡고 언론에 제안을 하기도 합니다. 그리하여 언론과 인터뷰를 하고 사업장을 촬영하게 되는데 우리가 촬영하면서 기대한 큰 그림이 방송에 나오지는 않습니다.

아주 많이 찍었지만 그 중에 우리가 바라지 않았던 작은 사안에 대한 언급이 5초 가량 들어갑니다. 심한 경우 마무리 부분에서 행정의 잘못된 방향에 대한 지적으로 채워지기도 합니다.

그래서 일단 우리 도청, 우리 시청, 우리 군청에 대한 홍보의 기회를 주었다는 정도로 언론에 감사한 마음을 가지면 좋습니다. 이번 보도한 건으로 우리 기관장님이 하늘 위로 뜨는 것도 아니고 우리 부서가 크게 빛이 나는 것도 아닐 것입니다. 행정홍보는 제품 광고와 달라서 그 결과는 쉽게 나타나지 않습니다. 양방은 금방 약효가 나지만 한방은 좀 시간이 지나야 효과를 보는 것과도 같습니다.

기자회견을 해서 큰 성과를 얻는 경우는 적습니다. 기관장님 인터뷰를 했다고 해서 큰 보도가 나는 것은 아닙니다. 기자가 마음만 먹으면 인터뷰 없이도 멋진 홍보기사를 만들어 내기도 합니다. 그러니 무조건 기자회견을 하겠다는 마음을 버려야 합니다. 대신에 언론인과는 평소에 친밀해야 합니다. 권투경기 해설을 들어보면 평생에 한 번 써먹을 기술도 익히라 합니다.

행정홍보 역시 단체장 임기 4년 중 한 번 써 볼 생각으로 언론인과 친분을 쌓아야 합니다. 그것이 긍정의 보도일 수도 있고 부정적으로 보도될 불리한 사건의 충격을 조금이라도 줄이면 큰 수확으로 생각해야 합니다.

2003년 어느 날에 모 시청의 공보실에서 전화를 걸어와 이번 주 일요일에 시장님 기자회견을 하라 하시는데 그 과정을 알려달라 합니다. 담당자로서는 시장님께서 지시하시므로 곧바로 진행을 해야 하겠지만 일요일에 기자회견을 하신다면 아마 사퇴회견이 아니고는 기자들을 모으기 어려울 것이라 답했습니다.

정말로 금요일 토요일은 홍보의 사각지대입니다. 대형사건 아니고는 기관장이 기자회견을 하는 것조차 안 될 일이고 꼭 이 자료를 발표하고자 한다면 메일로 보내고 개별적으로 기자들에게 전화를 하면 되겠습니다.

다만, 일요일 오후는 보도자료가 귀한 시간대이니 조금 밀어두었던 홍보성 자료가 있거든 이때 발송하시기 바랍니다. 발표하지 말고 메일로 카톡으로 보내라는 말입니다.

그런데 이런 전략도 어쩌다 한 번이지 상시 활용할 방법은 아닐 것입니다. '늑대가 나타났다'도 한 번이지 세 번째부터는 기자들도 이미 감을 잡게 됩니다. 결국 일요일 오전에 기자회견을 하는 것은 위험한 일이지만 메일로 자료를 보내고 기자에게 전화를 하는 전략을 적극 권장하는 바입니다.

대변인#아웃소싱#성공#실패

경기도청 최초의 '아웃소싱' 공무원으로 말하자면 잠사계장과 잠업특작과장을 역임하시고 퇴직하신 후 수원시 문화원장, 민선 수원시장, 국회의원을 역임하시고 얼마 전 작고하신 심재덕 전 수원시장님을 들 수 있습니다.

1960년대 우리나라가 비단을 생산하는 누에고치를 수출하여 외화를 벌어 산업경제의 기반에 보탰다고 하는데 이를 적극 추진하기 위해 당시 고등학교 교사를 공무원으로 특채하여 파격적으로 사무관에 임명하고 이후에는 과장에 승진 보임하였다고 합니다.

심 시장님은 공직 재직시절에 세계 화장실협회 초대회장을 하셨으며 수원시는 물론 우리나라 화장실 문화의 선진화에 크게 기여하셨고 외국의 화장실 발전에도 힘쓰신 분입니다.

지방자치가 시작되면서 경기도청에 외부 전문가가 자리한 직위는 비서실장, 여성국장, 공보관 등이 있습니다. 제가 1999년 홍보기획팀장으로 발령받았고 J공보관을 만난 다음날 기존의 업무가 바뀌면서 새로운 홍보기획이라는 업무를 담당하게 되었습니다.

　이전까지 그 자리는 언론인과 접촉하는 자리로서 발령소식에 동료들이 술 많이 먹게 될 것이라는 걱정을 해 주었지만 정작 언론인을 직접 만나지는 않았고 인터뷰자료를 통한 간접 접촉이 대부분의 업무였습니다. J공보관은 부임 초부터 새로운 공보관실 기능 재배치를 검토하였던 것이고 3명의 계장 중 2명이 전입되는 다음날 새로운 업무배치를 한 것입니다.

　즉 보도자료 제공을 하는 언론담당이 기자실 접촉을 담당하고 보조기능인 홍보기획에서는 자료로 승부를 걸라는 것이었습니다. 그래서 처음으로 외부기관으로부터 홍보컨설팅을 받게 되었고 이미지광고를 시작하였으며 각종 홍보전략에 대해 고민하기 시작했습니다.

　이전까지도 공무원들이 열성적으로 일했지만 그 틀을 바탕으로 새로운 홍보 전략을 개발하고 추진해야 한다는 전문기관의 컨설팅에 따라 도지사의 인터뷰부터 업그레이드를 시작했습니다. 우선 인터뷰 복장에 대해 비서실과 협의했고 필요시에는 가벼운 부장을 통해 영상을 통한 도정홍보를 강화했습니다.

　도정을 대표하는 도지사의 얼굴이 화면에 밝고 멋지게 나올 필요가 있다는 컨설팅을 받은 결과입니다. 이어서 인터뷰 배경화면에 대해서도 관심을 갖게 되었고 인터뷰 직전에 카메라 감독에게 도지사가 인사를 하도록 안내하는 세심한 운영을 할 줄 알게 되었습니다.

　도민들의 수필공모를 통한 도정홍보 전략도 펼쳤고 출입 언론인들에게 E-Mail을 쓰도록 하여 신속한 도정홍보 자료의 전파가 가능하도록 노력하였습니다. 이런 과정에 함께한 공보관은 삼성출신의 L공보관으로서 확실한 홍보 전략과 차별화 정책으로 기자실 원로들의 비판을 감수하면서 도정 홍보에 매진했습니다.

　다음번에는 방송 출신 언론인이 공보관으로 부임했습니다. 도정의 홍보

매체에 TV의 중요성이 강조되면서 새로운 형태의 홍보 전략을 짜는 전기가 되었습니다. 스피드면에서는 늦는다는 평이 있었으나 그 당시에는 지금보다 방송의 전파력이 강했다는 점에서 시기를 잘 만난 분이라고 생각합니다.

그러다가 잠시 내부 공무원이 공보관에 보임되면서 원로 언론인은 물론 젊은 층에서도 옛날 문화공보담당관, 또는 보도계장(1988년 이전) 시절로 돌아간 듯 긍정적인 분위기 전환을 맛본 이후에 2003년 3월에 가치관과 추진력이 확실한 C공보관을 맞이합니다.

공보관으로 근무하신 후에 국회의원 재선을 하신 분으로 공보관실 사무관들의 업무패턴을 개혁하였고 언론에 대한 새로운 인식을 심어주었습니다. 언론관련 사고가 터지지 않으면 심심하다면서 이른바 '금단현상禁斷現象'이 일어난다는 말로 유명세를 탔습니다.

더구나 C공보관의 추진력에 J차석이 힘을 합해 수십 년 유지해 온 기자실의 자투리 공간, 잃어버린 면적을 찾아내고 기자실 구조를 바꿔서 브리핑룸을 만들어 냈습니다. 기존의 개인 책상을 철거하고 작은 취재부스를 만들어 누구든지 필요할 때 와서 취재하고 기사를 작성하고 나가면 다른 기자가 그 자리를 쓰도록 했습니다.

이른바 기자실에는 개인 자리가 없다는 전략이었습니다. 다만 어느 날 새벽 꿈속에서 어느 도인이 나타나 '그대가 추진하는 기자실 구조 개편에 무리가 있다'는 말씀에 소스라치게 놀라 잠에서 깬 날 아침에 출근하자마자 진행 중이던 브리핑룸 개편작업을 크게 바꿔 원로 언론인들의 휴식 공간을 만드신 공보관입니다.

L공보관은 젊은 나이에도 탁월한 리더쉽을 발휘하고 계층을 초월한 소통과 협력으로 다수 언론인들의 호응을 이끌어 냈습니다. 국회의원 보좌관 경력을 최대한 발휘하여 도정사건 사고에 대해 기민하게 대처하는 분

으로 현안에 대한 판단과 적절한 대응력을 발휘하였고 기존 조직의 공무원 능력을 최대한 발휘하도록 조정하고 분위기를 만들었다는 평가를 받았습니다.

이후 다른 부서로 전출되어서 대변인실을 바라보니 재수 삼수를 하는 공보관이 보이고 2011년 6개월 동안 근무한 언론담당관으로서 함께 근무한 C공보관은 자신의 주장이 강하지만 언론인을 예우하고 소통하는 면에서 강점을 지닌 인물이었었습니다.

후임의 C일보 출신 대변인은 실력과 인품으로 다양한 홍보 전략을 개발하고 중앙을 담당하면서도 필요시에는 지방언론과 소주잔을 마주하는 폭넓은 행보를 보였습니다. 수권의 책을 쓰신 문예창작과 출신이며 함께 근무한 일곱 분의 공보관 중 덕장이요, 지장智將이라는 평을 받았습니다.

최근 몇 년 사이에는 여성 대변인이 지휘봉을 잡으면서 호불호 평가를 받았지만 최근 만난 여성 대변인은 언론인 체육행사장에서 아주 친밀하게 대화하고 도지사 주재 회의에도 참석하여 도정의 현장상황을 파악하는 등 적극적인 행보를 보였습니다. 성차별이 가장 적고 오히려 여성이 앞선다는 기자 세계에서 여성 대변인의 탁월한 활동을 기대하였고 바람에 부응해 주셨습니다.

다만, 외부 전문가와 내부 행정공무원간의 원활한 소통과 조정이 필요해 보이며 무조건 홍보가 아니라 전후좌우를 살피는 전략이 필요하다 할 것입니다. 때로는 과도한 홍보가 정책에 역작용할 경우도 있는 것이니 말입니다.

이처럼 다양한 분야에서 일하시던 분들과 공보업무를 함께 하면서 나름의 언론과 공무원과의 관계설정에 대한 가이드라인을 제시할 수 있을 것 같습니다. 언론부서 근무는 실력이 아니라 수많은 언론인과의 만남과 갈등과 협치의 과정에서 나름의 언론관이 정립된다는 점이 중요합니다.

대응#기사#전략

공무원으로서 시청과 군청, 구청의 공보실에 근무한다면 일을 잘하거나 못하거나입니다. 공보실이라는 부서가 일 못하는 사람도 근무하기 좋고 부지런하고 일도 잘하는 공무원도 할 일이 있는 곳입니다. 다시 말해 열심히 하면 표가 나지만 대충해도 큰 문제가 없다는 말입니다.

우리 기관에 대략 90명 내외의 언론인이 출입을 합니다. 중앙신문사, 중앙방송사, 통신사, 지방 일간지, 주간지, 인터넷 매체 등 다양한 언론 네트워크 속에서 공존하는 언론시스템은 그 전체를 파악하기도 어렵습니다.

그러니 공보실에 근무하는 공무원의 역량이 언론환경에 큰 변화를 주거나 영향을 주지는 못합니다. 공보실 역량에 관계없이 방송 뉴스는 늘 그 분량만큼 나가고 신문은 16면 또는 32면을 가득 채워 발행됩니다.

그리고 언론사 인터넷에는 각종 기사가 가득합니다. 하지만 공보실 공무원이 열심히 뛰면 좋은 기사가 올라갑니다. 놀고 있어도 기사는 보도됩니다. 어찌 보면 공보실은 일을 해도 되고 안 해도 무사안일이라 말할 수 없습니다.

　이유는 간단합니다. 언론은 자신들이 원하는 기사를 키웁니다. 공무원이 크게 보도해 주기를 바라는 기사를 키우고 싶지는 않습니다. 하지만 매일 출입하는 기관에 대한 예의상 기사를 올려줍니다.

　그러니 공무원들이 평소에 출입기자와 깊은 유대를 가져야 합니다. 부처님 살찌우기는 석공石工의 마음에 달렸듯이 행정기사가 4단으로 나가느냐 1단으로 처리되느냐는 기자의 기분에 좌우될 수 있다는 말입니다.

　공직의 간부들에게 있어서 평소 기자와의 유대가 중요한 이유를 나쁜 기사, 사건발생 시에 절감切感합니다. 생면부지인 부서장이 사건의 주인공이 되었을 경우에는 기사가 크게 잡힙니다. 반면 평소에 출입기자와 접촉(?)이 있었던 부서장의 사건은 기사 크기가 조율됩니다.

　흔히 언론인과 공보실 짬밥을 조금 먹은 공직자들 사이에서는 이를 일러 '行間의 의미'라고 평가합니다. 평소 우리가 느끼는 기사의 수위에서 현저히 높거나 크게 낮은 경우를 말합니다. 이를 일러 농담으로는 '기술이 들어갔다'고도 합니다.

　기사의 수위조절의 가장 큰 예는 서울 광화문에서 초저녁에 펼쳐졌던 '가판신문'입니다. 2000년 전후에 신문 초판을 광화문 길가에서 팔았습니다. 신문 값이 중요한 게 아니라 내일 조간으로 나갈 기사를 미리 보고 공급자와 수요자간에 '수위조절'을 했습니다.

　'소주 반병뿐!'이라는 표현과 '맥주 반병이나~'라는 표현을 가지고 취재기자와 밀당을 했었습니다. 그날 저녁 언론과의 치열한 전투의 흔적은 방송기사, 신문기사, 인터넷 기사 어디에도 표현되지 않습니다.

　그래서 공보실은 있어도 없는 듯, 없어도 있는 듯한 부서입니다. 1970년대에 6급 공무원이 5급 사무관 직무대리 발령을 받으면 시청이나 군청의 공보실에 배치되었습니다. 발령 첫날 기자실에 가서 신임 공보실장이라

인사를 드린 후 다음날부터 산속에 들어가서 3~4개월 공부를 합니다.

그리고 5급 사무관 승진시험에 합격하면 2개월 정도 근무하다가 다른 부서로 이동하곤 했습니다. 그래서 공보실은 늘상 6급 공보계장이 책임을 지고 있습니다. 구렁이 6급 공보계장은 근무시간 내내 기자실에 살고 있습니다.

1960년대 정부의 경제기획원이라는 지금의 부총리급 부서가 있었습니다. 계속해서 정부 정책의 중요 포인트가 언론에 나가는 것을 막기 위해 사무실에 기자실을 설치했습니다. 기자실에 눈이 빠르고(시력이 좋고) 눈치가 남다른 직원을 배치하여 경제지 기자들의 기사 원고를 맨눈으로 스캔하여 해당 부서에 전했습니다.

이것이 우리나라 기자실의 효시嚆矢입니다. 어깨너머로 본 원고지 기사를 기억했다가 관련 부서에 전하여 미리 대처하도록 한 것입니다. 도청과 시청 군청 기자실을 들락거리는 공무원들의 역할입니다. 그 눈이 빠른 공무원의 역할이 바로 공보계장의 기능입니다.

그래서 공보실장이 있으나 없으나 공보계장이 일정 역할을 하고 있으므로 공보실은 잘 돌아가더라는 말입니다. 하지만 1970년대의 이야기를 오늘에 접목하면 안 됩니다. 1999년 공보실에서 4명이 하던 일을 지금은 40명이 분담하고 있습니다.

보도자료 2장을 뿌리던 방식에서 방송사별 동영상 CD를 제공합니다. 카메라 감독이 원한다면 현장 시연도 합니다. 기자가 취재하는 것이 아니라 우리가 만들어 제공하는 '자가발전' 방식입니다.

공보실 근무는 이제 쉬운 일이 아닙니다. 혁신을 넘어 치열한 머리싸움을 벌일 수 있는 공무원이 배치되어야 합니다. 이른바 종이로 건네는 보도자료가 아니라 공무원 스스로가 방송국 PD처럼 생각하고 카메라 감독의 시선으로 홍보아이템을 검토해야 합니다.

큰비가 오거나 정부의 대형 프로젝트가 발표되는 날에는 우리 기관의 홍보를 피해야 합니다. 그런 경우 우리의 행사 시간이나 날짜를 공보계장이 바꿀 수 있어야 합니다. 공보부서에 기획기능, 비서기능을 일부 주어야 하고 때로는 정무적 판단도 하도록 해야 합니다.

오늘부터 공보실 근무자는 기관장을 모시는 또 하나의 비서실장이라 자임해야 합니다. 5급 사무관 승진시험을 준비하는 공보실이 아니라 5급 공무원의 마지막 열정을 불태우는 부서가 되어야 합니다. 불꽃놀이 메인 불꽃 봉우리 위에 서서 밤낮없이 조직을 지휘하고 열심히 일하는 부서가 오늘의 공보실인 것입니다.

도지사#시장#군수#사진 3장

기관장 사진은 보통 3장이 필요합니다. 1980년대 신문에서는 크게 신경 쓰지 않고 문선공이 자료실에서 이름만 맞으면 편집부로 올렸나 봅니다. 이재창 도지사님은 그 전에 부지사를 하셨으므로 그 당시 젊고 머리를 수수하게 한 수필가 같은 멋진 사진이 도지사 취임 이후의 신문에 소개되므로 새로 찍은 사진으로 바꾸는 데 시간이 좀 걸렸습니다.

언론사의 동판을 신판으로 바꾸는 것이 쉽지 않았습니다. 그래서 어느 지사님 때는 아예 신문사에 가서 동판을 달라 해서 지사님께 회수결과를 보고한 일도 있었습니다.

임사빈 지사님은 사진이 잘 나오는 각도가 있으시므로 공보실 사진담당 주무관은 늘 이를 고민합니다. 하지만 신문사 사진부 기자들은 전체 구도에 더 신경을 쓰다 보니 지사님의 옆모습이 게재되고 이를 개선하라고 공보담당관에게 말씀하시니 이 또한 받자옵기 쉬운 과업은 아니었습니다.

이제는 디지털 카메라가 활성화되어서 특정하게 기관장님의 사진을 정하기는 어렵지만 그래도 공보실장은 3컷의 사진을 지속적으로 언론사에 보내야 하고 청내에서도 각종 자료에 올라가는 기관장님의 사진을 관리해야 합니다.

우선은 넥타이 매시고 정자세를 하신 사진이 있어야 합니다. 취임식 때 가져오신 사진이 가장 먼저 널리 오랫동안 배포된다는 점을 미리 파악하고 첫 번째 사진을 잘 선택해야 합니다. 환하게 웃으시는 사진은 각종 시책의 성공적인 발표 내용을 언론이 보도할 때 활용하면 좋습니다.

중간 웃음의 사진은 일반적인 보도에 쓰이면 됩니다. 단호하거나 웃음기를 줄인 사진이 필요한 경우는 현충일 추념사의 동그라미 사진입니다.

하지만 늘 웃는 사진이 많이 쓰입니다. 도의원 사진의 변천사를 보면 웃음의 의미를 파악할 수 있습니다. 경기도의회 3층에서 만나는 1990년대 도의원 전체의 사진에서 웃는 사진은 거의 없습니다. 7대, 8대에서 많은 분들이 웃습니다. 그 당시에 의회에 이주일 씨가 오신 바 없는데도 모두 웃으십니다. 그리고 지금의 도의원님 명함을 받아보면 대부분 90% 이상 웃는 사진입니다.

오산시의회 7대 의원 7분의 사진 중 웃으시는 분이 4분, 평온한 모습이 3분입니다. 하반기 사진에는 모두 웃어 주시기를 바랍니다. 웃으면 복이 옵니다. 웃어야 긍정이 살아납니다. 하반기 전에 활짝 웃는 사진을 반드시 준비하셨다가 새롭게 의장단이 구성되면 그때 사진을 바꾸시면 좋겠습니다.

최근 삼성과 현대의 3세 경영인의 사진이 새롭게 출시되었다는 보도를 보았습니다.

CEO, 기관장은 전체 구성원의 상징입니다. 보도되는 내용에 따라 그 컨셉에 맞는 사진이 올라가도록 공보관은 신경을 써야 합니다. 행정의 1년, 4년을 이야기하는 사진은 다소 미래를 지향하는 각오를 하는 듯한 사진이면 좋습니다.

노인의 날 행사 축사를 인쇄하는 팸플릿에는 환하게 웃는 모습이나 노인을 존경하는 분위기의 사진을 찾아내야 합니다. 그런 사진이 어디에 있느냐 반문하지 말고 가슴으로 이어가는 그런 표정의 사진을 만들어 내야 하는 것입니다.

가끔 시장님을 대신해서 상장을 전하는 경우 긴장한 간부들은 표정을 감추게 되지만, 그래도 일단은 환하게 웃으며 임해야 합니다. 무거운 표정을 지은 사진을 자신의 화장대 맨 앞줄에 세우고 싶은 시민은 거의, 아예 없을 것이기 때문입니다. 웃으면 긍정의 힘이 솟아납니다.

독도#미스매칭#언론취재

2008년 8월에 경기도의회 부의장, 당 대표, 상임위원장, 재선 이상 의원 40여 명을 모시고 공무원 8명이 묵호항을 거쳐 울릉도와 독도를 방문하여 일본의 중등교과서 해설서에 독도를 일본 땅이라 주장한 것을 규탄하는 '독도수호 결의대회'를 진행하였습니다. 그런데 독도 일정 방문에 있어서 이른바 '미스매칭'이 발생하였습니다. 도의회 의원단은 묵호항 1박, 울릉도 1박의 2박3일 일정을 잡았는데 여행사간 미스매칭으로 울릉도 2박으로 판단하여 금요일이 아닌 토요일 배표를 확보하였고, 일행은 금요일에 다시 돌아오는 일정으로 알고 여행을 시작하였습니다.

도의회를 출발한 버스 2대에 도의원과 공무원이 탑승하였는데 1호차와 2호차에 공무원 4명씩 분승하기로 하였으나 1호차에 의원님이 다수 승차한 관계로 공무원은 저 혼자만 남게 되었고, 공무원 7명은 2호차에 몸을 실었습니다. 한참을 달리자 생수를 달라는 주문이 들어왔고 물병과 휴지 등 이런저런 소품을 나르는 저에게 부의장님께서 "직원들도 함께 나르지" 하시는데 "공무원 7명이 의원님께 자리 내드리고 2호차에 탑승하였습니다"

라고 답했습니다.

  계획상으로는 4명씩 분승 예정이었으나 의원님들께서 1호차를 선호하시므로 혼자 남게 된 것입니다. 어찌 저찌 하여 묵호항에 도착하여 1박을 하고 이른 아침에 울릉도행 대형 여객선에 승선하여 뱃고동을 울리게 되었습니다. 그리고 울릉도에 도착하여 우선 기념사진을 촬영하였고 이어서 독도로 향하는 배 안에서 사진을 전송하였습니다. 이어서 순조롭게 독도에 도착하여 결의대회를 진행하고 기념사진 촬영 후 다시 독도에 도착하여 숙소에 짐을 풀고 저녁을 먹었습니다.

  금요일 아침에는 울릉도 몇 곳을 여행하고 오후 4시경 짐을 챙겨 울릉도 도동항에서 배를 기다리게 되었습니다. 출발이 임박한데 배표를 가지러 간 직원이 보이지 않습니다. 정말로 출발이 임박하였기에 급한 마음으로 여행사 사무실에 뛰어갔습니다.

  아하!!! 여행사 직원과 우리 공무원 2명이 난감하게 마주보고 앉아 있습니다. 내용을 확인한 바 우리 일행의 배표는 내일, 즉 토요일 4시 30분으로 되어 있답니다. 일단은 도의원 일행이 기다리시는 현장으로 왔습니다. 의원님 여러분! 대단히 죄송합니다. 저희들이 실수를 하여 배표가 내일로 확보되어 있답니다. 오늘 배표가 없답니다. 일단 오늘 묵으신 숙소로 다시 돌아가셔야 합니다. 저희들의 잘못은 의회에 돌아가서 설명 드리고 벌을 받겠습니다. 이번 행사는 옆 사무실에서 진행하였고 울릉도 방문기간에 휴가를 가고자 하는 동료와 이미 휴가를 다녀온 저에게 대신 안내해 줄 것을 요청하였으므로 "저의 책임은 없다"고 변명하고 싶은 생각이 들었습니다. 하지만 이 말을 하지 않은 것은 평생을 통해 참 잘한 일 중 하나입니다.

  상황이야 긴박해도 일단 저녁은 드셔야 하므로 인근의 매운탕 집으로 모셔서 식사를 했습니다. 그리고 전원 숙소로 돌아갔습니다. 다음날 아침에 어묵, 김밥 등을 준비하여 아침 식사를 마쳤습니다.

토요일 오전 9시경 울릉군에서 군수님, 부군수님이 오셔서 위로해 주십니다. 관광이 중요 산업인 울릉군의 군수님은 여행사의 실수도 울릉군청의 잘못인 양 사과를 하십니다. 그리고 배를 내주시고 버스를 보내주시고 점심을 사주셨습니다. 그래서 오전과 오후에 죽도, 코끼리바위 등 몇 곳을 더 둘러본 후 다시 배를 타기 위해 항구로 왔습니다.

그런데 표를 가지러 간 직원이 또 다시 '함흥차사咸興差使' 입니다. 또 다시 몸이 달아서 한걸음에 여행사 사무실에 갔습니다. 여행사 직원이 우리 일행의 표를 손에 쥐고 공무원과 대치하고 있습니다. 어제의 숙소, 식사비용을 내야 표를 주겠다고 합니다. 여행사간 미스매칭이 원인임에도 실무 직원은 숙박비와 식비를 결재해야 표를 주겠답니다. 정말로 대치가 길어져서 배가 떠나고 50명이 승선하지 못하면 정말 대형사건이 날판입니다.

저는 차석과 함께 농협은행으로 뛰었습니다. 카드를 긁어 돈 400만원을 만들었습니다. 다시 돌아와 돈을 내밀었으나 표를 주지 않습니다. 아래 식당에서 별도로 식사한 분이 10여 명 계신데 그 식비 186,000원이 방금 청구되었다는 것입니다. 여행사 실무직원은 정무적인 감각은 없어 보입니다. 자신이 할 일만 하는 자로 보였습니다. 더 이상 지체할 수 없었으므로 뒷주머니에 개인 돈 20만원을 꺼내 1만원을 빼고 190,000원을 건넸습니다.

이 직원은 서랍에서 1천원짜리 4장을 어렵게 모아서 4,000원을 거스름돈이라며 느릿느릿 건네줍니다. 표를 받은 주무관은 항구로 달려갔습니다. 거스름돈 4장을 직원 책상 위에 팁(!)으로 주었습니다. 평생 처음 누구에겐가 물건을 툭 하고 던진 것은 처음입니다. 바로 거스름돈 4천원을 훅 하고 던졌습니다. 내가 이렇게도 졸렬한 인간이었나 하는 생각이 일순간 머리를 스치기는 하였지만, 배표를 기다리는 50여 명 일행을 생각하며 한숨에 내달아 뛰었습니다.

의원님! 승선하세요! 의원님들 표정이 환해지십니다. 배는 떠난다고 붕

독도#미스매칭#언론취재

붕거리는데 표는 오지 않고 다수 의원님들이 큰 걱정을 하신 듯합니다. 그리하여 배는 도동항을 박차고 동해 바다 위에 둥그러니 몸을 실었습니다. 4시간이 지나 묵호항에 도착하여 땅을 밟으니 참으로 미국 대륙을 발견한 콜럼버스가 된 듯 기분이 상쾌합니다.

그 와중에 작전이라고 저녁은 이미 9시가 지났지만 묵호항 식당 말고 고속도로 휴게소에서 간단히 드시도록 하자 했습니다. 묵호항에서 식사를 하시면 소주를 드실 수 있고 그러면 말씀과 대화가 길어지고 이번 여행에 대한 비판의 목소리가 나올 수도 있겠다는 생각이 들었기 때문입니다. 대리운전도 걱정이고요.

고속도로 휴게소에서는 소주를, 술을 팔지 않는다는 사실을 동해시 수해 복구 지원 당시에 깨달은 바가 있었습니다. 그런데 고속도로 휴게소에서 또 한 건의 미스가 발생했습니다. 고속도로 진입 후 첫 번째 휴게소에 들어갔으니 손님도 별로 없고 영업이 부실한 곳이어서인지 음식 메뉴대로 주문을 받지 못합니다. 그리고 의원님들은 좀 시간이 걸리는 메뉴를 선택하셨고 공무원들은 아주 간단한 라면 밥을 주문하였습니다. 휴게소 주방장이 쉬운 메뉴를 먼저 조리하여 내놓으므로 의원님 식사는 10분 이상을 기다렸습니다. 공무원들이 주문하여 먼저 나온 라면 밥은 퉁퉁 불었습니다. 그래도 맛있게 저녁을 먹었습니다.

12시 30분이 지난 밤중에 의회에 도착하였습니다. 사무처장님을 비롯한 간부들 10여 명이 기다리고 있었습니다. 소속 의원님들을 모시고 이리저리 안내해 주었습니다. 처장님께 한 번 더 상황을 보고 드렸습니다. "일정을 제대로 챙기지 못한 점을 현장에서 의원님들께 사과드렸다" 말씀드리니 참 잘했다고 격려해 주십니다. 하지만 월요일 오전에 기자실에서 이상한 이야기가 흘러나왔습니다. 사전에 3박4일간 울릉도, 독도 여행을 하기로 한 것이 아닌가 추정을 하는 듯 보인다는 것입니다. 일부러 경기도의회 기자실에 찾아가서 고생한 상황을 상세하게 설명했습니다.

하지만 월요일 아침 신문기사에는 금요일 저녁에 울릉도에 간 의원들이 생선회와 소주, 맥주를 먹었다고 보도했습니다. 식당에 전화를 해서 저녁 메뉴와 소주 맥주가 몇 병인가를 취재했다고 합니다. 죽을 고비를 넘기고 돌아온 공무원으로서는 받아들이기 어려운 표현이 있었습니다.

언론사에 강력하게 항의했습니다. 그 소주와 맥주는 마시지도 못했습니다. 수행 공무원 고생한다고 공무원 출신 의회 부의장님이 직접 꺼내 와서 병마개를 따서 식탁에 올려준 술이었습니다. 아마도 친 언론이라 자부하는 가운데 공직에서 처음이자 마지막 어필이었습니다.

요즘에도 TV에서 울릉도, 독도가 나오면 당시의 사건이 떠오릅니다. 자신의 업무에만 충실했던 여행사 직원의 모습이 생각납니다. 그 여행사 직원이 지금쯤은 CEO가 되어서 경영의 깊이를 이해하고 있기를 바랍니다. 이 사건은 가끔 강연의 소재로 쓰고 있습니다. 여행사 직원은 주인정신이라는 강연 화두에 등장합니다. 그리고 이 사건을 공직은 물론 평생의 '반면교사反面教師'로 삼고 있습니다. 잘못한 일에 대해 변명하기보다는 자신의 잘못을 인정하는 것은 큰 용기라는 점을 다시금 마음에 새기고자 합니다.

라디오#홍보시대

라디오 방송국의 역할이 커지면서 기관장의 라디오 방송 출연이 늘어납니다. 라디오는 소형 녹음기를 들고 대화하듯이 취재를 해서 편집한 후 녹음내용을 컴퓨터에 걸어두면 하루 종일 각종 방송이 나가고 중간에 광고가 나가니 온종일 뉴스와 시사, 광고가 방송되는 것입니다. 신문은 지면의 제한이 있지만 방송은 하루 중 20시간 이상 보도를 하는 아주 효율적인 매체인 것입니다.

그래서 1999년에 행정의 중요 기능을 생방송 전화를 걸어 방송국 PD와 대화하면서 설명하고 홍보하는 아이템이 운영되었고 일부 효과를 보게 됩니다. 당시에는 Cell Phone이 요즘만큼 일반화되지 않았으므로 사무실 전화가 주로 이용되었습니다. 이어폰 기능이 있는 전화기를 구매하여 활용하기도 하였고 방송전용 전화기의 필요성이 제기되었습니다.

부서별 방송날을 정하고 미리 준비한 원고를 바탕으로 방송국 PD가 질문하면 실무 공무원이 답변하는 형식으로 15분 정도 운영하였는데 생생한 정보가 실시간 전해지는 묘미가 있었고 생방송이라 서로서로 긴장하고 열심히 임했습니다. 사실 방송의 효과를 금방 평가하기는 어렵습니다. 하지만 국민들에게 행정을 알리고 공무원이 노력하는 모습을 보였다는 점에서 높은 평가를 하고자 합니다.

한두 번은 전화연결에 어려움을 겪기도 하였습니다. 기본적으로 방송국에서 전화를 걸어서 대화를 하는 것인데 마음 급한 부서, 특히 전화기 2대 정도만 연결되는 외청사업소의 경우 서로 전화기를 들고 있으니 통화불능인 경우가 있습니다. PD가 장황하게 질문은 물론 답변까지 하면서 시간을 맞춘 후 통화가 되어 다시 한 번 물어보는 해프닝도 있습니다만 다 생방송의 묘미로 너그럽게 받아주었습니다.

기관장님의 인터뷰도 많았습니다. 대부분 집무실에서 전화가 연결되는 것으로 생각하였는데 어느 날 방송시각 인근 시간대에 성남에서 다음 스케줄이 있으므로 성남상공회의소 사무실에서 전화 연결하여 방송을 하게 되었습니다. 급히 성남시로 차를 몰아 달려가면서 그동안 꼭 집무실에서 전화 연결을 해야 한다는 고정관념을 가지고 있음을 깨달았습니다. 어디에서도 연결되는 전화기의 장점을 잠시 잊고 있었습니다.

현장이 답이라고 합니다. 실제로 겪어보고 느껴보고 진행하면 더 발전적인 방법이 개발되는 것입니다. 고정적인 생각으로만 일하면 발전이 없습니다. 늘 새로움을 추구해야 합니다. 라디오 방송은 이제 온 국민의 친근한 매체입니다. 특히 자가용 승용차시대이니 시동을 거는 순간 방송이 나옵니다.

자동차의 라디오 채널은 어제 저녁 들었던 그 방송이 바뀌지 않는다고 합니다. 두세 사람이 마주앉아 대화하듯 진행하는 라디오 방송을 적극 활용하여 행정시책을 알리고 국민적 공감대를 형성해 나가는 것이 행정가의 홍보전략중 하나일 것입니다.

방송#인터뷰#취소

TV 방송 인터뷰에서 가장 중요한 포인트는 카메라 감독입니다. TV에 보도되는 내용은 화면으로 설명하는 작업이기에 좋은 화면을 찍어야 하고 이를 담당하는 이는 마이크를 쥔 기자가 아니라 앵글을 맞추는 카메라 감독입니다.

그래서 TV인터뷰 전에 반드시 우리 편 대장님(도지사, 시장, 군수, 사장)을 카메라 감독에게 인사를 하시도록 주선해야 합니다. 그리하면 카메라 감독은 신바람이 나서 4번 5번 다시 또 다시 촬영을 합니다. 삼각대에서 찍고 카메라를 어깨에 메고 이리저리 촬영합니다.

TV방송은 2~3초마다 화면이 바뀌어야 한답니다. 같은 화면이 길게 나가면 시청자가 지루하다 하고 자주 바뀌면 어지럽다 합니다. 그래도 이런 저런 화면이 바뀌면서 기자의 리포트가 없어도 무슨 내용을 보도하는가를 시청자가 알아챌 정도로 화면을 구성해야 합니다.

시청자들이 정말로 보고 싶어 하는 장면을 만들어 내야 하고 리포터의 핵심 내용을 그림으로 보여주어야 합니다. 그래서 방송기자들에게 아이템을 주면 화면이 있느냐, 현장에서 시연하는 장면을 찍을 수 있느냐를 묻습니다. 아무리 좋은 행정정책과 회사의 업무내용도 화면 구성이 안 되는 경우에는 카메라 배정이 안 됩니다.

　실제로 S지사님의 사모님은 아침 뉴스가 끝나면 관내 여러 기관의 여성단체장들이 오늘아침에 TV에서 지사님을 뵈었다며 경쟁적으로 전화를 받게 되는데, 지사님 잘 생기셨다, 넥타이가 멋지다, 말씀을 잘 하신다 등 칭찬 일색이지만 정작 사모님이 뉴스의 주요 내용이 무엇인가를 물으면 "자세한 뉴스는 모르겠고 지사님을 뵈었다"는 사실에만 집중한다고 합니다. 즉 다소 부정적인 기사에라도 도지사님 얼굴이 비춰지면 그냥 잘 하시는구나 하는 평가를 받게 되는 것입니다.

　오죽하면 정치인은 부음란에만 아니라면 나쁜 기사든 좋은 내용이든 신문과 방송에 자주 나와야 한다고 말합니다. 사실 요즘 언론에서 떠나간 얼굴들이 많은데 이분들 보면 정계를 은퇴하였거나 더 이상 정치에 참여하고 싶어도 할 수 없는 상황이 된 분들인 것입니다.

　인터뷰가 진행되는 동안 카메라 렌즈를 보면 우리의 대장님이 어떻게 비춰지는가를 알 수 있습니다. 그래서 인터뷰 배경장면을 잘 구성할 필요가 있습니다. 서재를 배경으로 할 것인가, 우리 기관의 마크를 넣을 것인가, 창문을 등지고 현장감 있게 갈 것인가 고민해야 합니다. 정장이 필요한 인터뷰가 있고 작업복을 입어야 하는 경우, 민방위복을 착용하여야 효과적인 상황이 있는 등 다양한 경우가 있을 것입니다.

　방송에 보도된 화면을 나중에 어떻게 활용할 것인가에 대해서도 늘 고민해야 합니다. 어렵게 보도된 내용을 통으로 떠서 다양한 기회에 활용하도록 노력해야 합니다. 간부회의나 월례조회 직전 기다리는 틈새 시간을 활용하여 방영하는 방안이 있고 게시판에 주소를 올려서 구성원들이 시청하고 정책에 공감하도록 하는 노력을 지속해야 하는 것입니다.

그리고 열심히 인터뷰한 내용이 다음날 원하는 시각에 나오지 않고 다른 뉴스에 방송되거나 아예 취소되는 경우도 있습니다. 그날 저녁에 대형 화재, 10여 명이 사망하는 교통사고가 발생하는 경우 방송은 나가지 못할 것입니다.

북한이 갑자기 미사일을 쏘거나 대북전단을 보내는 파주에서 불상사가 일어나면 이 또한 어렵게 준비한 인터뷰 뉴스가 방송을 타지 못하는 안타까운 일이 더러 발생합니다. 방송에 나온다는 것 자체가 참으로 쉽지 않은 과정이고 어느 시간대이든 방송 전파를 탔다면 참으로 고마운 일임을 미리 알아 두시기 바랍니다.

방송기자#자료#보험

TV 방송 기자에게 홍보를 위한 소재를 제공하는 경우 사안에 따라 차이가 조금은 있겠으나 일주일 정도 미리 알려야 효과적인 취재와 기대만큼의 방송편집이 가능합니다. 우선 TV는 보여주는 뉴스이기에 현장 화면이 중요합니다. 수준 높은 내용이라 해도 화면으로 설명하기에 어려운 소재는 피하게 됩니다. 시각적 효과를 노리는 방송의 특성이 있습니다.

그러므로 반드시 이 사업을 TV를 통해 알려야겠다는 생각을 한다면 CG(computer graphics)를 준비하거나 직접 카메라 앞에서 시연을 준비해야 합니다. 아직 진행은 아니지만 실제로는 이러하다는 것을 그림으로, 화면으로 담아서 방송에서 보여주어야 합니다.

TV기자보다 카메라 감독이 더 바쁘고 신이 나야 합니다. 월남참전용사가 군대이야기 좋아하듯이 새로운 취잿거리를 만나면 카메라 감독 대부분은 욕심을 내기 시작합니다. 나만이 이런 멋진 영상을 담아냈다는 자부심이 생겨나는 것입니다.

다음으로 방송기자는 기관장 인터뷰하는 것을 즐거워하지 않습니다. 데스크에 들어가서 설명하기가 어렵기 때문이기도 하고 기관장님들은 자신이 카메라 앞에서 말만하면 무조건 방송에 나온다는 자신감에 차있는 경우가 많기 때문이기도 합니다.

그래도 공보직원들은 CEO 인터뷰를 해야만 취재가 마무리된 느낌입니다. 갈비를 먹고도 마지막에 냉면 한 그릇을 먹거나 공깃밥을 잘게 썬 김치와 함께 고기 구운 기름바다 불판에 흠씬 비벼 먹어야 마음에 안정을 찾는 것과 유사합니다.

그리고 참 좋은 기사를 1시간 이상 취재하였어도 편집과정에서 축소될 수 있습니다. 그날 낮에 정부에서 금융정책을 발표하거나 그린벨트 관련 중차대한 정책을 내놓으면 오늘 취재한 기사는 펑크나거나 밀리거나 단신으로 쪼그라들 수 있다는 사실을 늘 인식해야 합니다. 그날의 운세에 따라 별일 없이 지나는 경우 우리의 기사가 30초에서 90초 분량으로 늘어나는 로또를 만날 수도 있다는 생각을 하는 것은 기대치일 뿐입니다.

그래도 저래도 오늘저녁 내일아침에 우리의 취재기사가 자막 한 줄 아나운서 멘트 한 마디로 나온 것만 해도 얼마나 좋은 일입니까. 자랑스러운 일이고 취재기자가 얼마나 노력했을까 생각하면서 다음날 오전 10시경에 정말 고맙다고 감사인사를 드려야 합니다. 언론과 공무원은 보험사 직원과 보험 가입자 사이일 수 있으니까요.

방송기자#통신기자#신문기자

언론사는 물론 일반 네티즌에게도 기사를 제공하고 수수료 성격의 기사비용을 받는 회사를 통신사라 하고 그중 현재의 연합뉴스는 '연합통신' 이라 불렸으며 약칭 '연통' 이라 말했습니다. 기사에서 연기가 난다는 의미로 '연통' 이라는 농담을 하곤 했습니다.

 통신사 기자는 일반 신문사, 방송사의 마감시간보다 빨리 기사를 보내야 하는 의무와 사명감을 가지고 있어서 참으로 부지런한 발걸음을 보입니다.

 여러 유형의 언론이 매일매일 기사를 받아쓰고 있으므로 딱히 마감시간을 정할 수는 없겠으나 신문을 기준으로 한다면 통신사가 오후 4시까지는 마감해 주어야 저녁 편집회의에 최종 정리정돈이 가능할 것으로 보입니다. 그러니 통신사 기자들은 10분이라도 먼저 기사의 핵심을 잡아야 하고 긴급사안일 경우에는 제목이라도 올려야 하는 속보성에 생명을 걸고 있습니다.

 이런 언론 시스템을 알기에 행정기관의 공보실 근무자는 가장 먼저 통신사에 기사를 올리려 합니다. 언론의 관심을 받지 못하는 기삿거리일지라도 일단 통신사에 올리면 각 언론사 데스크에서는 통신보다 기사 보고가 늦은 각 기관 출입기자에게 압박을 가하는 수단이 될 수 있기에 그리 하는 것 같습니다.

사건사고도 그러하거니와 기관장의 기자회견이나 중요 정책의 발표에 대해 초동 보고를 하여야 하는 것이 출입기자들의 임무이고 늘 순간의 취재를 위해 긴 시간을 기다려야 하는 것이 기자의 숙명입니다. 그리고 본사 데스크와 현장기자를 연결하는 끈이기도 합니다.

일단 통신에 기사가 올라가면 여러 언론에서 취재가 들어옵니다. 이때부터는 편안하게 자료를 제공하면 되는 일입니다. 그래서 각 기관에서는 통신사 기자에게는 미리미리 큰 제목이라도 귀띔을 해줄 필요가 있다고 합니다. 통신사 기자들은 전국망이기도 하고 아주 여러 명의 기자들이 다양한 분야를 취재하여 기사를 제공하고 있습니다.

사실 취재원은 무궁무진합니다만 통신사 기사를 바탕으로 지방지가 기사를 시작하기도 하고 중앙지도 통신사 기사를 인용하여 우선 인터넷에 올리기도 합니다. 지방지 기사는 다시 중앙지 기자의 취재원이 되고 때로는 중앙지가 특종한 기사를 지방지가 싣기도 합니다.

반대의 상황도 발생하는 것이 언론시장의 다반사인 것입니다. 오늘도 통신사 기자들은 새로운 기사를 찾아 이리저리 안테나를 돌리고 있습니다.

보도#골프장#순직

언론인 이야기를 하고자 함이니 공무원으로서 모시고 근무했던 계장님을 선배님이라 존칭하면서 이야기를 시작하고자 합니다. 1988년 임사빈 경기도지사님 재임시에 저는 세정과에서 문화공보담당관실로 발령을 받아 언론인에게 행정업무의 홍보 자료를 기사문으로 작성하여 전달하는 이른바 '아이템 담당자'로 일했습니다.

이 자리는 누구의 결재를 받지 않고 독자적으로 자료를 받아 자료를 작성한 후 기자실에 배포하면 석간에 그 자료를 바탕으로 한 기사가 인쇄된 신문으로 읽을 수 있는 일이었습니다.

그리고 매주 월요일 오전 10시 도지사님 주재의 간부회의시에는 상황실 뒷편에서 오디오를 청취하다가 의미 있는 말씀이 나오면 간단히 메모한 후 지방신문사 기자에게 전화로 알려주면 원고지 1매 이내의 가십 기사가 오후 2~3시경 신문에 실리니 이 또한 밤나무 아래서 3개 또는 2개의 초콜릿 알밤을 줍는 기분입니다. 취재와 기사 보도과정이 1:1로 마감되는 것이 공무원 초짜(공무원 11년차)로서는 얼마나 신명나는 일이겠습니까.

특히 당시의 임사빈 경기도지사로 말씀드리면 정말로 '입지전적'인 인물로서 일찍이 양주군에서 출생하시어 젊은 시절 내무부에서 일했고 야간대학을 다니고 꾸준한 노력을 거듭한 결과 9급에서 1급 도지사에 이른 분이고(지금 도지사는 차관급, 부지사 1급) 민선 경기도지사 출마에서는 낙선하였지만 양주-동두천 국회의원을 하시면서 경원선 전철 유치에 심혈을 기울이신 분입니다. '임두목'이라는 별명을 가지고 굵직한 일을 추진하신 분입니다.

특히 내무부 근무시절 공보관을 하신 이후 국장으로 승진하셨을 때 공무원들이 한동안 공보관실은 가지 않고 임사빈 국장실에서 진을 치고 기사 아이템을 받았다는 이야기를 들었습니다. 공직기간 동안에 9급에서 1급에 이르려면 얼마나 바쁜 승진과 자리이동을 하셨을까요.

하지만 임사빈 도지사님도 공무원이니 언론과의 충돌은 피할 수 없었던 숙명일까요. 1989년 하반기에 정부에서 관리하던 골프장 인허가 업무를 시행령을 개정하여 시도로 위임하게 되었고 경기도청 관광과에서는 당시 중앙으로부터 진행중인 골프장 서류를 덜렁 인계받았습니다. 곧바로 관광과에는 사업승인을 받기 위한 회사 간부, 설계회사 직원, 기타 로비스트들이 줄을 잇게 되었던 것입니다.

당시 업무를 담당한 C선배는 J선배와 과거 D시 부시장을 하신 선배 등과 함께 이 업무를 하면서 새벽부터 늦은 시각까지 힘든 나날을 보내게 되었습니다. 하지만 공평하게 일 처리를 잘 마친 결과 정년 퇴직하셨고 마지막 선배도 명예 퇴임하셨습니다. 그래서 이들 세 분은 최근에도 모임을 갖고 그 당시를 회고하시며 자랑스러운 공무원으로서의 자긍심을 되새기신다고 합니다.

하지만 지방언론에서 시작된 경기도청의 골프장 사업승인 건에 대한 비판은 중앙지와 방송까지 이어지게 됩니다. 최근 수년 전에도 국감에서 국회의원들이 김문수 경기도지사님에게 골프장 사업승인 건수가 많다는 비판을 하였습니다만, 국회에서 의결한 법에는 광역이든 기초든 자치단체장이 골프장 사업을 제한할 정책결정권은 주지 않았습니다. 서류를 준비하고 절차를 진행하면 골프장은 건설되는 것입니다.

당시에도 그러했을 것입니다만, 결국 정부에서 시작한 골프장 사업승인 서류가 경기도에서 마무리되자 이 책임의 화살들이 임사빈 경기도지사에게 날아오기 시작하였습니다.

더구나 당시나 지금이나 언론사 데스크는 다른 언론 보도내용을 보고 주재기자, 출입기자의 기사보고가 없으면 이른바 새처럼 '쪼아대는' 시절이었으니 1988년 당시 출입기자 30여 명이 일주일 동안 경기도가 골프장을 과다하게 허가한다는 기사를 많이 쓰게 되었습니다.

나중에는 중앙지 만평漫評란에 경기도 골프장에서 드라이버 샷을 하니 그 골프공이 지구를 한 바퀴 돌아와서 도지사의 벼슬 감투를 때려 떨어트리는, 당시 공무원으로서는 소스라치게 놀라는 그림이 올라온 것입니다. K신문 G차장이 올린 기사를 바탕으로 화백께서 의미를 담아 붓펜으로 일갈一喝하시니 임사빈 도지사께서 심히 마음이 불편하시게 되었을 것입니다.

지금도 기억이 생생합니다. J일보 K기자가 토요일 오후에 본사로 골프장 기사를 송고하려 하자 B계장님과 L차석이 팩스기를 가로막고 저지하려 하였지만 결국 송고되었고 월요일에 4단 정도의 세로 쓰기 기사가 난 것이 마지막인 듯합니다.

결국 '경기도 골프왕국' 기사는 온통 신문을 장식하고 덕분에 방송기자도 득템하여 드라이버 날리고 퍼팅으로 108번뇌(홀컵 지름이 108㎜)하는 영상과 함께 전국 방방곡곡에 보도되었으니 온 나라 국민들이 골프에 대해 깊은 관심을 가졌을 것이고 골프업계 종사자들은 신바람이 났을 것입니다.

108번뇌란 골프 퍼팅하는 홀컵의 지름이 108㎜인데 이는 100여 년 전 영국에서 치과의사가 당시의 홀컵을 대용하는 '토끼 굴'에 퍼팅하는 것으로는 심심하여 주변에서 소재를 찾던 중 짧게 잘린 수도관을 발견하고 이를 땅에 나무 심듯 묻은 후에 퍼팅을 하니 어렵지만 재미있어 이른바 시험에서 말하는 '변별력'이 커져서 그리 정했다고 합니다.

이분 치과의사가 당시에 좀 더 큰 300㎜ 수도관을 집어 들었다면 전 세계의 골퍼들이 얼마나 행복할까요. 물론 108㎜에서 아놀드파머, 구옥희, 최경주, 타이거우즈, 박세리, 신지애, 최나연이 나타났고, 오산시 7세 어린이의 홀인원이 인터넷에 크게 보도된 것이겠지요.

이렇게 낭만적인 이야기만 들으실 때가 아닌 줄 압니다. 결국 골프장 보도사건은 당시의 선배공무원이 낮으로 밤으로 언론인을 접촉하면서 이른바 '보도 막기'에 고생을 하신 바 피로와 스트레스가 축적되었고, 그해 12월말 출근길에 쓰러지시고 곧바로 수원시내 병원에서 긴급 조치를 받으시고 경희의료원 중환자실에 입원하셨으나 다음날 다시 수원병원으로 돌아오시게 됩니다.

앰뷸런스에서 내린 선배를 병실로 안내하고 손을 잡고 이마를 짚어보니 냉랭하고 맥도 희미하여 가슴이 먹먹하였고, 결국 12월 30일에 별세하시고 다음날 종무식 참석이 아니라 도청장 영결식에 이어 성남 공원묘원에 모시게 된 것입니다.

꼭 슬픈 날에는 날씨조차 더더욱 추운가요. 아니면 춥게 느껴지는 체감온도의 차이일까요. 오전에 도청광장에서 도청장을 거행하고 성남 장지에 모시고 돌아오니 저녁 7시쯤 되었는데 당시 교육을 앞두신 공보관이 사무실에 술상을 차려놓으셨습니다. 장지에 다녀온 후배직원들 고생했다고 격려하시는 자리입니다. 여기서 사달이 일어납니다.

출입기자 중 한 분이 늦은 시각 기자실에서 공무원들에게 뭐라 하신 말씀을 제가 잘못 이해하였나 봅니다. 1년 넘게 기자들과 살다시피 한 계장님이 순직하였는데 장지에 함께 한 출입기자는 2명뿐이었습니다. 평소에는 그리도 친밀해 보였는데 말입니다. 마음이 울컥하여 기자실에 뛰어들어 입구의 표찰을 파손하고 기자실내 원고지와 기타 서류를 마구 집어던지는 사태에 이르렀습니다.

책상 유리가 깨지고 문이 부서지고 기자실은 아수라장이 되고 말았습니다. 지금 생각해도 11년차 어린 공무원이 과도하다 반성을 합니다만 당시에는 소주가 25도로서 지금의 물 같은 19도와는 크게 다르므로 취하는 정도가 달랐다고 변명하는 바입니다.

그리고 공직에서 계장님은 부모님과 가족 다음으로 자주 만나고 가까이 모시는(당시에는 모신다 했음) 분이니 부모 돌아가신 상주로 생각하고 주변에서 다독이고 본인도 자중해야 하였습니다.

결국 다음날 새벽잠에서 깨어나니 동료들과 마지막 소주집인 소골집(지금 수원세무서 건너편 버스정류장 옆)에서 가로세로 섞여서 잠을 자고 있었습니다. 12월 31일과 1월 1일 밤 사이의 긴 시간을 소줏집 식탁 아래서 보낸 것입니다. 가까스로 몸을 챙겨 일어나니 안경이 오간데 없고 결국 버스 타고 집에 가서 샤워만 하고 오전 10시에 사무실로 출근하여 어제 받은 부의금을 정리하였습니다.

다음번 공보관에 내정되신 H국장님이 11시경 오셨습니다.

"국장님! 저는 이제 공무원을 그만 두어야겠습니다."

"왜 그르느냐?"

"어제 밤에 기자실 간판, 책상, 유리, 원고지, 서류를 제가 저 지경으로 만들었다고 합니다. 저는 기억이 날 듯 말 듯한데 제 짓인 것이 분명해 보입니다."

"그래 네가 기자실을 저리 했느냐?"

"예 그렇습니다."

"그래 참 잘했다! 더욱 더 열심히 하자."

결국 월요일 오전에 회계과 직원들이 긴급하게 응급복구를 하였고 이후 사고뭉치 공무원은 무난하게 2년 반 근무를 마치고 승진하여 다음 부서로 이동하게 되었습니다. 지금도 연말이 되면 당시 고생고생하시다 별세하신 선배님이 기억납니다.

사모님이 L대학교 메이퀸이라 자랑하시던 모습이 떠오릅니다. 훗날 전해 들기로 그 당시의 기자실 손괴사고는 도지사께도 보고되었지만 '알았다' 하셨답니다. 임사빈 도지사님입니다.

"친구!!! 고통과 번뇌가 없는 그곳에서 영면하소서"라고 영결사를 읽어 가시던 또 다른 L선배님이 생각납니다. 그 L선배님의 사위가 된 K서기관과는 가끔 만나 수원 역전 순댓국집에서 소주를 함께 합니다.

역사와 세월은 힘들어도 이어지는 것이고 기뻐도 함께 하는 시간의 흐름으로서 인간이 거스르지 못하는 대우주의 질서인가 생각합니다.

보도#행간#의미

초임 차장급 기자가 기자 본연의 임무에 충실하는 모습을 보게 됩니다. 우리 기관의 업무에 대한 비판적 기사를 연일 보도한다는 말입니다. 편안한 날 저녁에 술 한 잔하게 되었습니다.

취한 척하면서 한 마디 던져봅니다. 차장님은 '신문기사의 행간의 의미를 보느냐?'는 질문에 무슨 답을 하실는지요. 부장급 기자에게 이미 보도된 비판기사에 대하여 어필을 하면 '계장님, 행간의 의미를 읽어주세요' 합니다. 도대체 행간의 의미가 무엇일까 생각해 봅니다.

결론은 신문기사의 줄과 행 사이에서 숨겨진 어휘와 단어를 찾아보라는 말입니다. 기사를 취재하는 과정에서 고민하고 편집회의에서 부장들이 검토하고 최종적으로 편집국장이 정무적인 검토를 하였다는 의미입니다. 이 기사가 나가기까지 언론사 간부들이 신문사와 취재원 기관과의 관계를 생각해 보았을 것입니다.

기사의 강도가 처음에는 지진으로 치면 리히터지진계 9정도였으나 차장의 검토에서 8로, 부장의 고민으로 5로 내려갔을 것이고 편집회의결과 다양한 정무적 검토결과 최종적으로 3의 강도로 기사가 나온 것이라 할 것입니다.

그런데 언론의 비판을 받은 우리 측에서는 3이라는 강도가 높다 할 것입니다. 더구나 언론에서 우리를 비판한 것이니 이후 인터넷 등 여러 곳에 일파만파 퍼져 나갈 것이니 그 후유증은 클 것입니다.

하지만 취재하고 보도한 언론은 '행간의 의미'를 보아 달라 합니다. 우리가 편집하는 과정에서 아주 여러 단계로 깎고 낮추고 완충시켜서 여기에 이른 것이라는 항변입니다. 그래서 행간의 의미 속에 숨어있는 취재와 편집의 고충을 이해해 달라는 것입니다.

그러니 매일 매주 비판에만 열중하는 민완형사(敏腕刑事: 민첩한 수완을 가진 형사사건 수사 요원) 같은 취재 기자에게 우리가 할 수 있는 말은 '기자들도 행정처리 과정에서 발생하는 행간의 의미를 이해해 달라'고 호소하는 것입니다. 좀 더 구체적으로 말하면 우리가 언론에 광고, 홍보비를 지급하고 있다는 점도 가끔 생각해 달라는 요청인 것입니다.

하지만 홍보비, 광고비를 자주 언급하는 것은 오히려 반발을 살 수 있으니 아껴야 하는 칼집 속의 칼날입니다. 쉽게 써서는 안 될 보검寶劍, 보도寶刀인 것입니다. 아니면 홍보인, 공보인으로서 근무하는 동안 칼집만 보일 뿐 날을 뽑아서는 안 될 것입니다.

우리가 칼을 뽑는 순간은 벌의 입장으로 보면 벌침을 쏘는 마지막 상황이어야 합니다. 벌은 한 번 벌침을 쓰고 나면 절명합니다. 목숨을 걸 일이면 품고 있는 보검/보도를 딱 한 번 쓸 수도 있겠습니다만, 언론과의 백병전에서조차 칼을 쓸 일은 없습니다. 그동안 함께 다져온 술병과 술잔, 맥주 글라스 진투로도 충분합니다.

보도자료#SNS

오즘 정치인들이 자신의 주장을 펼치고자 하는 경우 기자회견 다음으로 자주 활용하는 것이 SNS입니다.

기자회견은 시간과 장소를 정해야 하고 기자들이 노트북을 들고 회견장소에 와야 가능합니다만, SNS를 이용한 보도자료의 제공은 시간과 공간의 제약에서 벗어날 수 있습니다.

연락에 누락되었다거나 회견에 초청하지 않았다는 불평불만이 있을 수도 없습니다.

그래서 언론인의 입장에서는 자료제공자 측의 '갑질'이 될 수도 있는 경우가 많습니다.

글을 올리고 특정한 우군에게만 1:1통신으로 공지하는 경우 주변의 다수가 정보제공 시스템에서 배제될 수도 있기 때문입니다.

나는 이 자료를 모두가 볼 수 있도록 글과 사진으로 올렸다 하면 해명이 끝나기 때문입니다.

지식백과에서는 SNS를 이렇게 설명합니다.

> 특정한 관심이나 활동을 공유하는 사람들 사이의 관계망을 구축해 주는 온라인 서비스인 SNS는 최근 페이스북(Facebook)과 트위터(Twitter) 등의 폭발적 성장에 따라 사회적·학문적인 관심의 대상으로 부상했다.
> SNS는 컴퓨터 네크워크의 역사와 같이 할 만큼 역사가 오래되었지만, 현대적인 SNS는 1990년대 이후 월드와이드웹 SNS는 서비스마다 독특한 특징을 가지고 있으며, 따라서 관점에 따라 각기 다른 측면에 주목한다. SNS는 사회적 파급력만큼 많은 문제를 제기하며 논란의 중심에 서 있다.

요즘 이 SNS를 가장 많이 활용하는 이가 트럼프 미국 대통령입니다. 참모들조차 모르는 사건사고를 대통령 트윗에 올려서 전세계 사람들이 다 알게 됩니다. 늦은 밤에 트럼프 대통령이 글을 올리면 미국 기자는 못 보고 아시아 기자들이 먼저 기사를 올리게 된다는 말입니다. 기사의 제공에서 중요한 요소중 하나가 타이밍인데 배구선수의 시간차 공격처럼 상대방의 헛점을 찌르는 사례가 자주 발생할 수 있습니다.

언론과 충돌하면서 앞으로만 나가는 정치인이라면 크게 신경 쓸 일이 아니겠지만 우호적인 언론과 함께 나가는 기관장이시라면 SNS타이밍을 정해두는 것도 좋겠습니다. 대략 저녁 4~5시에 한 번, 오전 9시에 한 번 글을 올리는 것이 어떨까요?

저녁에 올리는 자료는 내일 아침 조간신문용이고 오전에 올린 기삿거리는 인터넷 기자를 위한 것으로 생각해 봅니다. 그리고 정말 긴급하게 올리는 경우에는 1:1 연락방식으로 기삿거리가 올라갔음을 공지하는 것도 우군으로서 해 주어야 할 상호간의 도리라 생각합니다.

지금처럼 SNS가 활성회되지 않았던 시기에 손학규 도지사님의 정책제안을 청와대 홈페이지에 올리고 이를 기자들에게 보도자료로 돌린 일이 있습니다. 당시 측근들은 기자회견을 하기에는 약하고 보도자료만 돌리기에는 설득력이 떨어진다는 판단을 하고 청와대 홈피를 활용하는 당시로서는 매몰찬 아이디어를 냈던 것입니다.

미국 대기업 간부와는 E-Mail 인터뷰를 처음으로 성사시켜서 또 한 번 언론부서의 '히트다히트'를 기록한 바도 있습니다.

앞으로 5년 안에 지금 우리가 접하고 있는 최신의 언론자료 주고받기의 방법에 또 한 차례 업데이트가 있을 것이라 생각합니다. 아마도 혹시 스마트폰 버튼을 누르고 말을 하면 동영상으로 편집되어서 세상의 모든 이들에게 제공되는 1인 미디어 시대가 이미 진행중인가 봅니다.

1988년에 볼펜으로 보도자료를 쓰고 복사해서 아침 8시 30분에 기자실 책상 위에 1부씩 올렸던 기억이 생생한데 30년 후 지금 SNS를 이야기하고 있으니 5년 내에 어떤 혁신이 일어날지는 지금 알 듯 모를 듯한 것입니다.

보도자료#구성#작성

싱싱하고 저렴한 과일과 채소를 구입하기 위해 농산물도매시장을 자주 갑니다. 어느 해 추석 연휴에 시장에 들어가기 위해 주차 티켓을 뽑으려 하는데 붉은 글씨로 '사용금지'라고 티켓출구를 막았습니다.

이 티켓을 뽑지 말라는 의미로 보입니다. 그러면 사용금지가 아닙니다. '사용금지'라 쓰고 "연휴기간 중에는 주차요금을 받지 않습니다"라고 읽으라는 의미입니다.

다음번에는 차단기를 하늘 높이 들고 있으므로 그냥 들어갈까 하다가 '표 뽑는 곳'이라는 문패가 선명하기에 여러 번 터치를 했지만 반응이 없습니다. 이날 역시 '표 뽑는 곳'이라 쓰고 손님들에게는 "공사중이라 무료이오니 통과하세요"라고 읽으라 하는 것이었습니다.

공보실, 홍보부 직원들은 언론에 자랑할 것이 없어서 목이 타는데, 행정과와 관리과 직원들은 황금 같은 홍보의 기회를 날리고 있습니다.

깊은 산속에 사는 부부가 있습니다. 신랑이 금덩이로 숯가마 아궁이를 만들었다고 합니다. 읍내에서 시집 온 며느리가 금을 알아보고 잘게 쪼개어 대장간에 팔아 큰 수입을 챙겼습니다. 숯가마 신랑은 금을 아는 아내가 아니었으면 황금 같은 기회를 잃어버릴 뻔하였습니다.

마찬가지로 사업부서는 공사에만 신경을 쓰다 보니 기관, 회사를 홍보할 기회가 있는 줄도 모릅니다. 1998년 6월 16일에 정주영 회장님이 방북소떼 500마리를 이끌고 휴전선을 넘을 때 트럭마다 '정주영 명예회장 방북 소 운반차량'이라고 적었습니다.

현대그룹 홍보실에서 사전에 통일부와 얼마나 많은 토론과 주장 끝에 이룩한 성과이겠습니까. 이 플래카드 문구가 한 번에 완성되었다 생각하지 않습니다.

우리 기관 우리 회사 여러 곳에 홍보의 공간이 있지만 살리지 못하는 것은 아닐까 고민해야 합니다. 경기도 양평군 용문산 용문사에는 1,000살이 넘은 은행나무가 있습니다. 이 나무를 보호하기 위해 더 높은 크기의 피뢰침이 서있습니다. 설치 주체가 양평군이든 문화재관리청이든 용문사이든 관계없이 참으로 좋은 홍보의 탑이 텅 비어 있습니다.

오산시 죽미령고개는 6.25전쟁 때 소련제 탱크와 미국 맥아더장군 휘하의 스미스부대가 큰 전투를 치른 곳입니다. 1950년 7월 5일 UN군의 일원으로 참전한 스미스 특임부대가 북한군 전차부대와 치열한 전투를 벌였고 미군 181명이 전사하였습니다.

UN군의 큰 희생으로 북한군의 남하를 지연시키고 우방에서 참전하고 전쟁물자를 지원하는 원동력이 되었습니다. 미군 전우들은 전후에 돌 540개를 모아서 치열했던 전투현장에 초전비를 세웠습니다. 탑에 올라간 540개의 돌은 스미스부대원 540명을 의미합니다.

이런 스토리를 간직한 이곳은 오산시를 전국에 홍보할 수 있는 명소입니다. 미군이 세운 초전비와 대한민국에서 건립한 UN군 초전비는 국도1호선으로 양분되어 있습니다. 이 도로 위로 인도를 세우고 그 인도에 초전비 현장임을 국민과 외국인에게도 알리는 홍보전략을 제안합니다.

남양주시에는 홍유릉이 있습니다. 고종황제와 명성황후를 모셨습니다. 인근 구리시에는 건원릉이 있습니다. 태조 이성계를 모셨습니다. 세계유네스코 유산으로 등재된 조선 왕릉의 역사는 이성계의 건원릉에서 출발하여 고종황제의 홍릉으로 500년을 이룩합니다.

홍유릉은 고종황제, 순종황제, 명성황후가 모셔졌습니다. 그 인근에 영친왕, 의친왕, 덕혜옹주의 묘역이 있습니다. 좋은 자리를 보아두었습니다. 그 자리에 조선 500년 왕릉을 미니어처로 만들고 초중고생의 역사현장으로 만들자는 제안을 합니다.

스마트폰에 연결된 어플을 열고 미니어처 왕릉 앞에 서면 당대의 역사 이야기를 들을 수 있습니다. 아마도 건원릉의 억새풀 이야기, 세종대왕이 경기도 여주에 이장된 사연, 융건릉과 효도에 대한 설명이 나올 것입니다.

2016년 8월에 영화 '덕혜옹주'가 개봉되었습니다. 간부 공무원들이 영화관람기를 모아서 영화감독과 배우에게 보냈습니다. 조선왕릉 관리사무소가 동참하여 덕혜옹주 묘역 앞에서 조선의 왕릉 역사를 설명하는 행사를 열었습니다.

그리고 2017년 봄에 그동안 비공개지역이었던 덕혜옹주와 의친왕의 묘역이 개방됩니다. 쉽게 열리지 않는 문화재관리 위원회의에서 개방을 결정하게 한 힘은 남양주시청 공무원과 시민과 언론이었습니다. 공무원이 노력하면 긍정의 역사로 조금씩 바뀔 수 있습니다.

언론홍보를 통해 세상이 많이 변하고 있습니다. 언론홍보는 자화자찬 자랑이 아니라 당연히 해야 할 일을 하는 것입니다. 보도자료는 자랑자료가 아니라 알권리를 키우는 의무이행입니다. 이제 우리 홍보맨들은 우리의 홍보노력이 자랑이 아니라 임무, 의무, 사명임을 자각해야 합니다.

보도자료#식재료#배달요리

행정기관이나 기업에서 언론에 내놓는 보도자료는 언론 보도문이 아니라 말 그대로 '보도자료' 입니다. 혹시 보도자료를 잘 쓰기 위해 시간과 정열을 소비, 허비, 낭비하고 있지는 않은가 돌아볼 필요가 있습니다.

실전에서 보면 제목부터 소제목, 본문 내용이 기사문을 전제로 작성되어 배포되는 것을 볼 수 있는데 이 방식이 정도, 지름길인가 하는 점에는 의문이 있습니다.

보도자료는 한정식 집에서 접시에 담아 소스로 그림을 그려 멋을 낸 후 식탁 위에 따끈하게 올려진 요리가 아니라, 농산물시장에서 구매하여 주방에 방금 도착한 아주 신선한 식재료이어야 한다고 생각합니다. 무와 배추와 파, 마늘, 붉은 고추 등이 도착하면 아마도 보통의 주방장은 열무김치, 배추김치, 겉절이 등을 상상할 것입니다.

그런데 상상력이 앞서고 창의력이 좋은 주방장이라면 이 재료 중에서 어느 것을 택하고 무엇을 버릴까 생각할 것입니다. 즉, 주어진 재료에서 일반적인 음식을 상상하는 주방장이 있고 어떤 재료를 특화해서 새로운 요리를 창조하겠다는 조리장도 있을 것입니다.

언론인도, 기자도 하나의 사건이나 행사, 모임을 보면 시대상과 언론사의 사시 등 다양한 각도에서 분석을 하고 자신이 취할 기사의 방향에 대해 고민을 합니다. 그런데 취재원 측에서 이런저런 재료를 다듬고 자르고 삶고 볶아서 하나의 요리, 음식으로 완성하여 제공하면 언론인의 입장에서는 참으로 편하고 더 이상 고민할 것이 없을 것입니다.

하지만 우리는 잘한다는 생각으로 기사문 형식의 '완성된 보도자료'를 제공함으로써 언론인들의 시각과 능력을 바탕으로 5가지 재료를 활용하여 5가지 이상의 기사를 창조할 기회를 잃어버리는 결과를 자초하고 있습니다. 우리가 미리 만들어 한 개의 음식으로 제공하면 언론인들의 가사 창의력이 말살된다는 말입니다.

더구나 우리는 보도자료 앞머리에 기관장의 연설문 핵심을 먼저 올리고 행사의 성격과 추진 이유는 마지막에 넣는 실수를 자주 범해 왔습니다. 기자와 독자들이 원하는 보도내용은 행사의 성격과 그것에서 자신이 얻을 것이 무엇인가에 관심이 높습니다. 기관장의 연설은 기사 말미의 참고자료인 것입니다.

기사와 논문의 차이점이 있기 때문입니다. 논문은 일반적인 상황을 제시한 후 자신이 주장하는 최종의 의견을 마지막 결론에서 제시합니다만, 기사는 제목에서 핵심을 말하고 첫 문장(리드문)에서 그 시책의 전모를 밝히게 됩니다. 다음 문장에서 설명을 보충하고 그 다음에 추가로 알려줍니다.

독자는 제목을 보고 사건을 이해할 것이고 궁금하면 첫 문장을 읽고 그래도 부족하면 다음 문장으로 눈이 가는 것입니다. 그러니 우리 공무원들은 기관장의 말씀을 앞에 싣고 싶어 하고 기자는 마지막으로 돌리거나 아예 **빼버리곤** 합니다.

언론인과 공보실 공무원과의 고민이 충돌하는 현상을 여기에서 만나게 됩니다. 그래서 어떤 언론인은 '기사를 써주었다' 고 합니다. 공보실 공무원이 원하는 대로 써서 편집부에 넘겼다는 말입니다.

하지만 기자가 정말로 마음먹고 기사를 썼다면 강력한 비판을 담고 있을 것이고 이해당사자의 주장을 싣고 행정공무원의 비판에 대한 해명을 싣게 됩니다. 그래서 관계자에게 여러 번 연락을 취했으나 연결되지 않아 소명을 듣지 못했다는 내용을 기사문에 올리게 보게 됩니다.

이제 우리의 보도자료는 연락처와 담당자 정도를 표기하고 기관의 방침 결재문, 행사에 대한 계획서 사본을 첨부하는 것으로 바꿔야 합니다. 식당 주방에 재료가 들어오듯이 공무원이 기획하고 기관장의 결재를 받은 문서를 원안대로 출입기자에게 제공해야 합니다.

공무원의 시각에서 요리조리 쿠킹하지 말고 기자의 입장에서 사업을 평가하고 행사의 의미를 독자와 시청자들에게 전달하도록 하는 '언론인을 활용하는' 보도전략이 필요합니다.

다만 행정이 언론을 통해 국민들에게 하고 싶은 홍보이야기는 하고 싶은 대로 작성하여 배부하되 관련 자료를 충분히 첨부하는 것도 다양한 언론인의 기자작성 기법을 더 많이 활용하는 기회가 될 것이라는 생각도 하고 있습니다.

그래서 늘상 보도자료는 식재료가 되기도 하고 요리가 되기도 합니다. 식재료는 기자들이 다양한 기사로 발전시킬 수 있지만 요리는 더 이상 어찌할 수 없는 단순한 배달음식일 뿐입니다.

주방장실 옆 홀에서 먹는 탕수육과 오토바이로 달려와 경비문 2곳을 어렵게 통과한 후 아파트 15층에 도착한 짬뽕의 맛은 다를 수밖에 없다는 말입니다.

보도자료#작성법#활용법

공무원들이 힘들어 하는 일중 하나가 보도報道자료 작성입니다. 행사를 위한 연설문은 더더욱 어려운 일입니다. 정답이 없어서 힘든 일입니다. 하지만 조금 쉽게 생각하면 이처럼 쉬운 일도 없을 것입니다.

왜냐하면 보도자료는 정말로 자료일 뿐 직접 기사를 쓰는 것이 아니요, 연설문演說文도 이야기할 소재를 나열하는 것이지 직접 청중 앞에서 스피치하는 것 아니기 때문입니다.

그래서 주부가 전통시장에서 장을 보듯이 보도자료는 충분한 자료를 음식 재료처럼 준비하면 될 일이요, 연설자료 역시 그 행사에 쓰임직한 어휘와 단어 그리고 키워드를 제공하면 되는 것입니다.

연설하시는 분의 평소 취향이나 스피치 스타일을 사전에 파악하는 것이 중요합니다. 음식을 준비할 때 그분의 식성을 알아두면 편리한 것과 같이 연설하시는 분을 파악하는 것이 필요합니다.

연설이나 요리나 기사나 모두에게 임팩트가 한두 개 있어야 합니다. 오늘 연설에서 강조할 단어, 오늘의 요리 차림에서의 대표메뉴, 오늘 신문기사의 핵심 제목을 정해야 한다는 말입니다.

청중들은 일상의 어제와 똑같은 반복을 거부합니다. 식객食客은 늘 새로운 맛을 갈구하는 것처럼 자들은 어제와는 조금 다른 기사를 기대하면서 신문을 받아 펼쳐 들게 됩니다.

따라서 보도자료는 간명簡明하여야 합니다. 보도자료 다음장에 풍부한 자료를 첨부하는 것이 효율적입니다. 공급자의 시각에서 만들어진 보도자료는 얕은 맛으로 당장에는 잘 진행된 듯 보이나 다양한 기사로 발전하지 못하고 기자의 멋지고 전문가적인 필력筆力을 구속합니다.

시장을 보는 이가 구체적인 메뉴를 정하는 것보다는 요리사의 판단에 맡기고 재료를 준비하는 것이 식탁에 올려질 요리에 대한 기대치가 더 높을 것입니다. 같은 키워드를 가지고도 연설자는 현장 분위기에 맞추어 좋은 연설을 설파할 수도 있고 전혀 맞지 않는 동문서답, 연목구어緣木求魚식 연설에 머물 수도 있는 것입니다.

이제는 간명해졌습니다. 보도자료 준비에 고민하지 마라. 가지고 있는 식재료를, 보도자료를, 연설하실 내용을 큰 틀로 제공하고 나서 기다려 보라. 당신이 정하고 결정한 것 이상으로 좋은 요리, 멋진 연설, 맛깔나는 신문기사가 나오고 방송 멘트가 TV와 라디오 전파를 탈 것이다.

이제 확실한 것은 머리가 빠른 공보실 직원이 필요한 것이 아닙니다. 다리가 부지런하여 이리저리 쫓아다니면서 다양하고 싱싱한 재료를 많이 모아오는 발 빠르고 눈치도 밝은 홍보실 공무원公務員을 노트북을 컨 적극적인 우군 기자記者들이 기다리고 있다는 사실입니다.

부정#긍정#불가근#불가원

살아가면서 긍정적인 생각과 부정적인 생각이 극명하게 갈라지는 경우는 흔하지 않습니다. 대화 중에 나오는 어휘들을 보면 50대는 긍정적인 표현을 많이 하는 것 같은데 젊은 층으로 내려갈수록 부정적인 표현을 쓰고 중고생의 경우에는 바람직하지 않은 용어구사가 많은 듯 보입니다. 더구나 대화의 반 이상을 욕으로 느껴지는 단어를 생각 없이 쓰는 경우도 접하게 됩니다.

청소년의 상황을 보면 반갑다 친구야! 라고 전하는 말인 듯 보이는데 대화내용은 비속어가 많이 첨가된 아주 거친 문장으로 구사됩니다. 그리고 '안 돼요'를 남발하는 것도 안타깝습니다. 식당에서 "아줌마 여기 물 좀 더 주면 안 돼요?" 물을 더 달라는 말인데 참 어렵게 표현합니다.

젊은 엄마들이 아기에게 "안 돼 안 돼!!!"만을 반복하고 "참 잘 했어요! 옳지!!!"라는 말을 쓰지 않았기 때문이라고 합니다. 그래서 10대 전후 아이들은 "엄마 목욕하면 안 돼? 우유 마시면 안 돼? 잠깐 자면 안 돼?" 등 모두 안 되는 것으로 자신의 의사표시를 하고 있습니다.

우리 집 아이들은 치킨과 피자만 좋아한다고 말하는 엄마가 많습니다만 그 엄마가 아이들에게 삼계탕과 김치전을 먹이지 않고 그렇게 말한다면 잘못일 것입니다. 집 주변에 흔하게 접할 수 있는 치킨집과 피자집에서 1588-9999로 전화기만 누르면 빨강 오토바이가 바르르 배달해 주기에 치킨집 전화번호 스티커를 냉장고 벽면에 하나 가득 장식한 것은 아닌지 반성해야 합니다. 그리고 식혜나 결명자차 같은 음료를 만들기 귀찮아서 외국산 탄산음료를 마구 마구 먹인 것은 아닌지 반성해 주시기 바랍니다.

어른들의 대화 중에도 "그게 아니구요"를 남발하는 모습을 쉽게 발견할 수 있습니다. 상대편의 주장이나 설명에 대해 95% 공감하고 2% 정도 차이가 나는데도 불구하고 일단은 "그게 아니구요"를 던지고 대화를 이어갑니다. 우리는 가급적 "네 공감합니다. 맞는 말씀 입니다. 그렇다마다요" 라고 말한 후에 자신의 의견을 말해야 합니다. 상대편의 주장에 50% 반대의 입장이어도 나머지 반을 긍정적으로 말해야 할 것입니다. 이 세상에 '그게 아닌 것'은 하나도 없습니다.

이제 공무원과 언론의 인식 차이를 이야기할 때입니다. 언론의 보도에 대하여 가장 먼저 자신과 다른 주장에 대해 분노하기 시작합니다. 기사에서 기자는 그 사업이나 행사의 정황을 설명하고 그 속에서 잘못된 부분을 지적하고 비판하고 나중에 대안을 제시합니다. 하지만 마음 급한 공무원은 일단 기사에서 자신의 업무에 대한 지적부분에 스스로 가슴을 찌릅니다. 아픕니다. 그러니 기사의 고민과 편집 데스크의 고뇌, 기사 전체의 '행간의 의미'를 발견하지 못합니다. 긍정 51 : 부정 49나 긍정 49 : 부정 51에서 얼마나 차이가 있겠습니까. 긍정으로 쓴 기사가 편집부 기자의 견해 차이로 부정적 기사로 변질되는 경우가 많이 있습니다. 술이 반병밖에 남지 않은 것이나 술이 아직도 반병이나 있는 것의 차이는 무엇일까요.

'행간의 의미' 란 기사는 이렇게 말하고 있지만 그 속의 진의가 무엇인가를 판단하라는 것입니다. 기자는 중앙선 침범을 안전띠 미착용으로 약하게 표현하고 있는데 공무원은 안전띠 미착용으로 스티커를 뗀 경찰관을 미워하고 있습니다. 반대차선의 차량과 충돌위기를 모면한 것을 모르고 차선위반도 모른 채 왜 나에게 안전띠 매지 않았다고 스티커를 발부했느냐가 분노의 이유가 되는 것입니다.

차라리 당신은 중앙선 침범이라는 위법자인데 특별히 안전띠 미착용으로 낮은 등급의 스티커를 발부한다고 설명했다면 그 운전자는 흔쾌히 받아들일 것입니다. 언론의 경우에도 더 큰 사건으로 번질 기사를 이 정도에서 마무리하고자 했고 다음날 그 부서의 장으로부터 감사의 전화를 받거나 기자실에 방문하여 고마움을 표할 줄 알았는데 아침 일찍 전화를 걸어온 담당자로부터 엄청 큰 반발의 어필을 받으니 오히려 당혹스러울 수 있다는 말입니다.

기사에 대해 보도에 대하여 우리는 일단 긍정하는 마음으로 받아들일 필요가 있습니다. 이미 지나간 일입니다. 신문에 올랐고 인터넷에 퍼졌으며 방송으로 동네방네 전파를 탄 이후이니 말입니다. 기자에게 어필한다고 돌이킬 수 있는 화살이 아닙니다. 이미 화살은 날아갔고 과녁에 맞고 안 맞고는 금방 결정 나는 일입니다. 해서 일단 마음에 안 드는 힘든 기사를 쓴 기자에게 어필하기 보다는 오전 10시경 만나거나 전화를 해서 그 정도로 낮게 기사를 써주어 고맙다고 하는 것이 좋을 것입니다. 기삿거리는 풍성하고 신문지면은 매일매일 나오니 말입니다. 세상은 넓고 할 일은 많은 것처럼 기사로 쓰여질 거리는 얼마든지 있습니다.

한 번 가볍게 예방주사 맞듯이 기사 한방 맞고 다음번 홍보기사 보도자료를 내면 그 기자가 3단짜리 4단으로 쓸 수 있도록 하는 인맥 형성이 필요합니다. 불가근不可近 불가원不可遠이라 하지만 그래도 언론인은 공직 내내 함께해야 할 공무원의 영원한 파트너이지 말입니다.

브리핑룸#꾸미기#기자회견

중요 정책을 발표하기 위한 기자회견은 딱히 정해진 공간 아니 장소가 있는 것은 아니지만 방송과 신문, 인터넷 등 다양한 매체를 대상으로 설명을 하기 위해서는 브리핑룸이 필요합니다. 평소 언론을 통해 기관장이나 유명인사가 기자회견을 하는 화면을 보면 발표자 뒷편의 이른바 '백드롭'에 신경을 쓰게 됩니다.

 발표자는 자신의 주장을 열심히 설명하겠지만 대변인실 직원, 공무원들은 신문 사진이나 방송 화면에 나가는 백드롭의 시각적인 효과에도 관심을 가져야 합니다. 화면으로 전하는 홍보효과가 아주 크기 때문에 브리핑룸의 화면 디자인이 대단히 중요합니다.

 우선 백드롭에 기관명이나 구호 등을 작은 글씨로 여러 번 중복해서 배치해야 합니다. 동영상이든 정사진이든 어느 각도에서나 화면 안에 우리 기관명이 나오도록 해야 합니다.

 큰 글씨로 새기는 경우 전체 화면을 잡을 때는 효과적일 수 있지만 발표자의 얼굴이 클로즈업되는 경우에는 큰 글씨의 기관명은 잘려나가게 됩니다. 예를 들어 '경기도청'이라고 크게 쓴 경우 근경에서는 도지사님의 얼굴 뒤에 '경' 기도 '청' 만 보일 수 있습니다.

그래서 작은 글씨로 여러 개의 '경기도청'과 로고 등을 여러 번 중복해서 배치하여야 한다는 주장을 하는 것입니다. 전체를 보면 지나친 듯 보이지만 TV에 나가고 신문사진으로 인쇄된 결과물을 보면 이해가 됩니다. 발표자의 어깨부터 머리 위 20㎝ 정도까지의 공간에는 기관명과 로고, 오늘 발표하는 정책의 제목을 집중 배치할 필요가 있습니다.

백드롭에서 가장 비싼 서울복판 명동의 땅 한 평이라 생각해야 합니다. 신문기사 사진이든 방송이든 우리 기관명이 나가도록 하는데 노력해야 합니다. 반대로 부정적인 발표를 하거나 도정과 무관한 사항을 이야기하는 경우에는 백드롭을 커튼으로 가리는 재치도 필요합니다.

다음으로 언론인을 위한 통신라인이 필요합니다. 맑고 고운 오디오를 받아갈 수 있도록 브리핑룸 뒷면에 카메라 오디오 잭을 여러 선 설치해 주어야 합니다. 무선으로 오디오를 잡기도 하지만 메인 마이크에서 따주는 라인으로 녹음을 하면 맑은 목소리를 전할 수 있습니다. 220볼트 전원코드를 여러 개 준비하는 것도 중요합니다.

기자회견을 진행하는 실무자들은 사전, 사후에 충분한 자료를 준비하여 언론인 모두에게 제공해야 합니다. 카메라 감독에게도 보도자료를 중요합니다. 기자회견 내용에 참고가 되는 자료, 동영상 파일, 설명을 위한 판넬 등도 준비해야 합니다.

기자회견 중 화면에 잡히는 부분은 기관장이나 간부가 판넬을 들고 설명을 하거나 서류를 들고 이야기하는 경우입니다. 국정감사에서도 의원이 서류를 들고 말하거나 일어서서 발언하는 모습이 뉴스에 자주 나옵니다. 마이크 앞에서 다소곳이 말하는 장면은 뉴스용 화면이 아닌 것입니다.

회견이 끝나면 우리 측에서 촬영한 동영상을 전하고 우리가 촬영한 사진

파일을 출입기자들에게 전해야 합니다. 기자회견장에서 전쟁하듯 셔터를 눌러대는 이유는 그중에 가장 리얼한 사진 한두 장을 건지기 위한 것입니다.

여러 장 찍으면 그중에 생동감 있는 사진 몇 장을 뽑아낼 수 있을 것입니다. 정지되어 있는 신문에 인쇄되는 사진이 움직이는 것처럼 보이게 하려는 신문사 사진기자들의 노력을 인정하고 알아주어야 합니다.

1970년대 사진을 보면 천정 위에 '경기도 퇴비증산 전진대회' 라 써붙이고 그 앞에서 격려사를 하시는 도지사를 원경으로 찍어서 신문사에 보냈습니다. 잘못된 보도사진의 사례입니다. 이제 우리는 그 플래카드를 도지사님 어깨 위에 배치하고 가까운 사진을 찍어서 보내야 합니다.

그러니 플래카드도 행사장의 크기에 맞추는 것이 아니라 2m 정도로 만들어 도지사 머리 뒤에서 보이도록 해야 합니다. 경우에 따라서는 행사명을 2줄로 압축하는 지혜도 필요합니다.

영화나 드라마 제작 발표회를 보면 아예 마이크에 그 제목을 매달아 줍니다. 우리도 발표자의 연대 앞에 행사의 제목을 매달아 주기도 합니다. 공격적이고 적극적인 홍보전략을 펼쳐야 합니다. 회견장 발언대 양쪽에는 태극기와 기관의 깃발을 적정한 곳에 배치하는 것도 좋을 것입니다.

기자회견 내용은 회견거리가 되어야 합니다. 일상적인 업무내용을 기관장이 발표하는 것도 맞지 않는 일이며 중차대한 정책을 실무과장이 발표하거나 보도자료 배포만 하는 것은 홍보기회를 잃는 안타까운 일입니다.

모래를 가지고 사금인 양 발표해서도 안 되지만 금덩어리를 숯덩이처럼 취급해서는 더더욱 안 될 일입니다. 사족蛇足 하나 그려보면, 늑대는 두 달에 한 번 정도 나타나면 됩니다. 자주 나타나면 기자들의 눈에 '늑대가 고양이'로 보입니다.

선배#선배스러운#사회#박홍석

잘 아시는 바이지만 언론사 기자들 사이에서 편집국장을 '국장'이라 부르거나 아예 '선배'라고 호칭하는 것이 일반적이라고 합니다. 다시 말해 부장님, 국장님, 차장님이라 하지 않고 선배라고 부른답니다. 그러니 편집국장에게 '국장님'이라고 호칭한다는 것은 선배로 모시지 않는다는 의미로 해석할 수 있습니다.

한 나라에 지도자가 있듯이 조직에는 리더가 있고 신문사에는 선배와 후배가 상존합니다. 그래서 조직은 개미굴처럼 보이지만 일개미, 헌병개미, 초병개미, 왕개미가 있듯이 신문사 안에도 국장, 부국장, 부장, 차장, 기자가 있고 취재기자와 편집기자, 사진기자가 있는 것입니다. 정치부, 경제부, 국제부, 사회부, 제2사회부가 있어서 본사와 지사를 관장하고 있습니다.

이런 언론사에서 수십 년 일하면서 항상 선후배의 존경과 사랑을 받기가 어려울 것인데 늘 존경을 받으며 일하고 맺고 끊음조차 정확하여 어느 시점에서 또 다른 사회로 나와 사막 같은 광야에서 눈보라, 모래바람을 맞고 있는 언론인이 있습니다. 현역에서 존경받았듯이 퇴임 이후에도 선배로 멋진 언론인으로 추앙받는 이유를 최근에 알았습니다.

95세 모친을 떠나보내는 심경을 페이스북에 올렸습니다. 댓글이 그렇게 많이 매달린 페북을 본 일이 없습니다. 상업광고에 전략적으로 낚시질하려고 댓글과 '좋아요'를 매다는 경우는 있을 것입니다. 이에 대해 혹시 누군가가 상사喪事를 알리는 경우에는 '좋아요'가 아니라 '삼가 명복을 빕니다' 라는 멘트를 보너스로 만들어 주었으면 하는 바람을 갖는 바입니다. 이 선배의 상사에 가보니 또한 조문객의 분포도가 사회 전반입니다.

그래서 한 번 더 생각해 보니 이분 선배의 이 같은 성공적 사회생활의 힘의 원천은 바로 효라고 생각합니다. 페이스북에 올린 사진을 보면 알 수 있습니다. 95세 어머니에게 숟가락으로 긁은 과육을 입에 넣어 드리면서 마치 아버지가 3살 아들에게 하듯 하는 표정입니다. 이런 사진이 신문과 방송에 많이많이 보도되기를 바라는 마음입니다.

이분 박홍석 (전)경기일보 편집국장의 이야기를 후배기자들이 이 페이스북에서 사진과 글을 내려 받아 본사에 송고하셔야 할 것입니다. 언론의 기능이 누군가를 비판하고 야단치고 불법부당한 일들을 고발하는 당연한 일을 하도록 하고 있습니다만 가끔은 반포지효反哺之孝의 아름다운 모습으로 조명하고 밝혀서 어두운 이 세상을 더더욱 밝게 비춰야 하는 것입니다.

언론의 선배를 넘어 사회의 선배가 되기에 충분한 인품을 가진 분이기에 그렇게 주장하는 것입니다.

노인은 많지만 원로가 없는 사회, 5급은 많은데 사무관은 귀한 조직, 기자는 많은데 선배가 없는 언론사가 아니라, 모든 이가 원로가 되고 모든 이가 일꾼이 되며 모든 기자가 사회를 밝히는 등불이 되는 그런 사회를 원하는 것입니다. 선배가 선배다운 그런 세상을 희원希願합니다.

선언#후공#언론우선

출입기자 나 특별히 언론인을 만나는 경우 우리 공무원은 늘 '선언후공先言後公'의 자세를 가질 필요가 있습니다. 언론이 먼저요 공무원은 그 다음이라는 뜻으로서 일단 이 세상사 어디에나 적용될 말입니다.

즉 모든 일에 언론이 앞장서야 한다는 것이고 공무원은 독자 또는 국민의 뜻을 대변하는 언론의 비판과 지도편달指導鞭撻을 따르겠다는 다짐이기도 입니다.

그렇다고 언론에 항상 저자세를 취한다는 말은 아닙니다. 공무원으로서 자신의 업무에 자신이 있다면 언론인과 당당하게 맞서면 될 일입니다. 그런데 남성男性은 아버지이고 여성女性은 어머니이듯이 언론은 평가評價이고 행정은 집행執行입니다.

행정은 예산을 편성하고 집행하고 인허가를 결정하여야 하는 아주 많은 가지 수의 일을 하여야 합니다. 반면 언론은 자신들이 하는 사업은 적은 편이고 늘 기사를 통해 행정을 평가하고 비판하고 공무원을 계도합니다.

그래서 언론인은 일종의 직업병이라는 말을 듣는 경우가 많습니다. 비가 오면 짚신 장사 아들이 걱정이요, 날씨가 청명 쾌청하면 나막신 장사아들 장사가 안 되니 걱정인 것은 부모 마음이나 공무원 생각이나 같을 것입니다.

그런데 언론인은 비 오는 날 만난 아들이 나막신이냐 짚신이냐에 따라 그날의 평가가 다를 수 있습니다. 즉 취재를 한 사건을 중심으로 이야기를 시작합니다.

같은 사안도 공무원이 적극적으로 홍보전략弘報戰略을 펴면 홍보기사가 되고 민원인이나 당사자인 국민國民이 어필하면 비판기사가 됩니다. 범죄자가 늘어난 것을 보고도 문화부 기자가 보면 사회적인 걱정이 되고, 사회부 기자가 보면 요즘 경찰과 검찰이 열심히 일한다고 평가를 할 수 있습니다.

소방차가 경적을 울리며 화재현장으로 달려가는 모습을 본 사회부 기자는 요즘 소방공무원이 시민의 생명과 재산을 지키기 위해 열심히 일한다고 평가합니다. 반면 과학부 기자는 소방차 출동 횟수가 현격히 낮아졌다는 자료를 바탕으로 소방 공무원의 방화防火 활동의 성과가 높다는 주제로 특집特輯 기사를 쓸 수도 있습니다.

이처럼 기자는 자신의 판단과 전공, 개인적 소신에 의하여 같은 사안에 대해서도 '술이 반병 밖에, 술이 반병이나' 라는 2개의 기사를 쓸 수 있고 편집부 기자는 이 기사를 바탕으로 '절반折半의 실패失敗' 라는 제목과 '절반의 성공成功' 이라는 참으로 애매모호한 제목을 창조해 내는 것입니다.

반면 행정은 늘 90% 이상의 성과를 올려야 하는 숙명宿命적 과제를 지니고 있습니다. 일단 일을 시작하면 6월말에는 50%를 달성해야 하고 11월말에 95%의 진도를 이끌어내야 하는 것입니다.

그런데 공무원으로서 기사에서 지적指摘을 받습니다. 가장 힘든 경우는 부서에서, 또는 공무원 개인이 창의적으로 새로운 업무를 발굴하여 지난 2월부터 열심히 추진하고 있는데 언론으로부터 그 일이 70% 밖에 진도 나가지 못하고 지지부진하다는 비판 기사를 맞았을 때입니다. 차라리 이 일을 시작하지 않았다면 기사 날 일도 없었을 것이니 말입니다.

일하지 않으면 비판 기사도 없는 것입니다. 매일매일 기사를 올려야 하는 기자로서는 공무원의 속마음까지 다 읽어내지 못하는 어려움이 있을 것입니다. 그래도 공무원은 열심히 일하고 새로운 일을 발굴하여 국민을 행복하고 편안하고 행복하도록 힘써 노력勞力해야 합니다. 언론도 공무원에게 주마가편走馬加鞭의 심정으로 크고 작은 비판을 하여 주기를 바랍니다.

강원도 속초에서 출발하는 활어 수족관 속에 상어새끼 한 마리를 넣어주면 활어 횟감 물고기들이 태백산맥을 넘을 때에도 기압의 변화를 감지하지 못하고 상어를 피해 수족관 안을 빙빙 돌면서 노량진 수산시장까지 활발하고 쌩쌩한 상태로 배송할 수 있다는 황종태 강사님의 말씀을 가슴에 새겨 볼 만합니다.

신문기고#다산의#하피첩

[천지춘추] 다산의 역사 메시지 '하피첩'

[경기일보#2019. 10. 10 #이강석]

다산 정약용(1762-1836)은 차를 좋아해서 호를 다산茶山이라 했다. 그런데 다산은 한강을 의미하는 열수洌水라는 호를 더 좋아했다고 한다. 22세에 과거에 장원 합격했다. 혁신군주 정조(1752~1800)는 10살 동생뻘인 정약용을 중용했다.

다산은 정조를 보좌하면서 한강에 배다리를 건설하고 1793년 31세 나이에 화성을 설계했다. 현재의 경기도청이 자리한 팔달산에 화성을 축성하는 공사를 총괄했다.

다산은 일생 저술에도 힘써 500권을 집필했다. 이중 '일표이서'라 불리는 경세유표, 흠흠신서, 목민심서를 통해 군주권의 절대성과 우월성을 내용으로 하는 왕권강화론을 제시했다고 한다. 1800년 승하하신 정조대왕, 1801년에 강진으로 귀양가 정치권에서 밀려난 다산=열수 정약용 암행어사.

두 분에게 10년 정도 왕과 신하로서의 역사 시간이 조금 더 주어졌다면 조선 후기와 현대에까지 크나큰 발전적 변화와 긍정적 혁신이 있었을 것이다.

다산의 글 중 일부를 소개한다.

다산의 역사 메시지 '하피첩'

천자춘추

이강석
前 남양주시 부시장

병든 아내가 치마를 보내 천 리 밖에 그리워하는 마음을 부쳤는데 오랜 세월 홍색이 이미 바랜 것을 보니 서글피 노쇠했다는 생각이 드네. 잘라서 작은 서첩을 만들어 그나마 아들들을 타이르는 글귀를 쓰니 어머니 아버지 생각하며 평생 가슴 속에 새기기를 기대하노라. 가경 경오년(1810) 9월 다산의 동암에서 쓰다.

다산이 쓴 하피첩 4첩 중 2첩의 내용이다. 다산이 강진의 다산초당 유배 중 두 아들에게 보낸 편지다. 대대로 물려 내려오다가 을축 대홍수 수몰상황에서 종손이 지켜내고, 6.25전쟁 중 분실됐다가 2005년 수원에서 폐지를 모으는 손수레 위에서 사라지기 하루 전에 발견됐다. 다음날 폐휴지 더미에 던져질 절체절명의 위기에서 구해냈다. 그리고 2015년 경매에서 7억 5천만 원을 적어낸 국립민속박물관에 낙찰된다. 경기도 실학박물관 7억, 강진군 4억 5천만 원순. 낙찰액에 동그라미 3개를 더 붙이고 싶다.

다산의 생애와 역사가 있는 남양주시에서 다산의 하피첩을 이어가야 한다. 잃어버린 4첩의 내용이 궁금하다. 알 것 같은데 글로 쓰이지 않는다. 남양주시가 전 국민을 대상으로 매년 한시 백일장을 열어야 한다. 비어 있는 하피첩 네 번째 글의 자리를 원로들의 지혜를 얻어 애국심과 효심으로 가득 채워주기를 바란다. 하피첩(霞帔帖: 2010년 10월에 보물 1683-2호로 지정)은 다산이 우리에게 보내준 여러 개의 역사 메시지 중 하나인 것이다.

2016. 3. 20. 경기일보

지지대

'18'과 정약용

다산 정약용(茶山 丁若鏞)은 1762년에 태어났다. 당시 조선 사회는 농경 사회에서 상공업 사회로 변하고 있었다. 농경 사회의 사상적 지주였던 성리학이 시대사상으로의 역할을 다해가고 있었다. 대신 상공업 사회에 부응하는 기술문명과 부국강병을 중시하는 북학 사상이 새로운 사조로 등장했다. 다산도 성호 이익의 유고를 읽으며 이런 실학에 뜻을 키웠다. 그의 일생을 지배한 철학적 기초는 결국 18세기가 만들어 낸 시대정신이었다. ▶1783년 과거에 합격했다. 그 해 나이 22세였다. 1789년에는 초계문신에 뽑혔다. 31세에 화성(華城)을 설계하며 수원과 연(緣)을 맺었다. 거중기, 녹로 등을 고안해 축성(築城) 기간을 앞당겼다. 33세에는 경기도 암행어사로 파견됐다. 경기 지역 민초들의 어려움을 낱낱이 파헤쳤다. 이후 동부승지, 곡산부사에 제수됐다. 1800년에 고향으로 돌아왔고 여유당(與猶堂)에 터 잡았다. 공직에 나선지 꼭 18년 되던 해다. ▶바로 그해 정조가 승하했다. 다산에 대한 정적들의 탄핵이 시작됐다. 책롱사건(册籠事件)이 발생했고 다산 3형제가 체포됐다. 셋째형 약종은 사형당했고 둘째형 약전과 다산은 흑산도와 강진에 유배됐다. 1816년에 흑산도에 유배 중이던 약전마저 사망했다. 그가 해배(解配)된 것은 57세 되던 1818년이다. 경세유포, 목민심서, 흠흠신서가 그 기간에 완성됐다. 다산학이 완성된 고귀한 유배. 그 유배의 시간도 18년이었다. ▶그리고 18년 뒤인 1836년, 생을 마감했다. 180년 전이다. 남양주에서 다산 서제 180주년 추모제향을 치른다. 남양주 시민들이 다산의 사당인 문도사(文度祠)에서 잔을 올린다. 그의 고향 마재마을 주민들이 행사를 준비했다. 정약공연-흩뿌리는 풍류-도 있고, 특별강연-다산의 꿈-도 있다. 다산 시화전, 다도체험 프로그램도 다채롭다. 이강석 남양주시 부시장은 "이번 행사는 다산을 역사 속 인물에서 우리 시대가 본받아야 할 큰 스승으로 모시는 데 의의가 있다"고 설명한다. ▶18세기 탄생, 18년간의 공직, 18년간의 유배, 18년간의 여생, 그리고 180번째 추모제향-. 작위적인 획정이라 지적할 수도 있다. 하지만, 이번 행사의 본뜻은 '18'이란 숫자가 아니라 '위대한 다산 정신'에 있다. 조선을 한 단계 높여놨던 정치가이자 과학자에 대한 추모다. 180년 지난 이 시대에도 다시 보길 원하는 진정한 '공복(公僕)'에 대한 소망이다. 화성을 선물 받은 수원시민, 암행어사로 보호받던 경기도민 모두가 찾아야 할 '다산 서제 180주년 추모제향'이다.

김종구 논설실장

신문기고#상주#상주시공무원

경기일보 천자춘추에 몇 편의 글을 올렸는데 그중의 하나가 '喪主가 된 尙州市 공무원' 입니다. 25만이던 인구가 10만선이 붕괴되자 상복을 입고 근무했다는 신문기사를 보고 쓴 기고입니다.

[천지춘추] 상주가 된 상주시 공무원

강릉과 원주가 강원도, 충주와 청주가 충청도, 전주와 나주가 전라도, 그리고 경주와 상주가 경상도라 작명되었다. 경상북도 상주군 공무원들이 상주가 되어 상복을 입고 근무를 한다는 기사가 관심을 끌었다. 1965년 상주군 인구가 26만5천명이었는데 2019년에 99,986명으로 10만선이 무너졌다. 그래서 상주군 공무원들이 인구 10만선을 지켜내자는 각오의 표현으로 상복을 입었다고 했다. 누구의 제안인지는 알 수 없다.

1978년 화성군청 소속 9급 공무원으로 비봉면에서 추곡수매 담당자로 일했다. 산촌 2개 마을을 담당하였으므로 논비율이 적어서 목표량을 채우지 못했다. 부면장께서 '수매 담당자로서 자신의 목표량도 채우지 못했다'고 지적했다. 어렵게 출하를 독려하여 20가마니를 받았지만 수분초과로 반품되었다. 그 벼를 2등급 가격으로 구매해서 건조하여 다음 번 수매일에 검사를 받으니 3등급이 나왔다. 건조하니 2가마니가 줄었다. 그 달 월급 50,000원 중 2/3를 벼 구매와 건조비로 날렸다.

이번에는 부면장님, 재무계장님을 따라서 상주군으로 달려갔다. 지인의 소개를 받아 벼를 사와서 수매 물량을 채우자는 전략이었다. 그 당시의 행정은 그랬다. 하지만 상주군 면사무소에도 정보가 들어갔는지 아침 일찍 트럭을 몰고 나오자 파출소 순경이 검문을 한다. 카빈(carbine) 총을 메고 나와서 우리 차를 막았다. 어제 구매한 상주곶감 8판을 들고 뒷문으로 내려 도망치듯 내달렸다. 8km를 걸어 나와 기차와 버스를 타고 귀청했다.

상주 벼 특공작전은 실패했지만 성공하여 한 트럭 150가마니를 실어왔다면 목표량의 0.008%를 채웠을 것이다. 공무원 개인 돈 들여서 18가마니를 채워서 수매 목표량 18,532가마니의 0.001%를 채웠다. 사막은 한 알 두알 모래이고 한강의 물도 한 방울 두 방울이다.

그래서 상주시 공무원들의 결의에 박수를 보낸다. 시민 한 분 한 분이 소중하다. 진짜 상복을 입은 심정으로, 그 초심으로 시민은 물론 외지 분을 소중히 모시기 바란다. 초심으로 열과 성을 다하면 '10만 상주시'는 곧 회복될 것이다. 노조원과 6,7급 간부공무원에게 전한다. 상복은 검고 무겁다. 부정적이다. 밝은 색동옷은 가볍고 예쁘다. 희망적이다.

그리고 이 글을 상주시청 홈페이지에 올렸는데 며칠 후에 시 자문위원 자격으로 어느 교수님과 연결되었습니다. 퇴직한 사무실로 연락이 왔다는 전갈을 받고 전화를 걸었습니다.

교수님은 기고문에서 상주시를 비난하고 명예를 실추시켰다고 말씀했습니다. 상복을 입기보다는 색동저고리를 입고 아이들의 탄생을 축하하자는 제안을 한 것인데 받아들이는 분들의 생각은 달랐던 것입니다.

언론인들도 다양한 시선으로 행정을 보고 사회상을 파악합니다만 전문가들 역시도 관점에 따라서는 본의나 선의를 이해하지 못하는 경우도 있겠다 생각하고 상주시청 홈페이지에 올린 글을 곧바로 내렸습니다.

사실 이 글을 홈페이지에 올리면 공무원 중 누군가가 보고 전화해서 칭찬을 하거나 강사로 오라는 초청장을 보내줄 것이라 기대했던 마음이 와르르 무너지는 순간이었습니다.

이 책이 완성되면 상주시 공보실 홍보팀장에게 다시 한 번 편지를 보내고 문자를 넣을 생각입니다. 상주시의 인구확충을 위한 전략에 대해 함께 논의하고자 합니다.

신문#기고문#예시

현직을 즐기자! 민원을 반기자!

공무원으로 일하면서 힘이 든다는 분이 더러 있습니다. 이는 3가지 정도로 힘든 원인을 구별해 봅니다.

첫째는 업무가 많아서 힘이 든다고 합니다. 민원실 근무는 늘 신경을 써야 하는 곳이고, 환경 건축 토지민원 등은 현장에 여러 번 출장하는 등 건별로 같은 과정을 반복해야 하므로 힘이 드는 업무입니다. 복지분야에 근무하는 경우에도 복지대상자 한 분 한 분이 원하시는 바에 적절히 대응해야 하는 고된 업무입니다.

둘째로 공직이 힘든 이유는 어려운 상사와 피곤한 후배, 애매한 동료를 만나는 경우입니다. 이런 경우에는 차라리 업무량이 많은 부서에서 일하고 싶어집니다. 코드가 맞지 않는 상사와 일을 하다 보면 쉬운 길도 굽이굽이 돌아 돌아가야 합니다. 준비를 마친 행사장에서 다시 정리하라 합니다. 문서로 결재를 받아 정해진 무대를 행사 직전에 재배치하라 지시를 하는 억지스러운 공직 간부가 더러 있습니다.

셋째로 부서간에 업무조정이 되지 않으면 힘이 들고 업무처리도 늦어집니다. 더구나 민원 처리기한이 촉박한데 회신을 받지 못하면 부서간의 갈등으로 비화되기도 합니다. 이 경우에는 결국 부서장, 과장이나 국장간에 조율을 하도록 미리미리 보고를 드려야 합니다. 부기관장이 주재하는 민원처리 조정회의를 여는 것도 해결책의 하나가 될 것입니다.

하지만 현직 공무원이라면 이 같은 어려움을 이겨내고 슬기롭게 처리해야 합니다. 선배 공무원들은 35년 이상을 신명나게 일하고 이제는 정말 잘 할 수 있고 민원도 시원하게 처리하고 부서간의 협조문서도 아침 일찍 답신할 수 있을 것 같은데 명퇴 권고를 받습니다. 정말로 공직의 사명을 알고 공직자의 자세를 올바로 판단하고 정신무장이 공고하다는 생각하는 그 시기에 명퇴 대상자가 됩니다.

우리는 '경력자 우대' 라는 기업의 직원 채용 공고문을 보면서 모순점을 발견하곤 합니다. 모든 회사가 경력자만 채용한다면 그 경력은 어느 회사에서 경력을 쌓을 수 있습니까. 모든 창을 막아내고 모든 방패를 뚫어버린다 하는 모순矛盾이라는 말이 탄생했습니다.

경력자만 뽑는다면 정말로 모순된 공고문인 것입니다. 공무원도 신규 채용되어 선배에게 배우고 스스로 터득하고 연수를 받으면서 일합니다. 그 경력이 쌓여서 일 좀 할 즈음에 부서를 이동하고 경력을 쌓아서 비중 있는 공직자가 되면 명퇴, 정년퇴직의 나이가 됩니다.

그래서 공직 선배들은 후배들에게 "현직일 때 온몸이 바스러지게 일하라"고 말합니다. 명퇴하고 정년퇴직하면 싸울 상대도 없어지고 업무처리를 비판하던 그 미운 상사도 옆에 없습니다. 1년 내내 지각하고 '음주 결근' 으로 속을 썩이던 후배도 내 앞에 없습니다. 퇴직하면 자신만 남습니다.

복권당첨으로 5년 만에 있던 재산까지 함께 날려 버렸다면 조건 없이 당첨 이전의 상태로 돌아가고 싶을 것입니다. 퇴직 공무원도 35년 공직생활 중 가장 힘든 시기로 돌아가라면 당장 뛰어가겠다고 합니다.

　하지만 지나간 전철電鐵과 버스를 되돌리지 못하는 것처럼 흘러간 시간은 돌이킬 수 없습니다. 공무원이 현직에서 최선을 다하지 못한 바를 후회하는 전철前轍을 밟지 않기 위해서 지금 달려가 버스를 타고 전철에 올라 신명나게 출근해야 합니다. 그리고 직장에 도착하면 무슨 일이든 내가 먼저 처리해야 합니다. 청소를 하고 복사지 박스를 정리하는 일도 담당자가 따로 없다 할 것입니다.

　세월의 흐름에 안타까워하는 이가 공무원만은 아닙니다. 살아가는 모든 인생이 지금 시간이 흐르는 것을 알지 못하는 철부지들의 삶입니다. 세월이 많이 지난 후에야 자신에게 주어진 시간을 낭비하였음을 자각하게 됩니다. 그래서 한 번 더 강조합니다. 지금 현직 공무원이라면 현재의 업무에 최선을 다하시기 바랍니다. 바쁨을 즐기고 민원발생을 기뻐(!)하시기 바랍니다.

신문#인연#투고

[취객 보살피는 경찰 믿음직]

　며칠 전 밤 11시경 수원시 인계동 농협 앞 횡단보도에 젊은이가 축 늘어져 있었는데 그냥 취한 정도가 아닌 것 같아 112에 신고하였습니다. 5분 정도 지나자 순찰차가 왔고 그 시각 취객은 길 건너 건물 아래에서 괴로워하고 있었지요. 해서 저쪽으로 건너갔노라 이야기하니 순찰차가 U턴해서 취객을 보살펴 주었습니다. 신고하면서도 경찰이 금방 올까 생각했는데 역시 우리의 경찰은 믿음이 갑니다.(이하 생략/2000. 7. 10)

[걸어가다가 음주 측정한 사연]

　음주운전은 근절되어야 한다. 음주운전은 자신을 버리는 행위이며 불특정 이웃을 다치게 하거나 사망하게 하는 무책임한 행동이다. 지난 해 어느 날 술을 마시고 운전하다 음주측정을 받았다. 다행히 음주운전 기준의 이하 상태였다.
　그런데 며칠 전에 운전을 하던 중 음주운전 측정 후 마음이 달라졌다. 음주운전을 해서는 안 되는 일이라는 것을 실감하게 되었던 것이다. 앞사람을 기다려 내 차례가 되었는데 조금 먹은 상태임에도 심장이 뛰는 소리가 귀에까지 들리는 것 같고 숨을 쉬기가 거북할 정도의 긴장상태가 되었다. 이러다가 심장병이라도 걸리는 것 아닌가 하는 생각이 들었다.

측정 후 측정기의 숫자가 올라가는 순간 혈압도 상승하는 것 같았고 어둠 속에서 본 숫자는 영영 구속되는 것 같았다. 다행스러워하는 경찰관의 표정에 조금 덜한가 보다 하는 기대를 하는 순간, 이 대룡은 다시는 음주운전을 하지 말라는 기념으로 드린다며 하얀 물체를 내민다.…(중략)…

어제 저녁에는 식사 중 소주 반병을 마셨는데 동료차에 편승하여 내가 사는 아파트 근처에 하차했다. 역시 음주단속이다. 횡단보도를 건너기 전에 경찰관에게 다가가서 측정을 자처했다. 다음번에 이 정도 마시면 운전을 할 수 있을까 알아보기 위해서일까, 아니다. 술 마시고 운전하지 않았다는 자부심과 또 다시 음주운전을 하지 않겠다는 다짐을 하기 위해서 그리 하였고, 지난 번 음주측정 때 받은 스트레스를 풀어내기 위해 도보 음주 측정을 하였던 것이다. 그리고 기꺼이 측정해 주신 경찰관에게 감사드린다. (이강석/2000. 11. 16)

공무원으로서 경기도청 홍보기획팀에 근무하면서 2000년에 중부일보사 홈페이지 독자투고란에 익명으로 글을 올렸는데 종이신문 익명게시판에 기사로 인쇄되었습니다. 누가 쓴 글인지를 혼자만 안다는 것이 신기하면서 재미있었습니다.

이후에 당시 중부일보 차장님과의 인연으로 짧은 기고문을 수십 편 올리게 됩니다. 명색이 홍보기획팀장이니 도청 내 다른 부서의 팀장이나 과장님 명의로 글을 써서 본인의 동의를 구하여 기고문을 올렸습니다.

대부분 도정홍보를 위한 기고문이었습니다. 홍보기획팀이라는 부서의 역할이라 생각했습니다. 지금 20년이 지난 그 당시의 신문스크랩 자료를 살펴보면서 행복한 추억에 잠겨봅니다.

업무와 관련한 기고문을 쓰다 보니 2019년에는 경기일보 '천자춘추'의 필진이 되어서 "정조대왕 탄신다례", "해관", "경기테크노파크", "임시치아" 등 원고지 5~6매의 글을 올렸습니다.

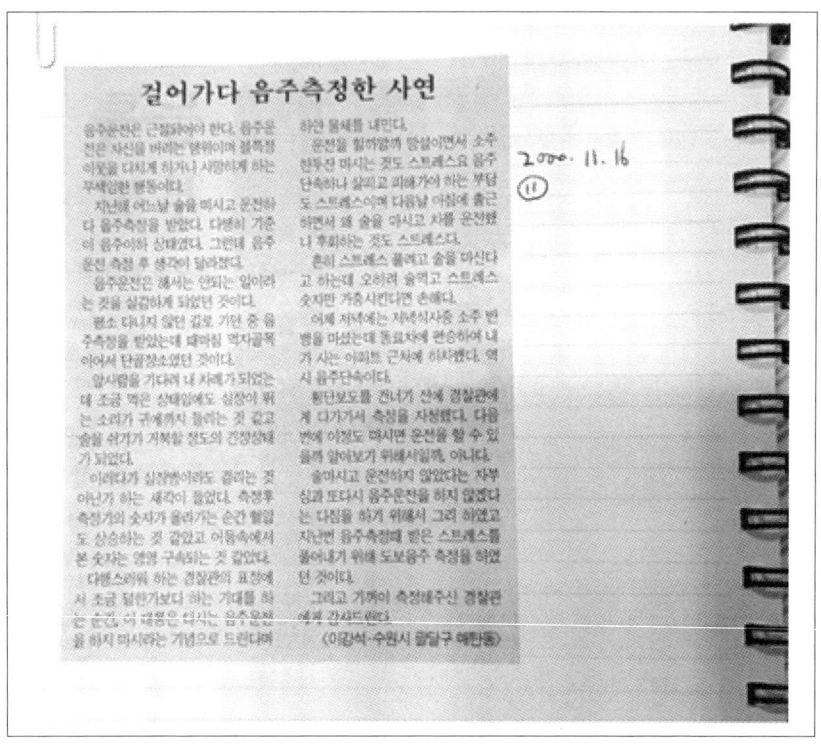

특히 "30년 경기일보 1988~2018"은 언론인의 칭찬을 받았고, "경기도청/도의회 측백나무/현판"은 두 기관의 정문이 철거되는 과정에서 동판을 훼손 위기일발에서 구조해낸 자신의 역할을 자랑하고 있는데 선후배 공직자들의 큰 관심을 얻었습니다.

그리고 글이라는 것이 자신만 보관하는 것보다는 신문에 올리거나 책으로 출간하는 것이 큰 의미가 있음을 알게 되는 전환점이 되었고, 두 번째 책을 편집하는 원동력을 얻었습니다.

신문#사진뿐이다! #항의

대변인실에서 언론사 출입 기자에게 보도자료를 배포하는 업무를 담당하던 1989년 어느 날입니다. 자료를 제공해 준 부서의 담당자가 전화를 해서 신문에 기사는 나지 않고 사진만 보인다고 항의인지 어필인지 애매하게 따지듯 물어왔습니다.

홍보의 전략으로는 행사 전에 예고기사를 내고 행사하면 당일 기사를 올린 후 그 결과와 성과를 한 번 더 기사화 하거나 언론사 간부의 칼럼이나 논설위원의 사설을 받으면 홍보의 단계상 금상첨화라 생각한다고 설명했습니다.

이 부서의 행사는 중간단계인 사진만 나왔으니 담당자로서는 조금 부족한 느낌이 들었을 것입니다. 담담하게 답을 하였습니다. 제 실력으로는 신문지면 반을 주어도 그 사진의 내용을 다 설명하지 못할 것 같습니다.

기사 중에 으뜸은 사진이고 다음이 활자입니다. 교육을 받을 때 視 → 聽 → 覺(시청각)의 역량에 대한 설명을 들은 기억이 있는데 첫째가 보고 이해함이고, 다음으로 듣고 아는 일이며, 마지막이 느끼는 것이라 합니다.

혹시 다음 기회에 신문지면 한 장을 생각하시고 그 사진을 묘사해 보시면 어떨까 상상해 봅니다. 부서 담당자의 어필에 대해서는 긴말을 피하기 위해 '제가 부족했다' 고 얼버무렸지만 오늘날에도 신문 초벌에 사진이 올라가는 것은 편집국장까지 고민하고 검토를 받는 중요안 일입니다. 이른바 언론인 대화중 전매특허 어휘라 할 '행간의 의미' 를 담은 편집이라 할 것입니다.

그래서 우리 공무원, 회사의 홍보사원은 새로 오신 국장님, 부지사님, CEO의 언론사 방문을 수행한다면 편집국 정치부, 사회부, 경제부, 문화부를 방문하시도록 안내를 하겠지만 시간을 조금 더 내서 반드시 언론사에서 소외부서, 관심의 사각지대인 '편집부' 에 가서 인사하고 일일이 악수를 하시도록 유도하시기 바랍니다.

편집부에 인사를 다녀온 부지사, 실·국장, 전무·상무님은 일주일 안에 신문사로부터 기사 한턱을 대접받으실 것입니다.

아울러 대변인이나 부지사께서는 반드시 1년에 두 번 정도 사진부장과 사진기자 오찬을 마련하시기 바랍니다. 간부들이 상급자에게 점수를 따고 싶다면 출입기자 중 사진기자를 마음에 두시기 바랍니다. 순간포착에 대한 '행간의 의미' 는 사진 기사에서도 느낄 수 있는 것이니까요.

악어새#변명#악어

공보실이나 홍보실에 근무하신다면 이 글을 읽으시고 몇 가지 고민을 해결하시고 마음 편안하게 술 한 잔 드시기 바랍니다. 혹시 운명적으로 어느 날 홍보부서에 근무하게 된다면 그때 가서 참고하시기 바랍니다. 작은 고민 한두 가지를 해소하시는 데 도움이 되기를 바랍니다.

 공보 공무원이 아니고 회사의 홍보실 직원이 아니어도 이 책에 나오는 주법을 읽으시고 그동안 주석에서 고민한 3가지 정도의 갈등을 풀어내시기를 소망합니다. 여기에서 드리고자 하는 이야기는 공직근무 중에 만난 언론인과 그 현장에서의 기억과 느낌과 감동과 아픔을 적은 내용입니다. 언론 전문가의 글이 아니고 언론 현장에서의 고민을 바탕으로 적어둔 글입니다. 현장에서 보고 어깨너머로 바라보면서 공무원이 힘들어 하는 언론, 언론인들이 불편해 하는 공무원에 대한 견해를 필기했습니다.

 공감하지 못하시거나 경우에 따라 반대의 입장도 있을 것입니다. 그런 문제점이 발견되는 경우 알려주시면 깊이 반성하고 더 고민하고 의논해서 대안을 찾아가겠습니다. 거대한 언론현장에서 다양한 경우의 수를 바탕으로 적어낸 글이니 정답은 아니고 경험담입니다. 하지만 언론의 한 편만 바라보는 일반부서 공무원의 입장에서는 그 속의 치열함을 알기 어렵고, 산기슭에 세워진 텐트를 바라만 보아서는 그 속에서 밥을 하는지 라면을 끓이는지, 아니면 또 다른 엄청난 비밀 작업을 하는지는 알 수 없는 일입니다.

바다와 강물의 한류와 난류가 만나는 지점에 다양한 어종이 모이므로 이곳에 자리 잡은 어부는 만선의 기쁨을 누리게 됩니다. 더구나 강이 바다로 진입하는 하구에서는 소금물에 사는 바닷고기와 강물에 사는 민물고기, 그리고 강과 바다를 넘나드는 연어, 장어 등 고급어종을 만날 수 있습니다.

언론의 장은 공무원의 시각, 기자의 입장, 언론사의 사시, 그리고 우리 기관의 홍보전략이 5일장 장똘뱅이의 경험으로 꾸준히 모이고 파도처럼 펼쳐지는 페스티벌의 현장과 같습니다.

어물전에서 큰 고기, 작은 고기, 가시고기, 횟감, 매운탕거리 등 다양한 어종이 거래되듯이 언론과 행정간에도 크고 작은 사건이 펼쳐지고 상호간의 밀당 전략이 있습니다. 엿장수 마음대로 엿을 팔기도 하고 마트에서는 정찰제라며 바코드 금액대로 거래하자 합니다. 거대한 언론과 행정과 경영의 소용돌이 속에서 1년에 한두 번 진정스러운 엿장수를 만나기도 합니다. 엿장수가 엿을 주고 받아가는 쇠붙이 속에는 금과 은이 들어있기도 합니다. 상평통보, 화초장, 고려청자, 상감청자가 엿 조각과 교환되기도 합니다.

혹시 저만의 표현으로 난해한 경우가 있다면 넓은 마음으로 이해해 주시기 바랍니다. 그대로 쓰면 언론인에게 미안하고 약화해서 표현하니 공무원, 회사원, 독자들의 이해를 돕지 못합니다. 그런 일이 생기거든 25도짜리 소주 한 병 사들고 경기도청이 2020년까지 서 있었던 팔달산 중턱에서 만나자 연락 주세요. 20도 소주는 안 되고 반드시 25도 두꺼비 술이라야 한 잔 하면서 "캬~~" 소리 세 번 낼 수 있을 것입니다.

언론#관심#독자#시청자

1988년경 경기도내 모든 소방서는 도 민방위국 소방행정과(4급 과장)에서 종합관리하는 도의 기관이었습니다. 조직, 인사, 예산을 소방행정과에서 지원했습니다. 30년이 지난 2019년에는 1급 소방본부장에 3급 간부가 5~6명 정도 되고 소방관 정원이 일반직 도청 공무원보다 많습니다.

소방관은 시군지역에 근무해도 경기도청 소속 공무원입니다. 현재 경기도내 소방서 근무 소방관은 8,900명이며, 2019년에 911명을 추가 채용한다고 합니다. 119를 연상하게 하는 911명도 홍보전략이 가미된 듯 보입니다.

과거에는 119 불자동차라 해서 화재가 나면 사이렌을 울리면서 달려가는 것이 소방서 기능의 전부라 생각했지만 요즘에는 그 분야가 확장되어서 모든 사건사고 현장에 가장 먼저 달려가는 소방관이 되었습니다. 화재 현장에 소방관이 달려오는 것은 당연한 일이지만 교통사고, 건물 붕괴, 수해, 한해, 산불 등 자연재해, 재난 등 모든 사건사고의 현장에 소방관이 출동합니다.

소방과 방호防護를 설명하는 참 좋은 강의를 들은 기억이 납니다. 소방은 불이 났을 때 달려가서 진화를 하는 것입니다. 반면 방호는 불이 나지 않도록 사전에 취약지를 점검하고 교육을 하는 것입니다.

우리는 왱왱거리는 소방차가 오갈 때 소방공무원의 존재감을 느끼게 됩니다. 하지만 태양이 만물의 근원이고 지구 에너지의 원천인 것을 잊고 살듯이 화재가 나지 않는데 왜 소방관을 증원하는가 반문하는 경우가 있습니다.

하지만 소방관의 중요성은 늘 알아야 합니다. 불이 나도 필요하고 화재가 나지 않도록 관리하는 데도 소방행정은 중요합니다. 무섭게 타오르는 불길을 잡고 그 불속으로 뛰어들어 국민의 생명을 지켜내는 소방관들을 보면 우리는 감동을 합니다. 소방관은 어린이들의 미래직업 5순위입니다. 소방관이 존경받는 나라가 선진국입니다.

공보실에 근무하던 7급 공무원 시절에 소방과에 들러서 눈썹 진한 차석으로부터 소방관서 신설계획이 담긴 자료를 받았습니다. 우연히 다른 루트로 알게 된 소방관서 신설 계획은 그 날까지도 대외비였나 봅니다.

곧 국장님 결재가 나면 공식적인 보도자료로 제공하겠다고 하시므로 미리 보도자료를 써두면 좋겠으니 사본을 달라 했습니다. 복사본을 가져와 사무실에서 보도자료를 작성하여 타자를 부탁하였는데 타자를 담당하는 직원이 타자 후에 곧바로 기자실에 배포하고 말았습니다.

다음날 조간과 석간신문에 당시 표현대로 '대문짝, 신문짝' 만하게 기사가 났습니다. 지방지에 난 것은 물론이고 중앙지, 중앙 경제지, 방송 자막 뉴스에도 경기도의 소방관서 신설계획이 말 그대로 '대서특필大書特筆' 된 것입니다. 소방과에는 불이 나지도 않았고 재난이 발생한 것도 아닌데 화재발생 이상의 긴급 비상이 걸렸습니다.

이 사실을 국장님이 아시고 노발대발怒發大發이랍니다. 지금 생각해 보면 그렇게 화내실 일이 아닙니다. 칭찬을 하고 점심에 짜장면과 탕수육을 사 주어도 모자랄 판입니다. 하지만 당시의 간부들은 자존심이 높았습니다.

자신이 결재를 하기도 전에 언론에 나갔으니 화가 나는 것입니다. 담당자가 급히 만나자 해서 소방과로 달려갔습니다. 담당자로서 공보실 직원을 믿고 자료를 준 것이 잘못이고 공보실 직원은 약속을 어겼으니 미안한 일입니다. 이 정도 선에서 대처방안을 조율했습니다. 사실 이 사건은 이른바 취재원과 언론인이 엠바고를 깬 것과 비슷한 결과입니다.

엠바고(embargo)의 본래 뜻은 '선박의 억류 혹은 통상금지' 이나, 언론에서는 '어떤 뉴스 기사를 일정 시간까지 그 보도를 유보하는 것' 을 말한다고 했습니다. 엠바고란 '보도시점' 을 정하고 자료를 미리 배포하는 것이라고 합니다. 하지만 언론인 중에는 '엠바고는 깨라고 있는 것' 이라면서 적극적으로 나서기도 하고 그래서 왕따를 당하기도 합니다.

약속을 어긴 잘못이 있으므로 소방과 차석의 요청에 흔쾌히 응하기로 했습니다. 공보실 직원이 어깨너머로 보고 기사를 쓴 것이라고 변명을 하기로 했습니다. 그리고 국장님이 부르시면 가서 사과를 드리기로 했습니다.

당시 국장님은 성격이 급해서 화가 나면 등짝을 때릴 수도 있으니 한 대는 맞아주고 계속 때리려 하면 책상 아래로 숨으라는 위험대비 수칙도 알려주었습니다. 역시 안전제일 소방행정가입니다.

그리고 일주일 동안 전화벨이 울릴 때마다 마음 조렸지만 무사하게 지나갔습니다. 아마도 국장님은 좋은 기사가 난 것에 대해 담당자를 비난할 일이 아니라는 판단을 하신 것 같습니다. 훗날 고위직에 오르시는 모습을 보면서 한숨을 내쉰 기억이 있습니다.

신문사 편집국 간부들은 독자에게 관심을 둡니다. 공무원의 잘못에만 신경을 쓰는 것 같습니다. 그리고 국장님은 당시 대략 15곳 언론사에 도민의 생명과 재산을 보호하기 위해 소방관서를 신설한다는 언론기사를 보시고 마음 포근한 마음을 간직하셨을 것입니다.

　반대로 생각해 볼 수도 있습니다. 국장님 결재가 나면서 특정 언론사에만 특종으로 제공했다면 다른 언론사의 제목이 작아지고 4단기사가 1단으로 축소되었을 것입니다. 언론사의 비난이 국장에게 쏠렸을 것이고 그러면 담당자는 반죽음에 이르렀을 것입니다. 언론은 늘 독자를 의식하여 기사를 취재하고 편집하여 보도합니다.

　예를 들어 성남 판교지역의 공원 조성계획이 중앙지 수도권판에 보도됩니다. 지방지에서는 다른 도시계획에 포함하여 보도하는 데 중앙지가 특정 공원을 도면까지 그려 넣으며 크게 보도하는 데 대한 궁금증이 있었습니다. 나중에 파악한 바는 그 지역에 중앙지의 수도권판이 많이 들어간다는 사실을 알았습니다.

　중앙지 구독자가 원하는 기사는 비싼 아파트 주변에 공원 등 토지이용계획, 도로개설 등 민생현안이 가장 중요한 기사였던 것입니다. 중앙지가 도지사, 시장군수의 동정을 보도할 입장이 아니라는 점을 공보실 공무원이라면 파악해야 합니다. 이는 공보, 홍보부서 근무자에게는 참으로 중요한 사실입니다.

　그래서 홍보 담당자는 늘 '선택과 집중'이라는 고민을 합니다. 기관장의 인사말이 나가야 완벽한 보도라는 생각에서 벗어나야 합니다. 언론이 원하는 것은 독자의 요구를 충족하는 일입니다.

　따라서 언론사 하나에 집중해서 4단기사로 나갈 것인가, 다수의 언론에 2단기사로 보도할 것인가의 고민은 홍보부서의 정책적 결정인 것이지 중앙지 기자의 고민은 아닙니다.

　우리는 늘 이 같은 고민해야 합니다. 답은 없지만 보편타당한 방법은 다수의 언론사에 동시에 풀기사로 내보내는 것입니다. 특정사와 거래를 시작하면 더 많은 타사의 견제를 받기 때문입니다. 오늘 한 번 크게 보도하고

4일을 밋밋하게 갈 수는 없기 때문입니다.

　홍보성 기사는 그렇다 하고 우리는 항상 비판기사에 신경이 쓰입니다. 그러니 좋은 기사를 한 매체에 크게 보도한 것은 차가운 얼음물 한 잔 마시고 시원함을 느끼는 것일 뿐 이후 언론홍보에 대한 목마름은 사라지지 않습니다. 그래서 미지근한 물을 수시로 마시는 것이 갈증을 풀어내는 보편타당한 방법인 것입니다.

　더구나 A기자의 취재를 막았다고 끝난 것이 아니고 그와 친한 C기자가 조금 다른 각도로 취재를 합니다. 결국 언론인의 눈 코 귀를 막지는 못하며 예민한 촉각을 우리가 감당하지 못합니다. 결국 언론인과의 소통 속 화두는 정직함입니다. 숨김이 없어야 합니다.

　숨기고 싶으면 사실을 말하고 'off the record'를 요청해야 합니다. 공개하지 않기로 약속하고 말해 주는 것입니다. 다만 'off the record'는 상대에 대한 충분한 신뢰가 있을 때 써야 합니다. 어떤 언론인은 'off the record' 역시 엠바고처럼 깨는 맛에 기자를 한다고도 하니까요.

　당시에 소방관서 신설에 대한 기사와 관련한 사건으로 비온 뒤의 땅처럼 마음이 조금 굳어졌다는 느낌이 들었습니다. 그래서 새가슴에서 돌가슴으로 마음을 바꾸려 노력했습니다. 자신감 있는 공보실 직원이 되고자 했습니다. 언론이라는 무대는 늘 경매사처럼 부침이 있고 복싱장 4각의 링처럼 승패가 갈리는 사건사고의 현장 리얼이라는 생각을 하였습니다.

　훗날 국회의원을 하신 혁신적인 2003년도 경기도청 차명진 공보관께서 사건사고가 없으면 '금단현상'이 느껴진다는 말씀을 들으면서 20년 전 좋은 기사를 언론에 팡팡 터트리고도 국장님의 진노로 마음 졸였던 제 자신의 약한 모습을 회고하면서 이제서야 작은 미소를 머금어 봅니다.

언론#광고#홍보

언급 하기 어려운 일이지만 언론사의 광고는 곧 생명과 같습니다. 신문사나 방송사가 광고 없이는 운영이 어렵습니다. 광고가 없으면 언론도 없습니다. 공영방송 KBS도 협찬이라는 형식의 사실상 광고가 있습니다. 신문사는 매일같이 수십 건의 광고를 실어야 하는데 광고주는 신문사 광고국에 전화를 하지 않습니다.

그런가 하면 광고가 잘 되는 신문사 광고부장은 광고주를 피해 다니고 잘 안 되는 신문사 광고부장은 광고주를 따라 다닌다는 말이 있습니다.

기업의 입장에서는 제품이 잘 팔리라고 광고를 싣는 것입니다. 하지만 어떤 경우에는 영업실적을 올리기 위해 광고를 내는 것인지가 모호한가 봅니다. 광고효과가 있다는 것은 인정하지만 이번 광고가 얼마만큼 매출에 효과를 올렸는지를 평가하기는 참 어려운 일일 것입니다. 언론사는 늘 자신의 독자와 시청자를 자랑하지만 광고주는 그만큼 인정하는 눈치가 아닌 듯 보입니다.

그래서 광고를 내는 광고주가 나서기보다는 광고매체인 신문사가 광고에 앞장서는 경우가 있습니다. 보도자료 신문사에 광고를 내면 효과가 높다고 주장하십니다만 그것을 증명할 방법은 충분하지 않습니다. 더구나 앞서 말한 대로 광고효과가 그 신문사의 파워에 의한 것인가를 상호간에 증명할 방법이 적습니다.

1999년 이전에는 공고를 내는 것이 행정기관 광고의 전부였습니다. 신문사별로 돌아가면서 공고를 내는데 그 금액이 그때그때 다르므로 복불복이라 했습니다. 그래서 공고 순서를 바꿔보자는 작은 꾀를 동원하기도 하였지만 정직한 공무원이 여기에 흔들리지 않았습니다.

요즘에는 신문광고 이외에 방송에도 나갑니다. 여기에는 광고가 아니라 협찬이나 협력사업으로 광고가 나가는 줄 알고 있습니다. 라디오 방송 광고도 있습니다. 이후에는 인터넷 광고가 나왔습니다. 배너를 올려주면 이를 클릭하여 자사의 홈페이지로 네티즌을 끌어오는 방식입니다.

이제는 인터넷상에서 광고인 듯 아닌 듯 광고가 열리고, 예능 프로그램에서는 아예 일부 제품을 대놓고 광고합니다. 가정용품, 전자제품을 드라마와 예능의 소품으로 활용하여 방송하고 노출합니다. 드라마 설정에 맞게 벽보를 통해 제품을 홍보합니다.

시군청에서 협찬하는 프로그램에서 유명 관광지를 알리거나 중요시책을 화면에 내보내는 것을 보게 됩니다. 이 모든 과정에 광고라는 정교한 스킬이 들어있습니다. 언론인, 공무원, 기업홍보실의 모든 분들에게 변화하는 광고시장의 최신 상황을 잘 살펴보시기를 권고합니다. 혹시 지금 자신이 들고 있는 어떤 제품이나 내가 서 있는 이 공간에서도 광고와 홍보가 진행되고 있을 수 있습니다.

유행가에 니 거인 듯 내 거인 듯이라는 가사가 나옵니다. 광고인 듯 홍보인 듯 협찬인 듯 PR인 듯 모든 것이 애매한 상황 속에서 주변에 가득한 광고 소재를 안고 보도자료 주변을 맴돌고 있습니다.

언론#홍보#보험

홍보전략은 다양해야 합니다. 효율성을 위해 지름길을 가야 하고 객관성을 확보하기 위해 보도자료의 삶을 둘러보면 운전기사와 여사장님의 생각을 다릅니다. 사장님은 참 좋은 식재료를 사기 위해 여러 곳의 마트와 전통시장을 가고자 합니다. 전통시장에서는 계란이 신선하고 배추는 A마트, 무는 B마트, 마늘은 C마트가 좋다면서 2~3곳의 매장을 가고 싶어합니다.

때로는 계란 한판에 300원이 저렴하다면서 왕복 3㎞ 구간을 추가로 가고 싶어 합니다. 그런데 차량은 10㎞ 운행하는데 연료비로 1,200원 정도 들 것인데 그것은 여사장님의 몫이 아니고 걱정할 일도 아닙니다. 나는 보다 더 싸게 구매했다는 생각이 앞서니까요.

그런데 여사장님이 시장을 보는 2시간 동안 기사님은 주차비가 없어서 차를 몰아 마트건물 주변을 빙빙 돌고 있습니다. 주차비는 주지 않았지만 연료비는 풍족합니다. 그러니 적당한 곳에 정차했다가 건물주인이 나와서 어필하면 잠시 자리를 뜨고 다시 공간이 있으면 정차하고 다시 출발하기를 반복합니다.

  백화점에서 여사장님은 두 바퀴를 돌아보아도 마음에 드는 것이 없습니다. 물건이 없다고 합니다. 다리 아프게 돌아다녀서 옷 하나를 샀지만 첫날 입고 나간 모임에서 아는 친구가 입은 비슷한 옷을 보면 애써 구매한 그 옷이 싫어집니다.

  남자들은 비슷한 색채의 넥타이 맨 사람을 만나면 동질감을 느끼고 원팀이라는 상상을 하기도 합니다. 하지만 여성은 다른 이가 입은 옷의 색깔만 비슷해도 내 옷이 싫어집니다. 나는 언제나 나만의 색상, 독특한 디자인의 옷으로 좌중을 압도하고 싶어한다고 합니다.

  보도자료도 마찬가지입니다. 매일 매주 매년 비슷하면 싫증납니다. 같은 시책인데도 그 표현방식을 달리해야 합니다. 소비자 중심의 시책 설명이 필요합니다.

  공급자가 자랑하지 않아도 기사 자체가 홍보이고 광고인데 보도자료는 아직도 자화자찬, 스스로를 홍보하고 싶어 몸살이 납니다. 누구나 소나기는 피합니다. 보슬비에 옷이 젖는다고 합니다. 행정의 소비자인 주민에게 스며드는 홍보전략이 중요합니다. 한 방으로 모든 이에게 홍보할 수 없습니다.

  사람을 내 편으로 만드는 전략도 홍보전략을 연계해서 활용할 수 있습니다. 코가 비뚤어지게 술을 산 다음날부터 그 사람과 친해지지 않습니다. 오히려 술에 취해서 아스팔트가 내 얼굴에 올라오거나 전봇대에 충돌하여 코 속의 물렁뼈가 부러질 수도 있습니다.

  상대방에게 신뢰를 주어야 합니다. 그러기 위해서는 간단한 차 한 잔, 짜장면 등 작은 것으로 여러 번 공략해야 합니다. 그래야 친밀해집니다. 언론도, 출입기자도 보슬비 전략으로 접근해야 합니다.

  언론인과의 관계는 20년 만기 장기소액 보험가입과 같습니다. 한 번에 1

천만 원을 입금할 수 없는 일이니 한 달에 5만원씩 1년에 60만원, 10년에 600만원을 투자하면 대형 사고시에 5천만 원을 보상받는 것입니다. 그것이 보험인 것을 다 알고 있습니다.

그런데 사람을 사귀는 또 하나의 전략이 보험과 비슷합니다. 긴 시간 비가 내리게 하고 보슬비에 옷이 젖도록 노력해야 합니다. 바람으로 나그네의 점퍼를 벗길 수 없고 태양이 나서서 뜨겁게 비춤으로써 그가 스스로 점퍼에서 팔을 빼도록 해야 하는 것입니다. 적셔주는 홍보전략이 성공의 지름길입니다.

언론보도#공인기준

검찰청 앞 포토라인에서 수많은 기자들이 녹음기(스마트폰)와 마이크, 카메라를 들고 마스크에 모자를 눌러쓴 이른바 피의자를 향해 셔터를 누르고 쉼 없는 질문을 던집니다.

방송취재용 카메라에 연결된 무선마이크를 7개 정도 검정색 비닐 테잎으로 묶어서 함께 들이대기도 하고 아예 플라스틱으로 만든 함에 담긴 여러 개의 마이크를 들고 따라갑니다. 하지만 검경의 조사, 수사를 받아 경찰이나 검찰에 소환통보를 받은 사람이겠지만 아직은 '무죄추정의 원칙'으로 보호를 받아야 할 분이라 생각합니다.

그런데 언론에서 초상권을 보호하는 기준이 있다고 합니다. 정확히 확인된 것은 아니지만 이른바 공인은 초상권은 물론 실명에 대한 보호를 받지 못할 수 있습니다.

공인이란 공적으로 세상에 많이 알려진 분으로 보입니다만 구체적으로 들여다보면 국회의원, 광역단체장과 기초단체장, 광역&기초 의원입니다. 그리고 방송과 신문에 자주 등장하시는 유명인사입니다. 영화배우, 탤런트, 가수, 감독, 교수, 공공기관의 장이 여기에 해당합니다.

판사, 검사, 유명 변호사, 교수가 공인이고 공무원의 경우는 대략 3급부터 공인으로 보는 것 같습니다. 경찰이나 소방공무원은 무궁화 4개부터 공인으로 결정하는 것 같습니다.

경찰서장, 소방서장이 무궁화꽃 4개씩 8개를 어깨에 달고 있습니다. 공무원의 경우에 2020년 7월부터는 고위공무원 수사처의 대상이 되는 직위를 우선적인 공인이라 할 것입니다.

그러니까 공인은 선거로 당선된 공직자, 세금으로 봉급을 받는 고위공무원, 대중의 인기를 바탕으로 활동하는 연예인 등입니다. 내가 낸 세금, 보도자료가 지불한 광고수익으로 잘 살고 있으니 공인이라 하고 방송에서 신문에서 여과없이 얼굴사진을 올리라 합니다.

다음으로 정보기관의 장은 공인으로 방송에 나오지만 정보관련 고위직은 언론 노출을 피해야 합니다. 가끔 어쩌다가 신문방송에 노출되어 방송국 관계자가 경고를 받았다는 이야기를 듣게 됩니다.

하지만 언론관계자가 다수의 정치인 틈새에 끼어 있는 정보분야 간부를 다 알아채기 어렵습니다. 언론인에게는 지켜내기 어려운 일일 것이니 당사자가 언론에 노출되지 않도록 신경을 써야 할 것입니다.

흉악범의 얼굴 등 신상을 공개하는 결정을 담당하는 기구가 있는 것 같습니다. 언론에서 살인 등 흉악범이 등장하는 사건을 지나치게 상세히 보도하는 것을 우려하는 목소리가 있습니다. 지나치게 상세한, 이른바 TMI, 과도한 정보를 제공하면 모방범죄가 발생할 우려가 있다고 합니다.

언론의 보도와 공인의 구분은 쉽지 않겠지만 생각하기에 따라서는 간편할 수 있습니다. 신문에 사진이 날 말한 사람, 방송에 얼굴이 보도될 만한 사람은 시청자들이 잘 알고 있습니다. 사회적 판단으로 충분히 얼굴이 보도되어도 될 것 같은 인사와 얼굴이 나가면 안 될 것 같은 인물은 구분이 가능하다는 생각을 합니다.

　하지만 언론보도에서 시민 홍모씨(59)가 많습니다. 이분의 멘트가 정말로 취재는 되었지만 신분을 밝히기에 곤란한 분인지, 아니면 취재기자의 기사 흐름을 보강하여 노를 저어주는 가공의 인물인가는 언론인의 자존심에 위탁하겠습니다.

　언론보도로 인해 피해를 보는 경우가 많다는 점도 고려해 주어야 합니다. 언론보도로 피해를 보는 경우 언론중재위원회에서 정정보도문을 내도록 합니다만 실례를 보면 제목이 '정정보도문' 입니다.

　어떤 사안에 대해 사실과 다르게 보도한 기사에 대해 잘못을 인정하였다면 당초의 보도제목으로 정정해 주어야 할 것입니다. 같은 크기와 표현으로 정정보도를 하여도 피해 상황이 처음으로 환원하는 방법은 개발되지 않았습니다. 그래서 언론은 늘 보도내용과 수위에 신중을 기해야 합니다.

언론사#기관장#편집부#방문

신문기사의 마무리는 편집부의 일입니다. 취재기자의 송고는 첫 문장부터 시작되며 데스크를 거쳐 편집부로 넘어오면 평소 신문 편집에 정통한 편집 전문 기자들이 제목을 정하고 기사를 배치합니다.

물론 1면 톱이나 두 번째 기사, 면 톱의 경우에는 편집회의에서 정하지만 그 외의 자잘한 기사는 편집부 기자의 작명과 적정한 위치에 배치하게 됩니다. 기사의 경중은 편집부의 고민을 통해서 결정되는 것입니다.

세로쓰기 신문시절에는 정말로 세로쓰기는 지적이나 비판기사이고 가로쓰기는 홍보성으로 보이는 듯한 시기도 있었습니다. 홍보기사 제목의 바탕에는 비단 무늬가 있지만 지적 비판기사 제목은 그냥 흑백으로 처리하여 강한 인상을 주기도 했습니다.

또 강력한 비판의 경우는 검은 판에 흰 글씨가 나오는데 이는 기사제목의 글씨는 흰 종이 원단으로 처리하고 나머지 공간을 온통 검정 잉크로 인쇄를 하니 이를 일러 신문에 도배가 되었다 했습니다.

그래서 신문을 펼쳐 보아도 웬만한 대문짝보다 크지 않을 것인데 기사가 대문짝만하게 났다고 하는 것은 그만큼 신문기사의 전파성과 기사제목의 위용을 평가하는 말이라고 여겨집니다. 다시 말해 때로는 취재기자의 기사 논조보다는 편집기자가 뽑은 제목의 강도, 편집국장의 기사배치 등이 언론사의 의지, 사시를 반영한다고 느껴졌던 것입니다.

따라서 언론사에서는 취재기자 특종상 등과 함께 편집기자상을 따로 시상하고 있고 사진 기자상도 별도의 파트로서 대우를 받고 있는 것입니다. 사실 신문지면이 부족한 것도 아니고 남는 것도 아닌 것이 바로 편집부 기자의 마술인 것입니다.

짧은 기사문이지만 내용이 크면 제목을 키우면 되는 것이고 길고 장황한 기사지만 제목은 작고 기사문이 다른 기사 틈새를 비집고 돌아다니는 틈새시장 기사도 가끔 보입니다.

특히 중앙지의 지방판 기사의 경우 밀려드는 기사를 수용하기에는 늘 신문 지면이 부족하여 4단 정도 제목이 될 법한 기사도 2단 제목으로 축소되기도 합니다.

반대로 어쩌다가 기대 이상으로 보통 행사사진이 아주 크게 나오는 경우가 있습니다. 이는 아마도 기사 원고량이 적은 경우 제목만 큰 글씨로 올리기에 어려움이 있을 때 사진을 크게 배치하는 것이 아닐까 추측해 보는 바입니다. 물론 사진 한 장으로 모든 것을 설명하는 경우도 많습니다. 신문에서 사진의 중요성은 더 많이 강조되어야 합니다.

즉, 사건사고 현장을 신문 1개 면을 할애하여 설명한다 해도 1장의 사진을 설명해 낼 수 없을 것이기 때문입니다. 교통사고 현장은 사진 한 장으로 모든 상황을 설명할 수 있습니다. 더 이상 글로 설명이 필요가 없는 사진기사야 말로 신문의 힘이라 할 것입니다.

그래서 기관장님의 언론사 방문시에 정치부, 사회부, 경제부만 모시지 말고 편집부를 찾아가서 인사를 드리라 당부드립니다. 편집부는 다른 기관장 방문시 들르지 않는 부서이니 희소성도 있고 나중에 우리 기관의 기사가 올라가면 한 글자라도 부드럽게 처리해 줄 것이며 아기자기한 기사 제목으로 한 번 더 업그레이드 된 홍보효과를 누릴 것입니다.

그리고 여유를 만들어 언론사 방문은 2일로 잡아 문화체육부도 들러야 하며, 어느 언론사를 1일차에 방문할 것인가를 정하기 위해서는 출입기자의 파워와 각 언론사의 위상을 사전에 검토해 보아야 합니다.

그래도 언론사 방문순서를 결정하기 힘들면 언론사를 지도에 표시하고 우리 사무실에서 가장 가까운 순로를 따라 돌도록 하면 어느 출입기자나 편집국장의 항변에 해명이라도 할 수 있겠습니다.

언론사#수익#사업

언론의 화두는 정론직필입니다. 그래서 우리는 언론을 신뢰하고 언론인을 존경합니다. 공무원이 수차례 설명하고 해명하여도 신문에 나면 기사가 정답입니다. 민원인이나 이해 관계자의 입장에서 자신의 일과 관련한 공무원의 설명은 변명으로 들립니다. 그래서 언론이 중요합니다. 직필정론과 함께 사회의 공기公器이며 사회의 부패를 막아주는 소금이라고 칭송을 받고 있습니다.

그래서 모든 사회가 공직이 언론에 조석으로 신경을 씁니다. 아침과 저녁으로 대한민국 이곳저곳에서 밤하늘의 별의 개수만큼 각종 회의가 열릴 것입니다. 그 회의 속에 약방의 감초처럼, 세탁소의 철사 옷걸이처럼 빠지지 않고 등장하는 회의 메뉴는 언론동향이나 보도내용일 것입니다.

공직은 언론의 지적에 의해 자신들의 명예가 손상되는 것이고 기업은 매출에 타격을 받게 되는 것입니다. 언론에 의해 개인의 가슴에 큰 상처가 되기도 하고 그 충격이 더 큰 파장으로 이어질 수도 있습니다.

따라서 언론은 다른 언론만이 경쟁상대입니다. 오죽하면 1960년대 중앙지 배달을 하는 중고생조차 경쟁사 신문을 배달하는 친구와는 가까이 가지도 않았을 정도입니다. 치열한 언론사간 경쟁은 그 신문의 1면 톱기사나 사회면 기사와 관련이 없어 보이는 청소년들까지 경쟁의 상대가 되도록 만들었습니다. 하지만 요즘 아파트 새벽운동을 나가보면 김 여사님 혼자서 J, M, J, D, H, K, D신문을 한 바구니 담고 다니면서 동호수별로 문 앞에 가지런히 놓아줍니다. 우유와 음료도 함께 배달합니다. 신문만 배달해서는 수익성이 낮기 때문이라고 합니다. 새벽에 동시에 가능한 일이 신문보급소와 음료 일일 배달입니다.

그런데 요즘 언론도 기사보도에만 집중하지 않고 부수적인 행사를 하는 것이 보입니다. 축제를 주관하거나 마라톤 등 체육행사를 직접 개최합니다. 기관단체의 후원을 받아 현장에 나가서 행사를 합니다. 구체적인 진행은 전문기획사 스텝들이 담당합니다만 언론사 경영진, 간부, 취재기자, 사진기자가 대거 출동합니다. 언론이 사건사고, 정책제언의 기사보도를 하면서 지역사회 문화예술, 체육의 구심체가 되고 있습니다. 행정기관이 커버하지 못하는 부분을 언론이 담당하고 있다는 긍정적인 평가를 할 수 있고 동시에 이 분야가 언론의 분야인가 하는 작은 고민도 해 보고 있습니다.

하지만 광고 홍보의 기능과 취재 보도 사진 등과 함께 적정한 인력을 보유한 언론사이니 순기능적인 평가를 하는 것입니다. 문화 예술 체육 등도 언론이 주도하여 시민을 모으고 참여하도록 하는 것은 권장할 일입니다. 그 속에서 언론과 경영의 조화가 필요합니다. 행정의 협력이 중요합니다.

사회단체가 주도하기에 버거운 일을 조직과 인력과 역량을 겸비한 언론이 주도하는 것에 대하여 긍정적인 메시지를 보내는 것입니다. 언론사가 신문을 통해 소식을 전하고 주민들의 의견을 수렴하는 역할을 하면서 동시에 지역사회의 문화, 체육 등 다양한 분야의 순기능도 담당해야 한다고 생각합니다.

언론인#공무원#만찬

일단 지방 신문 본사에 근무하는 언론인과 깊이 있는 이야기를 나누면서 이후에도 친밀한 관계를 지속하겠다는 생각으로 식사약속을 잡는다면 금요일이 좋고, 금요일이 아닌 경우에는 저녁 8시 이후로 시간을 정해야 합니다.

토요일자 신문이 없어졌으므로 목요일 저녁에 금요일자 편집을 마치게 됩니다. 금요일 오후에는 시간이 느슨할 것입니다. 월요일부터 목요일까지는 저녁 6시를 전후하여 간단한 식사를 하고 빨라도 9시까지는 편집 화면을 들여다보아야 하는 언론인으로서의 숙명적인 역할이 있습니다.

하지만 시군청에 주재하는 이른바 주재기자와 식사를 하는 경우에는 요일이나 시간에 큰 제약이 없습니다. 다만 한 달에 한두 번은 제2사회부에서 시군 주재기자 회의가 있습니다. 그날만 피하면 쉽게 저녁식사 시간을 잡을 수 있습니다.

하지만 시군 주재 언론인들은 저녁보다 점심 식사를 선호할 것입니다. 가급적 점심을 잡되 밀접하게 친해지고자 한다면 저녁 시간을 가끔 잡으시면 좋겠습니다.

　언론인과 저녁식사를 하는 패턴은 몇 가지 있습니다. 1:1을 선호하시는 분이 있습니다. 대화 소재가 부족하다면 정치부, 사회부, 경제부 등 회사단위로 만날 수 있습니다.

　우리 기관 출입기자 중 1진과 2진을 나누어서 식사를 하는 것도 필요합니다. 세로축 모임과 가로축 식사를 병행하는 것이 언론과의 융합에 좋습니다.

　그런데 언론인들 중에는 서로 낯을 가리거나 불편해 하거나 호불호가 가려지는 경우가 많습니다. 아무개 기자하고는 친한데 그 옆의 차장하고는 불편한 경우가 있습니다. 기자생활을 해온 이력을 조금 깊이 파악해 보면 그 사연을 캐취할 수 있습니다. 그러니 무조건 기자님을 모을 것이 아니라 같은 차장 라인이라도 서로 호흡이 맞는 사람을 모아서 점조직으로 만나야 합니다.

　공보실 간부는 그래서 자주 식사를 해야 합니다. A그룹과 식사약속을 잡으면 나머지가 속한 B팀과도 다음 주 같은 날에 미리 약속을 잡아 주어야 합니다. 약속이 잡히지 않으면 B팀 기자들은 일주일간 불안과 불만이 쌓이게 되니까요.

　언론인은 늘 비교하고 평가하는 직업이다 보니 우리 그룹을 제치고 다른 그룹과 먼저 식사를 하면 기분이 상합니다. 그래도 그 다음 주에 우리 그룹하고 두 번째로 식사를 하기로 미리 약속을 했으니 용서할 수 있습니다.

　중심적 역할을 하는 기자와 저녁약속을 잡으면서 당신이 함께할 동료를 선정하라 하면 됩니다. 이번 식사 초청에 누락된 기자중 중심역할을 하는 이와 그 다음 주에 약속을 잡으시기 바랍니다.

　결론적으로 밥 사고 욕먹는 공무원이 있고 밥 먹으면서 다른 공무원을 욕하는 기자도 있습니다. 한 번은 국장님의 명에 의해 대타로 가서 저녁을 사는데 끊임없이 공무원을 나쁜 표현으로 비판하는 언론인이 있었습니다.

다른 공무원을 만나시면 이런 방법으로 저를 비평하시겠군요, 물으니 아니라고 합니다. 하지만 사실이었습니다. 그래서 밥 얻어먹고 칭찬받는 공무원, 밥을 사도 공무원을 욕하는 기자를 만나는 경우가 있습니다.

하지만 누구나 함께 밥을 먹으면 친해집니다. 밥 먹은 기억은 쉽게 지워지지 않습니다. 그러니 시간을 내서 언론인과 밥을 먹어야 합니다. 밥을 먹으면서 업무이야기를 하지 않아도 됩니다.

밥을 먹었다는 사실로 우리를 응원하는 응원단 인원이 몇 명 늘어난 것이니까요. 주마가편走馬加鞭은 달리는 말에게 필요한 것이고, 도와주는 언론인에게 더 도와달라 말하는 것은 결례입니다.

우리의 공직생활을 도와줄 언론인과 자주자주 함께하시기 바랍니다. 기업에서도 우리 회사를 찾아오는 언론인 모두에게 최선의 관심을 주시기 바랍니다. 언론인과의 식사는 참으로 중요합니다. 우리 회사와 나 자신을 위해서 소중한 일입니다.

언론인#응대#몰카

1988년 이후 2000년까지 언론인의 취재방법은 다양했습니다. 자료를 요청하여 내용을 검토하고 이것을 바탕으로 다른 이해당사자의 주장을 첨가하여 기사를 완성합니다.

방송기자의 경우는 화면이 중요하므로 은밀하게 화면을 만들 수 있습니다. 즉 몰래카메라가 있습니다. 평소 친밀한 관계에 있는 기자가 정색을 하고 목소리를 곤추세워 업무에 대해 묻는다면 녹음일 수 있습니다.

방송기자가 사무실에 왔는데 테이블에 올린 카메라의 센서 바늘이 툭툭 튀고 있다면 지금 녹취되고 있는 것이고 카메라 렌즈가 무엇인가를 촬영하고 있습니다. 몰카에 의한 보도내용을 보면 신발, 구두, 빈 의자 등이 주인공이 됩니다. 당시에도 소형 녹음기나 특수 장비가 많았을 것입니다.

두유업계를 뒤흔든 오산 잔다리마을 두유 홍보에서도 서울의 초등학교 급식심의위원이라며 시설을 둘러보고 갔는데 다음날 전화로 취재동의를 요청했다고 합니다. 그럼 찍으러 오시라 하니 어제 안경에 장착된 카메라로 다 찍었다는 것입니다.

그래서 언론인을 만날 때 결정적인 단어를 쓰지 않아야 합니다. 아주 정확한 발음으로 원론적인 이야기만 하라는 말입니다. 사정하지도 말고 부탁하지도 말고 더구나 변명해서도 안 될 일입니다.

지금 추진하고 있는 업무에 대해 말하고 국민이나 업체를 비판하여서는 안 됩니다. 민원인의 억지가 있더라도 상대편에서는 그렇게 주장하시는 것이고 우리는 이렇게 판단한다고 설명하면 됩니다.

몰카에 걸리는 줄도 모르고 전화 통화를 하였는데 다음 날 아침 뉴스에 자신의 목소리가 나오는 경우가 있습니다. 음성변조를 하였다 해도 자신의 목소리는 그 느낌이 오는 법이지요. 그동안 3번 정도 목소리 출연을 한 바 있는데 매번 객관적인 사실만 이야기한 것은 다행스러운 일입니다.

반복되는 말이겠으나 언론인의 취재가 끝나고 보도되고 나면 더 이상 이건에 대한 논쟁은 필요하지 않습니다. 쿨하게 받아들이고 다음을 기약하면 됩니다. 기자들도 업무상 비평기사를 쓰는 것이지 그것이 재미있어서 그리하는 것은 아닌 줄 알아야 합니다.

그러니 한 번 비판기사를 쓰면 다음번에는 홍보기사를 만들어 낼 마음의 준비를 할 것이니 그 타이밍을 잡아서 우리 부서의 좋은 일을 홍보하는 기회로 삼으면 됩니다. 오르고 내리는 경제사이클처럼 홍보기사와 비판기사가 공존하는 언론시장의 특성을 잘 활용해야 합니다.

언론인#입장#공무원#바람

언론인 과 식사를 하게 되면 자연스럽게 기자는 과거 이야기하고 공무원은 언론인과 힘들게 지냈던 공직상황을 되돌아보게 됩니다. 대부분의 경우 언론의 도움을 받았고 앞으로도 받아야 한다고 말할 것입니다만 제 경우는 일단 지난날 공직 생활중 언론인과 연결된 업무를 한 기간이 새로운 평가를 받습니다.

그래서 단골 멘트는 공무원이 언론인의 입장을 이해하고 긍정적인 방향으로 언론을 활용하는 역량을 키워야 하고 언론인도 어느 정도는 공무원의 입장을 이해하고 이를 바탕으로 기사를 써야 한다고 말합니다.

대부분의 국민들은 공무원을 가리켜 '복지부동, 복지안동' 이라고 합니다만 공직 구조상 일단 주변의 정황을 살피는 것이 중요하다고 봅니다. 급하게 결정하고 조급하게 추진하면 그 시책은 성공하지 못합니다.

자신의 기획을 바탕으로 하되 주변부서의 입장, 언론의 방향 잡아주기를 받아들이는 지혜가 필요합니다. 사실 언론인은 비판적인 시각으로 행정을 바라봅니다. 하지만 행정의 모든 속내를 파악하기에는 기자에게 주어진

시간이 부족합니다.

  기자는 이른바 '키워드'가 중요합니다. 행정이 어찌어찌 하겠다고 하고 나서 용두사미龍頭蛇尾가 되는 것을 비판하여야 합니다. 아예 일하지 않은 것은 비판하지 않을 수 있습니다. 모난 돌이 정을 맞고 열심히 일하는 부서가 감사를 많이 받습니다. 일하지 않으면 감사할 것도 없을 것입니다.

  공무원들은 언론이 일하지 않는 부서를 비판해 주기를 바라지만 그 경우 비판의 키워드가 부족합니다. 그래서 늘 일하는 부서가 언론의 지적을 받습니다. 가지 많은 나뭇가지 바람에 흔들리는 것입니다. 더 이상 일 없고 예산이 적은 부서를 공무원이 선호하도록 내버려 두어서는 안 될 것입니다.

  공무원은 적극적으로 일하고 그로 인해 비판기사를 맞기도 합니다만 이는 적극 권장할 일이라고 봅니다. 열심히 일하고 언론의 비판도 받으면서 좋은 기사도 나오면 좋습니다. 언론이 늘 비판만 하는 것은 아니니 말입니다. 한 번 비판하고 나서 행정이 비판을 수용하고 정책에 언론기사를 반영하면 이 또한 언론인의 보람인 것이고 그러니 다시 홍보기사를 쓰게 되는 것이 인지상정人之常情인 것입니다.

  참으로 오랜만에 언론인과 식사를 하니 지난 세월 속 추억이 솔솔 향기를 피웁니다. '주향천리 인향만리'라는 건배사가 있습니다만 언론인의 향기 또한 일만오천리를 내달려 갑니다.

  늘 잘못만을 지적하여야 하는 숙명이 언론인의 팔자소관이라지만 언론인 중에는 공무원이 정말로 잘한 짓이 보이면 이를 기사로 써서 데스크에 넘기려 합니다. 데스크에서 다 받아주지 않으니 독자 앞에까지 기사가 오는 데 힘든 과정을 거치는 것이지요.

  오늘도 좋은 기사 쓰려 애쓰시는 일선기자를 위하여 건배!!!!!!

언론인#전문가#생각

물론 언론인들은 이 세상을 비판적으로 봅니다. 그래야 기사가 나옵니다. 평범하게 바라보면 그쪽에서 생각하고 제시하는 대로 맞는다는 생각을 하게 됩니다만 모든 것을 뒤집어 보고 생각하는 데서 기사가 출발합니다.

기사는 발로 쓰는 글이라고 합니다. 현장을 가보고 다시 확인하고 생각하여 작성되는 글에서 멋진 기사가 보도되는 것입니다.

연탄가스에 사망하는 사고가 가끔 발생하던 시절에 늘 있는 일인데 왜 이리 신문에 크게 보도되는가 물었습니다. 질문을 받은 기자는 연탄가스에 국민이 사망한다면 국가, 사회, 정치인들에게 책임이 있다는 말을 해 주었습니다.

자동차로 인한 사망자, 부상자도 아주 많다고 하는데 이 문제에 대해 국가는 어떻게 대처하고 있는가 물었습니다. 자동차 회사의 문을 닫을 수는 없으니 교통사고에 대한 국민의 경각심을 고취시키기 위해 크게 보도한다고도 했습니다.

미국에서는 총기사고가 많다는데 국가가 나서서 총기를 모두 치우면 될 것이라 말하니 총기가 없으면 일부 총기를 소지한 강도들이 더 많이 기승을 부릴 것이라고 답했습니다. 총기사고는 총기가 막고 또 다른 폭력을 예방한다는 말로 이해했습니다.

그러니 우리 주변에서 발생하는 사건사고에 대하여 단편적인 해결책을 내놓아서는 근본적인 치유가 되지 않는다는 논리가 나옵니다. 농촌문제를 해결한다고 군郡 지역을 모두 시市로 바꾸자는 아재개그가 있었습니다.

과거 5월 8일은 어머니날이었는데 그날을 뺀 나머지 날은 아버지날이라 주장하는 사람들이 있었습니다. 그래서 해결책으로 어머니날은 양친을 위한 어버이날이 되었습니다.

50명이 행진을 하는데 왼발과 오른발이 틀리는 학생의 할머니는 우리 손자가 맞고 다른 49명 아이들이 틀린다고 했습니다. 정말로 그럴 수 있겠지만 실제로 살펴보면 49명이 맞고 고집쟁이 할머니의 손자가 틀릴 확률이 아주 높을 것입니다. 하지만 민원을 만나면 아직도 1:49로 싸우는 경우가 많습니다.

그런데 말입니다. 가끔은 언론 중에 49명을 버리고 1명을 취하는 경우가 있습니다. 자신들이 생각하는 바대로 언론보도를 하는 것입니다. 지극히 주관적인 일입니다. 그로 인하여 피해 입는 시민이 발생할 것입니다.

참으로 희한한 일은 좋은 기사는 부수 많은 신문에 나와도 아는 이가 적은데 나쁜 기사와 비판의 글은 판매량이 적은 신문에 올랐어도 많은 이들에게 회자됩니다. 구전되는 경우도 포함하면 더 많은 이들이 이 나쁜 일을 알게 됩니다.

한 번 엎질러진 물을 되담기는 어렵듯이 일단 신문활자를 맞은 사건은 돌이킬 수 없습니다. 각고의 노력으로 정정보도가 나와도 그 해명서는 우표딱지만하니 독자들이 읽을 수 없습니다. 어쩌다가 독자가 보아도 그냥 그러려니 합니다. 진실을 알릴 방법이 없습니다. 아마도 이 세상에 말도 못하고 속앓이만 하는 선의의 피해자가 참으로 많을 것입니다.

오늘 아침에는 갑자기 언론보도로 인한 피해자가 없어야 한다는 생각을 해 보았습니다. 장차에 혹시 그런 일을 할 수 있을까도 고민해 보았습니다. 참으로 좋은 일이 더 많이 알려지고 잘못된 일을 바로잡는 언론의 사회적 기능은 권장할 일입니다. 다만, 정의에 맞지 않는 방법으로 누군가에게 피해를 주는 일이 없도록 근신하고 삼가하여야 할 것입니다.

언론인소금#간재미소금

언론인은 지속적으로 중앙지향적입니다. 경기도내 지방 언론인으로 들어와 중앙방송국의 간부가 된 경우가 있고 중앙신문사 부장급이 된 사례도 많습니다. 같은 지방지 간에도 많은 언론인들이 오고가고 신문기자가 방송으로 가고 방송기자가 신문으로, 통신으로, 인터넷신문으로 자리를 이동합니다. 경쟁사 기자로 건너가서 승승장구하는 케이스도 더러 있습니다.

잘 아는 K기자는 지방지에서 장기근속 후 경제지에 있다가 다른 지방사에서 다시 최초로 근무하였던 회사에 복귀한 경우도 있습니다. 그룹 이동의 경우도 있는데 이는 아마도 끈끈한 선후배의 정으로 뭉쳐진 독수리 5형제의 경우로 보아야 합니다. '우리는 함께 간다' 입니다.

언론사 에이스로 활동하다가 퇴직한 후 다른 신문사 부국장으로 가는 코스는 마치 공무원이 정년을 앞두고 산하기관 본부장으로 가는 경우와 유사합니다. 젊은 시절 신문사 차장, 부장을 거쳐 국장을 하신 분들이므로 언론에 대한 경륜을 최대한 활용할 수 있는 기회를 얻는 것입니다.

공무원은 내부 인사숨통을 열기 위해 정년 2년 전에 산하기관에 가서 경험을 발휘하고 퇴직하도록 하는 제도를 운영해 왔습니다. 이를 요즘에 언론에서 '관피아'라면서 비판을 합니다.

세파 속에 흔들리며 나누는 말 중에 외할머니 떡도 커야 사 먹는다거나 외삼촌 소에서 이윤 남기지 않으면 소장수 돈벌이할 곳이 없다고 했습니다. 장사가 이익을 추구하는 데는 친척조차 고려하지 않는다는 말입니다.

모든 언론인에게 하고픈 말은 아니지만 가끔은 사무실 책상 위 중요자료를 임의로 가져가 특종을 때리니, 공무원들은 자료 관리에 신경을 써야 한다는 말을 조심스럽게(?) 꺼내봅니다.

견물생심見物生心이라고 공무원 책상 위에 놓여진 5단에 충분한 기사 자료가 보이는데 그 자료를 보고 외면하라 할 수 있겠는가? 미국의 정의로운 언론인, 기자처럼 '국익을 위해서라면' 특종으로 취재한 자료조차 영원히 땅속에 묻고 가는 시대가 대한민국에도 반드시 찾아오기를 바라는 마음을 가져봅니다.

물론 우리 사회에서 그동안 미국기자 이상으로 국익을 위해 자신을 희생한 언론인이 많고 회고록조차 쓰지 않는 분이 다수일 것이라고 확신하는 바입니다.

언론의 기본 기능은 비판입니다. 그래서 구조적으로 좋은 이야기는 보도되기 어렵습니다. 재벌의 1억 기부는 1단기사도 어렵지만 김밥할머니 장학금 1천만 원은 3단을 넘을 수 있는 것은 언론만이 가진 특성일 것입니다. 아마도 경제논리가 가장 낮게 적용되는 곳이 언론시장입니다. 성악설이 먼저 적용되는 곳이기도 합니다.

하지만 그곳의 기자들은 가장 착한 마음으로 세상을 바라보되 그중 위험한 부위에 대해 집중적인 '간재미 역할'을 하는 것이라고 봅니다. 동해바다 해안에 배로 도착한 후 마차에 실려 출발한 안동 고등어가 숙성되다가 부패 직전으로 가는 타이밍이 있다고 합니다.

　영덕에서 출발한 고등어가 황장재에 이를 즈음, 영해를 출발해 창수재에 도착하였을 때, 그리고 울진에서 출발하여 주령에 이르면 소금을 뿌려야 합니다.

　이 작업을 하는 이를 간재미라 하는데 미숙한 간재미나 보통 사람이 소금을 뿌리면 고등어가 쉽게 상해 버린다고 합니다. 간재미의 기술의 핵심은 상하기 쉬운 부위에 소금을 많이 뿌리고 다른 부분에는 적게 뿌리는 손가락의 강약 조절장치입니다. 무조건 소금을 뿌려대면 숙성된 고등어의 맛을 잃게 되고 소금기가 부족하면 상품가치가 떨어질 것입니다.

　마찬가지로 사회의 공기公器이며 부패를 막는 소금이라 칭송되는 언론인들이 부패하기 쉬운 사회의 이곳저곳에 소금을 뿌리는 역할을 잘 해 주기를 바랍니다.

　그리고 마음과 함께 혹시 상처傷處 부위에만 또 다시 소금을 뿌리는 이른바 '염장을 두 번 지르는 일'은 없거나 그런 상황을 최소로 줄여 주시기를 바라는 마음입니다.

언론중재위원회

언론중재법은 언론사 등의 언론보도 또는 그 매개媒介로 인하여 침해되는 명예 또는 권리나 그 밖의 법익法益에 관한 다툼이 있는 경우 이를 조정하고 중재하는 등의 실효성 있는 구제제도를 확립함으로써 언론의 자유와 공적公的 책임을 조화함을 목적으로 합니다.

언론중재법을 보면, ① 언론의 자유와 독립은 보장된다. ② 누구든지 언론의 자유와 독립에 관하여 어떠한 규제나 간섭을 할 수 없다. ③ 언론은 정보원情報源에 대하여 자유로이 접근할 권리와 그 취재한 정보를 자유로이 공표할 자유를 갖는다. 자유와 권리는 헌법과 법률에 의하지 아니하고는 제한 받지 아니한다.

그리고 언론에 대해서도 말합니다.

① 언론의 보도는 공정하고 객관적이어야 하고, 국민의 알권리와 표현의 자유를 보호·신장하여야 한다. ② 언론은 인간의 존엄과 가치를 존중하여야 하고, 타인의 명예를 훼손하거나 타인의 권리나 공중도덕 또는 사회

윤리를 침해하여서는 아니 된다. ③ 언론은 공적인 관심사에 대하여 공익을 대변하며, 취재·보도·논평 또는 그 밖의 방법으로 민주적 여론형성에 이바지함으로써 그 공적 임무를 수행한다.

또한 ① 언론, 인터넷뉴스서비스 및 인터넷 멀티미디어 방송은 타인의 생명, 자유, 신체, 건강, 명예, 사생활의 비밀과 자유, 초상肖像, 성명, 음성, 대화, 저작물 및 사적私的 문서, 그 밖의 인격적 가치 등에 관한 권리를 침해하여서는 아니 되며, 언론 등이 타인의 인격권을 침해한 경우에는 이 법에서 정한 절차에 따라 그 피해를 신속하게 구제하여야 한다.

② 인격권 침해가 사회상규社會常規에 반하지 아니하는 한도에서 다음 각 호의 어느 하나에 해당하는 경우에는 법률에 특별한 규정이 없으면 언론 등은 그 보도 내용과 관련하여 책임을 지지 아니한다. 1. 피해자의 동의를 받아 이루어진 경우 2. 언론 등의 보도가 공공의 이익에 관한 것으로서, 진실한 것이거나 진실하다고 믿는 데에 정당한 사유가 있는 경우

언론과의 충돌은 발생할 수 있습니다만 현실적으로는 양측이 서로서로 양보하고 존중하는 가운데 원만한 타결이 이루어집니다. 소송의 경우처럼 치킨게임처럼 끝까지 내달리는 것은 결국 양측이 모두 손실과 상처를 받게 됩니다. 조금씩 양보하면 동시에 원원하는 것이 언론과 기관의 관계인 것입니다.

언론홍보 #타산지석

1990년대에 언론홍보를 하면서 자료를 E-Mail로 송고한다는 소문을 들은 인근의 광역자치단체 홍보팀장이 벤치마킹을 하러 오셨으므로 상세하게 그 과정과 내용을 설명 드렸습니다. E-Mail이라는 것은 당시를 시점으로 보아도 이미 10수년 전에 시작된 것이고 1996년경에 하이텔, 천리안이라는 인터넷 연결 이메일을 처음 만났습니다.

당시 전산 전문가인 선배 공무원이 전화기 코드를 뽑아서 컴퓨터 뒷면에 연결하고 인터넷 망으로 들어가는 장면을 보고 참으로 신기하다 생각했습니다. 소련에 업무차 가신 교수님이 소련 땅에서 E-Mail로 교안자료를 보내시기로 했다는 것입니다.

오늘쯤 보낸다 했으므로 천리안이나 하이텔로 메일을 연결해서 교안 자료를 받아 교육교재를 편집한다 했습니다. 여기서 상황정리가 필요합니다. 소련 공산국가에 교수님이 여행을 간다는 것도 황당한 일인데 거기 가서 이메일로 파일을 보내면 전선을 타고 이곳에 도착할 것이고 그 내용을 다운 받아 자료로 쓰겠다는 것은 더더욱 황당무계荒唐無稽한 일입니다.

그런데 실제로 메일이 왔다 하고 한글파일을 받아 교재를 편집해서 교육에 활용했습니다. 이렇게 만난 이메일을 언론홍보에 활용하고 있으니 다른 기관에서 찾아올 만한 일이라 할 것입니다. 이후 시간이 흐르면서 이메일 작명을 해드렸던 노장 언론인이 어느날 노트북을 펼치고 램망을 연결해 달라 하시므로 전산과 직원을 동원하여 기사실에 인터넷망을 보강 설치하였습니다. 기자실 기자수보다 더 많은 라인을 깔았습니다. 그리고 몇 개월이 지나지 않아 메일로 보낸 보도자료를 수정하여 자신의 노트북으로 본사와 연결하여 기사를 송고하게 됩니다.

당시 이 같은 블루오션을 이룩하신 언론인의 나이는 대략 65세를 넘었습니다. 공무원들조차 인터넷은 전산과 직원, 전산직 직원이 하는 업무인 줄 생각하고 있었던 시기에 노장 언론인은 맨땅에 헤딩하듯 전산화의 길을 내달렸습니다. 그리하여 인터넷과 홍보는 악어와 악어새 같은 관포지교管鮑之交, 수어지교水魚之交의 관계에 이르게 됩니다.

그래서 언론홍보는 늘 앞서가야 합니다. 새로운 방식을 받아들이고 이를 적극적으로 활용하는 노력이 필요합니다. 최근에는 이메일보다 빠른 자료 전달 방법이 많습니다. 클릭 한 번으로 대용량 자료를 실시간 전달할 수 있습니다. 중앙지 서울 본사에 사진을 보내기 위해 수원역에 가서 이른바 '역송驛送'을 하던 원로 언론인들이 노트북과 스마트 폰으로 중무장하고 언론 현장을 뛰고 있습니다. 그러니 공보부서 공무원들은 더 앞서가는 장비를 갖추고 미래지향적인 홍보에 나서야 합니다.

하지만 인터넷 디지털시대가 되었어도 언론인과의 인간관계는 과거의 그 아날로그 전략이 아직은 잘 먹히고 있음도 알아야 할 것입니다. 인터넷이 발전하고 노트북이 경량의 한계점을 향해 달리지만 그 속에서 취재, 편집의 과정은 아날로그의 감성이 살아 있음을 공보, 홍보부서 전문가들이 인식해야 하는 것입니다.

오늘기자#과거기자#50년 전

모임에서 만난 KBS소속 언론인에게 '악어와 악어새' 라는 소재를 가지고 글을 쓰고 있다는 자랑을 하였더니 기자정신으로 깊은 관심을 보이면서 책으로 최종 정리하기 전에 취재현장의 생생한 이야기를 들어보고 그 내용을 추가하면 좋겠다는 의견을 주셨습니다.

요즘에는 여러 가지 취재방식이나 운용방식이 다르다는 설명도 첨가해 주셨습니다. 그러니까 기관에서 준비한 보도자료를 복사해서 기자실에 빼곡하게 배치된 각 언론사별 책상 위에 올려주는 것으로 우리의 할 바를 다 했다는 생각은 시대에 뒤떨어지는 자만심이라 할 것입니다.

다른 한편으로는 각 기관에 출입하는 기자가 취재의 중심축에 있는 것은 맞지만 그 주변에서 알게 모르게 취재하고 보도하는 다양한 매체가 있고 그 영향력이 점점 더 커지고 있다는 점에 관심을 가져야 한다는 의미로 받아들였습니다. 제가 1970년대 경기도청 출입 기자님 명단을 가지고 있습니다. 군대 차트병 출신인 듯 각지게 쓴 이 자료를 보면 경기신문, 경향신문, 동아일보, 신아일보, 조선일보, 중앙일보, 한국일보, 매일경제, 서울경제, 현대경제, 경제통신, 산업통신, 시사통신, 문화방송, 한국방송공사, 기독교방송 등 18개사 회사명, 기자 이름, 사무실 전화, 집 전화번호가 나옵니다. 1970년 10월 12일 현재입니다. 기자분 중에 여성은 없습니다. 전화번호는 2-4569번입니다. 1970년이면 50년 전입니다. 1988년에 공보실에서 만난 분도 있습니다. 경기도내 민간단체 회장을 역임하신 원로 어르신의 사진도 나옵니다. 이분들이 경기도내 언론문화를 이끌던 시절의 취재상황과 2020년 전후의 모습에는 큰 차이가 있습니다. 언론인의 취재현장 50년 변천사를 상상해 보고자 합니다.

경기도청 중앙지 기자(1998)

우선은 원고지 기자와 노트북 언론인입니다. 1988년에 경기도청 문화공보담당관실에 근무하면서 100자 원고지를 기자실에 제공하는 중요한 임무를 수행했습니다. 거의 모든 신문이 세로쓰기로 편집했습니다.

이후 가로쓰기를 병행하면서 지적기사는 세로로, 칭찬기사는 가로쓰기를 한다는 주장도 제기된 바 있습니다. 당시의 신문은 비판기사 제목은 검정색으로 찍었고 격려성 기사의 제목 바탕에는 비단결 무늬가 자주 등장한 신문을 기억하고 있습니다.

1970년 경기도청 출입기자단

2011년 전후로 당시 70을 넘나드는 원로기자님이 노트북을 들고 와서 본사와 연결해 주고 E-Mail을 만들

경기도청 지방지 기자(1998)

어 달라 하셨습니다. E-Mail의 개념과 원리에 대해서 잘 몰랐으므로 전산과 직원의 도움을 받아 메일을 만들어 드리고 본사 홈페이지에 연결해 드렸습니다. 지금도 알 수 없는 일이지만 당시로서는 전화선을 타고 들어가 본사에 접속한다는 사실을 두 눈으로 보면서도 신기했습니다. 이분 원로 기자님은 한 달 만에 E-Mail을 활용하여 보도자료를 받아 기사로 정리한 후 자신의 이름으로 본사 홈페이지에 올렸다고 자랑을 하셨습니다.

2020년 전후에 신입으로 들어온 출입기자는 기성세대와는 다른 환경에서 공부하고 성장했습니다. 중학생, 고등학생 때 게임으로 단련 받고, 대학을 다니면서 노트북으로 과제를 작성하여 E-mail로 교수님께 제출하고 평가를 받았습니다. 대학의 학과 홈페이지에 노트북으로 작성한 논문을 내서 학점을 받아 졸업한 신세대입니다. 마음만 먹으면 도청 홈페이지 자료, 시청의 정보를 입수하고 활용할 수 있는 정보 전문가들입니다.

과거에 어떤 원로 언론인은 군대에서 잉크냄새로 신문사를 맞추는 게임을 하셨다 합니다. 이제는 종이신문이 아니라 전자신문, 인터넷을 통한 정보, 모바일을 활용하는 다양한 정보를 시공을 초월하여 받고 보내는 시대입니다. 언젠가는 키보드 소리를 듣고 문장의 내용을 추정할 수도 있을 것입니다.

SNS는 수초 안에 모든 정보를 지구촌 전체에 보냅니다. 그런 환경 속에서 1970년대식 언론홍보를 생각할 수 없습니다. 손흥민의 발끝을 떠난 공이 골망 안으로 들어가는 골인의 순간을 수천 만 명이 지금 손위의 모바일로 손금처럼 들여다보고 있습니다.

따라서 언론이라는 공급자 중심, 행정기관이라는 전달자 위주의 언론환경이 아니라는 점에 우리의 화두話頭가 잡혀야 합니다. 우리가 원하는 홍보를 위해서는 출입기자, 언론사 편집부, 독자, 국민 등 모든 이들의 대형 지구본 속에서 함께 돌아가고 있는 모습을 상상해야 합니다. 광고비를 써서 홍보하는 방법도 장기적으로 필요한 일이지만 우리의 오늘 아침 홍보 컨텐츠를 어디에 둘 것인가 고민하는 홍보전략도 필요합니다.

가정해서 오늘은 북미회담이 베트남 하노이에서 열리는 2019년 2월 27일 아침입니다. 오늘 어느 정당이 당 대표를 선출하는 날이기도 합니다. 이 정당에서는 북미회담과 겹치는 날에 대표를 뽑는 것이 언론홍행 실패가 우려된다며 행사를 연기하자는 논의가 있었지만 당초 일정대로 진행하고 있습니다. 여기에서 이런 생각을 합니다.

두 번째 북미회담이 열리는 기간에는 언론에 대한 국민적 관심이 더 높을 것입니다. 따라서 당 대표 선출 일정을 함께 진행하면 이른바 시너지 효과를 얻을 수도 있을 것이라 상상해 보는 것입니다. 언론에 관심을 갖는 국민들이 당 대표 선출 뉴스를 함께 볼 수도 있다는 분석이 가능합니다.

결국 언론 홍보는 지름길도 없고 정답도 없는 로또와 같습니다. 관점에 따라 다양한 결과를 도출하는 과정이 언론입니다. 좋은 자료를 내면 큰 기사가 되는 것이고 기관장이 기자회견을 한다고 해서 큰 기사로 편집되지도 않습니다. 그날의 운세입니다.

대형화재, 다수가 사망하는 교통사고가 발생하면 우리의 기사는 그 연기 속에 가려지고 폐차될 자동차와 함께 찌그러지는 것입니다. 하지만 정부의 거창한 사업계획 발표가 하루 연기되면 지방의 우리 기사가 큰 활자를 확보하게 되는 것입니다.

인터뷰#방송#준비#포인트

경기북부청에 근무할 당시에 경남 MBC에서 인터뷰 요청이 왔습니다. 경상남도에 서부청이 신설되어 '서부부지사'가 직무를 하게 되었습니다. 1999년 경기도가 북부청으로 확장하여 제2부지사를 설치한 사례를 벤치마킹하는 것입니다. 그래서 흔쾌히 인터뷰를 승낙하였습니다.

인구, 면적, 행정조직 등 다양한 자료를 준비하고 사전에 읽어보았습니다만 사실 TV인터뷰는 30분 동안 찍어도 10초 이내의 짧은 멘트만 남는 것이니 큰 걱정이 아닌 것입니다. 그리고 방송기자가 쓰고 싶은 부분에 자신들의 논리를 보충해 주는 인터뷰 내용을 편집하여 인서트하는 것입니다.

그냥 편안하게 이런 말 저런 이야기를 하면 되는 것입니다. 그래서 사전 리허설로 테이블에 앉아서 차 한 잔 마시면서 할 이야기를 한 후 카메라 앞에서 그 말을 다시 반복하였습니다.

카메라를 보는 것이 아니라 취재기자 얼굴을 보고 이야기하듯이 말하면 되는 것입니다. 천천히 말하면 **빠르게** 당길 수 있지만 **빠른** 말을 늘리기는 어렵다고 하니 일단 여유롭고 천천히 답변하는 것이 중요합니다.

그리고 질문지를 보거나 답변 자료를 참고할 필요는 없습니다. 사실 중요한 이야기는 이미 머리 속에 자리한 것이고 구체적인 내용은 취재기자의 리포트에 다 들어가고 인터뷰하는 관계자의 멘트는 핵심만 들어갑니다.

인터뷰하는 이가 모든 내용을 전하는 것이 아니라 리포터나 기자가 말하고 그것을 증명하는 관계자의 짧은 멘트가 필요한데 그것을 인터뷰를 통해 얻어가는 것입니다.

사전에 연습과정에서 청사건립도 중요하고 발전적 운영을 위해서는 공무원들의 순환보직이 중요하다고 말했습니다. 과거 수원에서 승진하여 의정부로 오는 하향식 인사가 아니라 어느 곳이든 승진하면 부서를 이동하고 청을 바꿔 근무하는 시스템이 정착되고 있는데 여기의 기초가 되는 것은 숙소라는 점을 강조하였습니다.

즉, 풍족한 원룸, 아파트를 준비하여 발령 나는 날 저녁에 옷가방을 가져다 넣고 곧바로 취사가 가능하고 숙박이 편리해야 공무원들이 부담 없이 발령받고 임지에서 곧바로 적응하여 일할 수 있다는 점입니다. 발령 나기 전부터 숙식을 걱정해야 한다면 아니 될 일입니다.

추가적인 이야기를 들은 취재기자가 다음번에 기회를 봐서 숙소 문제를 추가 취재하여 보도하겠다고 했습니다. 우리 숙소, 즉 원룸을 촬영해서 자료로 보내 달라 했습니다. 그리하기로 했습니다. 선진 경기도 행정을 경상남도와 인근 시도에 알리는 것도 중요하니 말입니다.

인터뷰는 사전에 짜여진 리포트 속에 관계자의 증언을 간략히 짧은 시간을 담는 것이니 길게 말해도 잘리고 편집된다는 점을 미리 알아두고, 취재기자가 원하는 말을 하시기 바랍니다.

재난발생#공보실#할일

장맛비가 밤새 내렸다면 새벽 5시에 공보실 직원은 사무실에 나가야 합니다. 재난 현장에는 재난부서가 출동하였으므로 공보실 직원은 사무실에 가서 재난상황 자료를 받아 기자실에 배포해야 합니다.

우리나라 재난상황에 대처하는 메뉴얼은 중앙 통제형에 중앙 집중적이어서 지방자치단체가 재난상황을 언론에 전파하는 시각의 오차가 아주 큽니다. 장마 속에 사망자가 나와도 시도 시군구 재난상황실 상황판에 1명 사망했다는 기록이 올라가려면 한나절이 필요할지도 모릅니다.

그래서 방송기자들은 이미 현장에서 사망사건을 취재하고 도청상황실에서 한 번 더 확인하고자 재난상황실에 방문하였지만 상황판에는 강우량만 적혀 있고 사망자에 대한 상황은 올라가지 않았습니다.

방송기자는 공보실 기자실에 옷과 짐을 두고 상황실에 가서 확인합니다.
"3명 사망이지요?"
"사망자 없습니다."

"왜 없어요. 현장에서 확인하고 오늘 길인데요."

처음 이런 말을 들었을 때는 언론인을 위해 사건사고가 발생하여야 하는 것인가 자문자답해 보았습니다.

이제는 그 기자들의 멘트를 이해하게 되었습니다. 상황실에서 사망관련 취재를 보충하지 못한 방송기자는 공보실에 와서 사망 3명을 확인받으려 합니다. 이때 공보실 공무원은 재난상황실로 뛰어가 현장에서 올라온 팩스 사본을 입수하여 방송기자에게 전달해야 합니다.

아직 도재난상황실에서 공식적으로 사망자 발표를 할 단계가 아니므로 시청, 군청의 보고서 사본을 제공하는 것으로 대체하면 됩니다. 아마도 도 상황실에서 사망 3명이 확정 발표되려면 저녁까지 기다려야 하고 이미 뉴스에 나간 후에나 확인받을 수 있습니다.

공보실 직원은 더러는 뒤처지다가도 때로는 앞서가야 하는 이중성이 있어야 합니다. 그것이 공보환경의 현주소이고 이 상황이 맞는 정답이라고 생각해야 합니다. 언론과 행정이 다른 점이고 그래서 약간의 갈등이 발생하는 것입니다.

언론도 공무원들이 확정적 발표를 하기 어려워하는 것을 알고 있습니다. 그래서 공무원끼리 말합니다. 언론은 사건에 집중하고 공무원은 보고통제에 몰입합니다. 최종 보고부서까지 올라갔다가 와서야 언론에 발표하는 공무원의 업무시스템을 언론이 조금 이해해 주기를 바라는 마음도 있습니다.

하지만 더러는 언론의 속성을 이해하여야 합니다. 언론의 여러 기능중 하나가 속보성이니까요. 그래서 어떤 사건을 나중에 보도할 때 "뒤늦게 밝혀졌다"고 합니다.

누구도 알 수 없는 상황이 있겠습니다만 언론으로서는 당일에 보도하지 못한 점에 대해 자신 스스로를 용서하지 못하기에, 그쪽에서 수일간 비밀로 한 것을 가지고도 "뒤늦게 밝혀졌다"면서 보도가 늦은 것을 나름 변명하고 있습니다. 늘 속보성에 대한 책임감에 충만한 방송사 기자를 위한 공보실 공무원의 발 빠른 자원 서비스가 필요합니다.

  초록은 동색이거든요. 가재는 게 편이고 악어와 악어새의 관계에 있기도 하구요. 결국 공보실은 청출어람청어람靑出於藍靑於藍이지요.

*푸른색은 쪽[藍]에서 나왔지만 '쪽빛보다 더 푸르다'라는 뜻으로, 제자가 스승보다 더 나음을 비유하는 고사성어로 사용된다.

촌철살인#기사#가십#순직

1988년경 중앙언론이나 지방언론의 기자들은 기사보다 가십에 관심이 높았습니다. 기사는 일상적으로 발생하는 각종 행사와 시책을 알리는 것으로서 보통의 업무라 할 것이고, 가십은 도정 전반이나 도지사와 간부들의 동향보고라 할 것이기에 관선 도지사 시절인 당시로서는 큰 관심을 받는 일이었습니다.

1988년 상반기까지는 이른바 1도1사로서 경인일보가 경기도·인천광역시 지방기사를 독점하였고, 그해 8월부터 10월까지 3개 지방지가 창간되었습니다. 경인일보(1961. 9. 1), 경기일보(1988. 8. 8), 기호일보(1988. 7. 20), 인천일보(1988. 7. 15)가 4파전으로 경쟁을 하였던 것입니다.

하지만 창간 초부터 가십을 활용하기는 어려운 일이고 기호일보와 인천일보는 인천에 본사를 두고 경기권에는 작은 지국수준의 사무실에 3~4명이 근무하였던 것으로 기억됩니다.

그래서 경인일보 가십이 늘 관심의 대상이 되었고, 매주 간부회의가 09:00에 열리면 발 빠르게 30분 안에 원고지 1매 200자 이내의 핵심을 정리하여 전화로 부르면 오후 2시경 도지사 사진과 함께 짧은 글이 게재되는 것에 큰 보람을 삼았던 것입니다.

　독자들이나 공무원들은 그 기사가 기자의 취재에 의한 것으로 알겠지만 사실은 보도자료 담당자가 상황실 옆 기계실에 들어가 오디오만으로 청취한 후 그 자리에서 전화를 통해 제보하였습니다.

　언론은, 특히 일간지는 팩트에 중점을 두게 되고 전후좌우 배경과 과정을 생략하는 경우가 많은 기사를 내는 터라 한 가지 사업에 수개월을 쓰며 일하는 공무원들을 곤혹스럽게 할 때가 많았습니다.

　2~3월에 기사를 쓰면서 실적이 30%라고 비판하기도 하고 11월 기사에서 실적이 80%이니 준수하다 평하기도 하니 상황에 따라 그때그때 다르다는 개그맨의 멘트가 생각납니다.

　기사이든 가십이든 신문에 글로 기록되는 보도인데 그 종이 위 글씨로 인해 누구는 기뻐하고 어떤 분은 괴로워하는 희로애락이 담겨 있습니다. 때로는 펜이 칼보다 강하다는 이야기를 절감하게 하는 대목이기도 한 것입니다. 가십이 정말로 무서운 시절의 아찔한 일들이 머리 속을 맴돌고 있습니다. 촌철살인寸鐵殺人이라는 말이 여기에도 적용될 것입니다.

축구선수#공무원

축구에서 골을 넣으려면 골대 안으로 공을 차 넣어야 하고, 골프에서 버디를 하려면 홀컵을 지나갈 정도의 힘으로 공을 보내야 합니다. 골대 앞에서 투스텝으로 망설이면 골인이 없고, 골프장에서 '공무원 퍼팅'으로 골프공을 홀컵 20㎝까지만 보내면 '버디(Berdie)가 보기(Bogey)'가 됩니다. 공무원퍼팅이란 '최소한만 일한다'는 데서 유래하는 것 같습니다.

세상사도 마찬가지이고 언론홍보는 더더욱 그러합니다. 일단 충돌하여 번쩍하고 광채가 나고 나면 흥하든 망하든 무슨 일이든 벌어지게 됩니다만 추돌을 피하려 살살 가면 얻는 것이 없거나 적습니다. 공보부서 공무원, 홍보담당 직원은 골대 앞 축구선수처럼 내달려야 합니다. 손흥민 선수처럼 내달려야 골키퍼와 1:1 상황을 마주하게 되는 것입니다.

최근 예능 프로그램에서 매니저 이야기가 나오는데 매니저가 방송국 이곳저곳을 다니면서 자신의 연예인을 소개하는 모습을 봅니다. 전혀 안 될 것 같은 일이 실전으로 가능한 상황이 벌어지는 것을 봅니다.

그러니까 손흥민, 박지성, 안정환, 차범근 등 축구에서 골을 많이 넣은 선수는 늘 골대 앞으로 내달렸습니다. 바다에 낚싯바늘을 던진 횟수만큼 고기를 잡는 것이 아니듯이, 슈팅이 모두 골이 되는 것은 아니지만 일단은 적극적으로 슈팅을 시도하고 유효슈팅을 늘리다 보면 골인 숫자도 많아집니다.

축구에 대한 스토리가 있습니다. 과거 어느 시골에서 벌어진 유명인사의 조기축구에서는 모든 선수들이 '어르신' 께 공을 몰아주었고 심판도 웬만하면 업사이드를 불지 않았으므로 골인 숫자가 늘고 함께하신 조기축구회원들이 아침 해장국에 고깃국도 함께 얹어서 맛나게 먹었습니다.

그래서 우리의 홍보전략 중 다다익선 전략을 강조하고자 합니다. 이것이 홍보자료가 될까 고민하지 마시고 일단 도전하시기 바랍니다. 반복적으로 자료를 내고 습관적으로 보도자료를 만들어서 제공하면 어느 날에는 적극적인 취재기자를 만나 '대박' 을 치기도 합니다.

하지만 참으로 멋진 우리의 기사가 나기로 되어 있었지만 대형 화재가 발생하여 온 나라가 난리통이라면 당신의 기사가 들어서기로 했던 자리는 사라질 수 있습니다. 말 그대로 신문, 늘상 새로움을 추구하는 언론이기 때문입니다.

신문과 방송 뉴스는 새로움을 추구합니다. 사건사고는 모든 기사에서 최우선권을 갖고 있습니다. 화재가 발생하고 대형 교통사고가 나면 신문 편집부 사무실은 크게 요동을 치게 됩니다.

일주일 전에 약속한 도지사, 시장군수 인터뷰 약속도 대형 산불 하나에 밀리게 됩니다. 시청을 향해 달려오던 카메라가 교통사고 현장을 찍느라 늦기도 하고 아예 인터뷰를 연기하자 합니다.

그래도 우리가 화낼 수 없습니다. 기관장님께는 송구한 일이지만 잘 설명하시기 바랍니다. 시장·군수님도 자신의 인터뷰보다 교통사고로 다친

시민을 더 걱정하셔야 합니다. 화재로 사망사고가 발생하면 도지사님은 인터뷰를 취소하고 현장으로 달려가야 합니다.

하지만 언제나 골을 넣겠다는 집념을 가지고 일단 도전하시기 바랍니다. 좋은 자료이든 비중이 좀 낮은 내용이라 해도 어떤 돌발상황이 발생하여 우리에게 좋은 기회가 올 수 있다는 생각을 품고 매일매일 홍보에 최선을 다하시기 바랍니다. 정말로 생각하지도 못한 행운이 올 수 있습니다.

홍보성과라는 마약스러운 기쁨을 한 번 맛보시면 신이 납니다. 행사를 시작하기도 전에 언론에 그 내용이 나오는 모습을 상상하면서 입맛을 다시게 될 것입니다.

우리 편이 공을 잡은 순간은 물론 상대편이 볼을 지켜도 우리가 냅다 내달리면 상대 선수가 깜짝 놀라서 우리 선수에게 공을 패스하여 노마크 찬스를 만나게 해 주는 상황을 만날 수도 있으니까요.

퇴임#인사#보도자료

> 기자가 이렇게 기사를 써주기를 바라는 바입니다만 그냥 공직을 마쳤다고 이 같은 기사가 올라가지는 않는 것 같습니다. 스스로 자화자찬의 보도자료를 만들어 언론사 퇴임인사를 다녔습니다. 대부분의 공직자들은 보직 발령시에는 언론사에 인사를 합니다만 퇴직하기 전에 인사를 드리는 예는 드물다고 합니다. 하지만 취임 인사보다 퇴직을 알리는 방문에도 큰 의미가 있다는 생각을 합니다. 멋진 기사를 써주신 기자님과 언론사에 감사드립니다. (2019년 1월에 이강석 올림)

〈보도자료〉 '쌩뚱' 언론사 '퇴직인사'…경기테크노파크 이강석 원장

2019년 1월 31일 퇴직하는 이강석 경기테크노파크 원장의 '퇴임 인사차 언론사와 기자실 방문'은 색다른 의미가 있습니다. 19세 고졸사원으로 화성 비봉면, 팔탄면에서 공직을 시작한 이 원장은 1981년 경기도청에 전입하여 1988년부터 공보관실에서 언론인과 마주했습니다.

이 원장은 1988년 지방 언론이 재점화되는 시기에 공보실에서 경인일보, 경기일보, 기호일보, 인천일보 출입기자들과 당시 7급 공무원으로서는 독학(!) 수준으로 공보 현장을 뛰었습니다.

보도자료 발굴을 위해 도지사실 결재대장을 뒤지고 결재된 문서를 시군에 배포하기 위해 인쇄를 하는 '발간실'의 자료를 얻어와 담당 계장의 협조를 얻어 도정 보도자료로 배포하였습니다.

경기도 동두천시에서 동장으로 2년간 근무하면서 일선경험을 체득한 이 원장은 다시 1999년부터 도청 공보실에서 7년간 홍보기획을 통해 언론인과의 인간관계를 쌓았고 2008년 도의회 공보과장, 2011년 경기도 언론담당관으로 일했습니다.

공보부서 근무 총 경력은 11년6개월로 남다른 기록을 가지고 있습니다. 부시장은 늘 언론과 함께하는 자리이니 모두 합하면 20년을 지방 언론과 함께했습니다. 이 원장은 7~4급 중 6급 재직기간 동안에 공보부서 근무를 하지 못한 것이 아쉽다고 말합니다. 공무원을 퇴직한 2017년에 공직생활을 기록 자료집 《공무원의 길 차마고도》를 펴냈고, 2019년 1월말에 경기테크노파크 원장을 1년 앞당겨 마쳤습니다.

이후 공무원과 언론인과의 내밀한 관계성을 체험적으로 적은 책 '악어와 악어새'를 준비중이라고 밝혔습니다. 그는 언론인과 공무원 중 누가 악

중부일보
2019년 01월 29일
12면 (인물)

이강석 경기테크노파크 원장 퇴임

공직경험 담은 책 출간 준비

이강석 경기테크노파크 원장이 28일 퇴임 인사차 중부일보를 방문했다.

1977년 화성시에서 공직생활을 시작한 이 원장은 이후 경기도청 7급 공무원으로 전입. 공보관실에서 언론인들과 마주했다.

이 원장은 동두천시에서 동장으로 근무하면서 쌓은 행정경험을 바탕으로 도청 공보실에서 7년여 동안 언론을 담당해 왔으며 이후 도의회 공보과장, 경기도 언론담당관 등을 역임했다. 공직에서 보낸 42년의 세월 중 11년6개월을 언론담당으로 보낸 이 원장은 지난해 1월 공직에서 물러났으며 공직 퇴임 후 재직하던 경기테크노파크 원장직도 오는 31일을 마지막으로 마무리 짓게된다.

그는 지난해 6월 그간의 공직생활을 기록한 '공무원의 길 차마고도'를 펴내기도 했으며 현재 공직자와 언론인의 입장을 실무경험 바탕으로 정리한 '(가칭)악어와 악어새' 출간을 준비하고 있다.

이 원장은 "퇴직 후에도 기자실과 언론사에 드나드는 즐겁고 행복한 퇴직 공무원이 되고싶다"고 말했다.

양효원기자
(10.3*10.0)cm

퇴임#인사#보도자료

어이고 어느 쪽이 악어새인지는 본인도 잘 모르겠다고 말했습니다.

한편 이 원장은 퇴임소감으로 "공직 수행遂行은 차마고도 벼랑길을 걷는 심정으로 수행하는 과정이었다"고 말하고 '도민에 대한 무한사랑과 후배를 위한 내리사랑' 이 공직 좌우명이며, "퇴직 후에도 도청기자실과 언론사 편집국에 자주 들락거리는 영혼이 자유로운, '즐겁고 행복하게 퇴직한 공무원' 이 되고 싶다"고 말했습니다.

보도자료와 기사문을 비교해 보신 분은 우리가 의도적으로 강조하고자 적어낸 자료를 그대로 받아주지 않는다는 점을 발견할 것입니다. 언론인, 기자는 통상적인 표현에 익숙하고 자신만의 취재보도를 위해 노력합니다.

그리고 신문기사는 중학생이 이해하는 수준으로 써야 한다는 말이 있습니다. 방송 시나리오는 초등생 6학년 전후로 시선을 정한다고 들었습니다. 전문용어나 문학적인 표현은 줄이고 담백하게 써야 좋은 보도자료입니다.

지나친 강조를 받아주지 않습니다. 육하원칙에 따라서 작성하고 머리 부분에 전체를 설명하고 내려갈수록 다음 문장에서 구체적인 상황과 관련 스토리를 적어주면 됩니다.

퇴직자#자청#정년#보도자료

절친 기자에게 기사 하나 부탁하면서 식재료로 보낸 자료입니다만 실제로는 다른 내용으로 큰 글이 하나 보도됩니다. 여기에 이 글을 자랑하는 이유는 언론사회에서는 무조건 도전해 보라는 것입니다. 도전하면 좋은 결과가 나오게 됩니다. 이분 기자는 이 자료를 받고 더 큰 기사로 화답했습니다.

[보도자료]

1977년 19세 철모르던 시절에 불쑥 공직에 발을 들인 지 42년 만에 L원장이 퇴임했다. 공무원으로 40년, 공기관에서 2년을 일했다. 19살 청년은 60회갑이 되어서야 공직의 부담을 벗었다. 이를 다산 정약용 선생은 목민심서에서 해관解官이라 했다.

매년 경기도청에서만 수백 명이 명퇴, 정년퇴직하겠지만 L원장 이야기를 꺼내는 이유는 그럴만한 이유가 있다. 이른바 언론을 아는 공무원이다. 기자에게 감히(?) '행간의 의미'를 안다고 자임하곤 했었다.

영화배우 김하늘이 주연한 국정원 직원의 활약상을 그린 영화 '7급 공무원'이

2009년에 개봉되어 400만 관객을 기록한 데 이어 요즘 정치권에서 6급 공무원과 5급 별정직 공무원이 부각되곤 한다. 1984년 공보실. 당시에도 짱짱하던 6급 공무원은 가끔 사업부서 계획서 하나 얻어다가 '1도1사' 경인일보 기자에게 건네주면 다음날 세로쓰기로 신문짝 만하게 기사가 났다.

칼로 오려서 민선 도지사에게 올리면 사인펜으로 체크해서 내려보낸다. 도지사에게 점수를 땄으니 우리 과장님은 다음번 인사에서 관선군수로 나가겠다며 자화자찬을 했었다. 그래서 공보실 직원을 '관선기자'라고 불렀다.

1988년에 경기일보가 기호일보, 인천일보와 함께 창간될 때 L원장은 7급 공무원으로 공보실에서 일했단다. 30살 햇병아리가 이재창 도지사의 오전 간부회의를 도청盜聽(?)해서 신문사 기자에게 전화로 제보하면 오후 석간신문에 사진과 함께 2단 기사가 1면에 올라가는 것이 그리도 신기했단다. 워드프로세서 보급 초기단계여서 도정이 활자화되는 것에 대한 신뢰도가 지금보다 높았을 터다.

그는 5급 공무원으로서 일선 동장을 하고 1999년에 다시 공보실 팀장으로 컴백했다. 그리고 7년 동안 공보실에서 임창열, 손학규, 김문수 도지사 비서실을 얼쩡이며 도정홍보를 담당했다. 경기도의회 공보과장, 경기도청 공보과장으로 기자들과 짜장면을 먹었다. 일요일에도 도청 기자실에서 간짜장을 먹으며 기자들의 동태(?)를 살폈다. 몇 명 안 되는 기자실 장학생이다. 2003년 어느 날에는 수원 방화수류정 인근 수원천에서 도청출입 K기자와 밤샘 소주를 함께한 추억도 있다. 자칭 경기도 홍보를 걱정한다기에 지금은 기억나지 않는 많은 이야기를 주고 받았다.

2014년에 시청에 근무하면서 어떤 선배가 큰돈을 학생을 위한 장학금으로 내놓았다면서 칼럼을 써 달라 했다. 기사로 내달라고 보도자료를 배포하는 것은 흔한 일이지만 '칼럼'으로 쓰라고 지시(!) 부탁(?)을 받은 사례는 드물다. 그래서 사설로 올렸다. 고맙다고 당사자를 동행해서 점심을 사러 왔다. 자신 있게 맛있게 얻어먹었다. 그리고 또 다른 시청에 근무하면서 이번에는 다산茶山에 대한 글을 써달란다. 그해 2016년은 다산서세 180주기였다. 다산은 벼슬길에 올라 암행어사, 동부승지, 곡산부사로 일했고 1800년에 고향 남양주로 돌아왔지만 강진으로 18년간의 유배를 떠났고 1818년에 해배되어 18년 후인 1836년 별세했다.

이후에도 역대 대통령이 써준 경기도청과 의회현판에 대한 글을 스스로 신문에 올렸다. 조금은 다른 공무원이었다. 통상의 보도자료를 내놓는 공보실 공무원이 아니라 정치면과 사회면을 구분할 줄 아는 공보실 직원이라고 자임했다. 이것은 기사, 저 건은 칼럼, 이 경우는 사설로 나가야 한다고 자칭 건방(?)을 떠는 공직자였다. 그는 42년 공직을 마감하면서 또 한 번 작은 사건을 일으켰다. 언론사에 퇴임인사를 온 것이다. 새로 발령받은 도청과 교육청, 경찰청, 농협, 금융기관의 실국장과 본부장 등이 신임인사를 오고, 연초에 민선 단체장이 새해 인사를 하는 와중에 그가 불청객처럼 불쑥 신문사 사무실에 들어왔다. 더구나 빈손이 아니라 이 글을 칼럼으로 써달라고 되도 않는 원고를 던지고 홀연히 사라졌다. 선배만 아니었으면 무시(犬)했을 거다.

이처럼 거칠고 부족한 보도자료를 받아본 언론인은 안타까운 마음에 자신의 칼럼 1회분을 할애해 줍니다. 키워드를 중심으로 깔끔한 박스기사를 올려줍니다. 그래서 주변의 지인들이 특혜를 받은 것 같다고 말합니다만 특혜보다는 특별히 노력한 결과물이라 자평합니다.

자랑스럽게 앞부분에서 소개한 칼럼을 여기에 다시 보여드립니다.

'이강석 계장'의 기자評

편집기자#사진기자

언론인의 하루를 살펴보겠습니다. 아침 출근은 평온하나 밤늦게 찬란합니다. 조간신문을 기준으로 말씀드리는 것입니다. 과거에는 석간신문이 많았지만 이제는 몇 개 신문이 석간의 자리를 지키고 있고 대부분의 신문은 조간입니다.

기자의 출퇴근 시간은 '아침 늦게, 저녁 늦게' 입니다. 공무원이나 직장인들은 아침 일찍 출근하고 저녁에는 일찍 퇴근하기를 바라겠지만 기자는 취재하고 편집하고 교정보고 마무리하는 과정이 밤 늦게까지 이어지므로 저녁시간 이른 퇴근을 기대할 수 없는 분야입니다.

더구나 편집기자는 기사가 들어오는 오후가 되어야 본격적으로 신문제작 작업을 할 것이고 사진기자는 행사가 열리는 오전 10시부터 오후 5시까지 현장을 누벼야 할 것이며, 그 중간에 대형 화재, 교통사고, 사건사고, 검찰 출두 등이 있을 때 시각에 맞추어 현장에 달려가야 하는, 재미있지만 힘든 직업이라고 여겨집니다.

사진기자들이 재미있어 하는지는 모르지만 행사장에서 수십 번 이상 셔터를 눌러대는 것을 보면 자신의 직업에 큰 자부심을 갖는 것은 확실합니다.

편집기자들이 계속 그 자리를 지키는 것을 보면 편집 또한 묘미와 재미와 자부심이 있는 것으로 보여집니다. 편집기자상을 받으신 분들이 그 성과를 보면 참으로 예능작가, 예능PD가 탐낼 만한 재치와 시사성을 끌어가는 예리한 눈초리가 있습니다.

그리고 중참쯤 된 간부급 기자들은 후배기자들이 써 올리는 기사에 취약한 점을 잡아서 보충 취재시키는 재미도 있을 것입니다. 물론 가끔 배당되는 데스크 칼럼이나 논설위원실의 자료 요청에는 조금 힘이 들겠지만요.

원로 논설위원들은 젊은 기자들이 취재한 내용을 바탕으로 평생 언론에서 단련한 탄탄한 어휘 구사력과 적절한 사자성어의 배치를 통해 멋진 원고지 5~6매 사설을 완성하고 이를 넘긴 후 느긋하게 오후의 여유를 즐기시는 맛도 있으실 것입니다.

사설이란 조금 타이밍이 늦어도 되고 때론 늦은 타이밍이 사설의 묘미라고 할 수도 있으며 일단 바글거리던 기사 속의 혼란 이후 연기가 걷힐 즈음에 슬며시 던지는 준엄한 언론의 채찍, 주마가편走馬加鞭 같은 것이니까요.

공무원들이 언론인들을 어려워 합니다만 신문방송의 취재와 편집과 보도의 과정을 조금 곁눈질하면 그리 힘든 일만은 아닐 것입니다. 우리 기관을 출입하는 기자의 고충을 조금 이해한다면 언론인은 결코 불가근불가원不可近不可遠의 상대만은 아닌 줄 생각합니다.

홍보#기획#활용#김구라

홍보 · 기획부서에 근무한다면 무슨 일을 해야 하나 망망대해를 바라보는 심정일 수 있습니다. 대부분의 공무원들이 보도자료는 각과의 행사나 행정실적을 바탕으로 만들어진다고 생각하기 때문에 별로 내놓을 자료가 없어 보입니다.

하지만 결론적으로 요즘에는 우리 기관에서 보도자료를 낼 것이 별로 없어 보인다는 사실만으로도 보도자료가 될 수 있으며 기자들에게는 호재가 될 것입니다.

보도자료가 적은 이유가 기관장의 외유 때문인지 부단체장의 소극행정이 그 이유인지 아니면 간부들의 복지부동으로 인한 결과인지 다양한 분석이 가능하기 때문입니다. 어쩌면 감사기관의 강도 높은 사정방침이 행정을 위축시키고 실무자의 생각을 마비시키고 중간 관리자의 결정을 미루게 만드는지도 모릅니다.

실제로 3개월 이상 지지부진하게 늘어진 인사작업으로 인해 온통 피로도가 쌓이고 결국 행정의 진도에 큰 걸림돌이 된 사례가 있었습니다. 보도자료가 현격히 줄어든 것은 물론 각부서 문서발송 건수도 감소하고 발간실이 파리를 잡는 등 인사 지연은 공무원의 업무능력을 크게 감소시키는 요인이 된다는 사실을 알 수 있었습니다.

곧 인사가 있을 것이니 조금만 며칠만 미뤄보자는 생각일 것입니다. 며칠 후에 떠날 부서에서 새로운 일을 시작하기는 쉽지 않을 것입니다.

따라서 홍보부서 근무자는 장기근속이 필요합니다. 다른 부서 공무원이 평균 2년을 근무한다면 홍보부서는 4년 정도 근무할 수 있어야 합니다. 행정도 그러하고 인생도 그러하듯이 대한민국에서는 4계절이 지나야 한해 농사를 마무리하고 다음 해 새롭게 시작되는 농정에 아이디어와 개인적 역량을 발휘할 수 있습니다.

홍보업무도 6개월 정도 견습見習이 필요하고 언론인들을 접하는 방법에 있어서는 소금 3가마 이상이 필요합니다. 사람의 속을 알려면 소금 3가마를 먹은 이후에 판단하라 하는데 3가마는 3년의 세월을 말한다고 했습니다. 이 소금을 다 먹는 것은 아니고 김장배추 절이기 등 간접적 사용량을 포함하고 있습니다.

다음으로 홍보기획안에 대한 의견입니다. 우선 정부의 중요 정책 발표 시에 지자체의 의견으로 참여하는 방법이 있습니다. 취락지구 그린벨트를 해제하는 정부정책이 발표되면 C공보관은 취재도 없는데 역으로 전화를 걸어 도지사의 견해를 말합니다. 중앙지 기사에 한두 줄 도지사 멘트가 실립니다. 친척집 밥 먹는 시간에 숟가락 들고 가기, 이웃부서 회식장에 젓가락 동참하기입니다.

북한의 실상을 알리는 전단과 1달러 지폐를 실은 풍선을 북한으로 날리는 민간단체와 주민의 충돌에 대해 파주·연천·고성군의 대응도 언론을 통해 국민에게 알려지고 그 과정에서 직간접적으로 이들 지역이 알려지고 있습니다. 알려진다는 것은 장차에 관광객이나 벤치마킹, 또는 주민이 이사를 오거나 사업 아이템을 가지고 기업이 이전할 수도 있습니다.

하지만 당장은 파주지역 상인들은 대북전단 보내기로 인해 북한군의 총격이 가해지는 등 긴장국면으로 인해 관광객이 급감하여 장사가 안 되는 실정에 있으므로 그만하라고 항의를 하고 계란을 던지는 것입니다.

홍보기획부서가 늘 부서의 동향을 파악해야 합니다. 접촉하다 보면 부서에서 아주 중요한 홍보자료를 가지고 있으면서도 그것이 금덩이인 줄 모르고 일반 자갈 정도로 취급하는 경우를 발견하게 됩니다.

옛날 숯 굽는 새신랑이 아궁이 돌로 금덩이를 썼다는 말이 있습니다. 지혜로운 아내가 이 금이 든 돌을 쪼개서 한 줌씩 포장하여 숯 팔러 가는 신랑을 통해 장터 대장장이에게 팔았는데 그 값으로 신랑이 지고 가는 숯의 4배 이상을 받아오더라는 옛이야기가 있지 말입니다. 하하하!

홍보와 광고 기획부서 공무원과 사원들은 가끔 뻥도 치고 선의의 거짓말이라는 '구라' 도 때려야 합니다.

'구라' 라는 말은 손학규 경기도지사님께서 강원도 수해복구 봉사를 마치고 돌아오는 버스 안에서 오전 작업 중 엄청나게 떠들어댄 공무원에게 "재미있는 말을 더해 보라"는 뜻으로 "구라를 더 쳐 보라!"고 하신 데서 연유된 말입니다. 긍정적 의미의 거짓말을 '구라' 라고 해석하고 있습니다. 인천에 거주하는 개그맨의 원조 김구라 씨는 동현이 아버님입니다.

홍보기획#절차#과정

오늘 우리 부서에서 큰 행사를 한다고 가정을 하고 체크리스트를 만들어 점검을 해 보고자 합니다. 우선 이 행사가 회사를 위한 것인지 다른 기관이나 단체에 상호부조의 정신으로 돕는 일인가를 판단해 보아야 합니다.

다시 말해 오늘의 이 행사의 주최, 주관, 진행이 우리가 감당하는 일인지 다른 기관을 돕는 것인가를 파악해야 합니다. 우리가 중심이고 주인이고 주최측이며 잘 해도 우리 탓, 못 나가도 우리의 책임이라는 결론에 이르면 정신 똑똑히 차리고 한 번 두 번 점검해야 합니다.

우선 행사의 제목이 중요합니다. 기사문이 우리가 준비한 행사명으로 기사 제목을 삼지는 않겠지만 그래도 주최측의 네이밍에 관심을 갖고 기사 제목이 나올 것입니다. 물론 취재기자는 제목을 정하지 않고 편집부에서 결정합니다.

전에 기관장님 언론사, 특히 신문사 방문 인사하실 때 시간을 억지로 내서라도 옆방 편집부에 인사하시도록 동선을 잡으라 했던 바가 있습니다.

바로 기사가 나갈 때 제목은 이 편집부의 편집기자가 정한다는 사실을 알아두면 좋습니다.

다음으로 이 행사를 통해 수익이나 기쁨이나 공익적 가치를 얻는 분이 누구인가를 파악해 봅니다. 물론 대다수 공기관의 일이나 행사는 추진하는 만큼 공익이 됩니다. 시민에게 국민에게 구성원에게 도움이 됩니다.

하지만 몇 사람만의 즐거운 일이라면 과연 홍보가 필요한가 생각해 보아야 합니다. 예를 들어 사장님 따님의 결혼식에 사원들이 웨딩 들러리로 가는 것이라면 홍보는 신경 쓸 일이 아닙니다.

홍보는 보다 더 많은 다수에게 도움이 되고 이익이나 수익이 창출되는 경우를 전제로 하여 추진해야 합니다. 가끔 기관장의 기자회견이 큰 기사를 만든다는 생각을 하시는 초보 홍보맨이 있습니다.

그런데 기사의 무게에 맞지 않게 기자회견을 하면 언론인의 실망감은 물론 4단은 나올 기사가 기자회견을 억지로 진행하는 바람에 2단으로 밀리고 비판적 가십을 맞을 수도 있음을 마음에 담아두시기 바랍니다.

다음으로 행사를 진행하는 스텝은 진행시간 내내 긴장해야 합니다. 그 중에서 홍보팀원이라면 객석과 본부석 주변의 언론인들에게 신경을 쓰고 관심을 가져야 합니다. 취재에 불편함이 없도록 지원하고 취재 중인 언론인이 있으면 가볍게 감사인사를 해야 합니다.

아마도 직업 중 명예와 인정감에 예민하고 민감한 분야가 언론인일 것입니다. 카메라 감독과 우리의 짱(도지사, 시장, 군수, 사장님)을 인사하시도록 신경 쓰면 단문 인터뷰를 5번까지 찍어줍니다. 물론 가장 좋은 화면을 편집해서 방송에 멋지게 내보냅니다.

그러니 홍보팀원이라면 취재 중인 언론인에게 부단한 관심을 가져 주시기 바랍니다. 폭염의 계절이라면 시원한 생수나 캔 음료를 인원수대로 전하는 것도 필요합니다. 물 한 모금이 황금이 되기도 하고 술 세 잔이 폭발하여 홍보의 광채가 빛나는 다이아몬드 광산으로 우리를 안내할 수도 있습니다.

　기관장의 악수보다 홍보팀원의 눈인사가 때로는 오늘 행사에 있어서 더 큰 성공의 열쇠가 된다는 사실을 여러 번 경험하였습니다. 오늘 아침 큰 행사가 있다면 심호흡하고 다른 팀원보다 일찍 행사장에 가서 화장실 위치, 생수확보, 행사일정표, 홍보 포인트를 잡아보시기 바랍니다.

　혹시 방송에서 우리 짱의 인터뷰를 요청할 것에 대비하여 적정한 인터뷰 예정 장소의 뷰를 살펴보시기 바랍니다. 행사 오프닝 이후 한적한 공간에 카메라를 세우되 그 배경에는 본 행사의 홍보문이 비춰지는 명당, 포인트를 미리 확보하고 점찍어 두시기 바랍니다.

홍보사진#신문사#배달

1988년 7월 4일에 경기도청 문화공보담당관실에 발령을 받았습니다. 공보계 보도계 문화재계 문화계 등 4개 부서가 있는데 각각의 업무에 열중하는 가운데 보도계장님과 차석은 기자실을 사무실처럼 쓰시므로 사무실 자리에 앉으시는 시간은 아침 점심 합쳐서 30분 이내입니다.

공람문서에 사인하시고 회계문서에 결재하시는 시간 이외에는 늘 기자실입니다. 기자실에서 그냥 눌러 살고 있다는 표현이 더 잘 어울릴 것입니다.

중앙지 지면에 힘들게 바위산 틈새에 작은 산도라지처럼 자리잡은 명함 크기의 기사도 잘라서 복사지에 여러 장을 첨부한 후 기사보다 더 큰 신문명 고무인을 찍고 (9)면이라고 적습니다.

지방지는 면톱의 경우 복사지를 넘게 차지하므로 밖으로 삐져 나가는 제목의 일부를 접어야 합니다. 그래서 스크랩하기 편하게 박스 처리한 기사가 참 좋습니다. 사설 2건이 행정관련이면 정말로 편리합니다. 데스크칼럼도 스크랩에 적합합니다. 공무원 간부들의 기고문도 환영입니다.

　이런 기사가 사진과 함께 나는 과정은 쉽거나 재미있습니다. 아침에 출근하여 스크랩을 마치면 어제 현장에 다녀온 사진을 받습니다. 같은 행사이지만 다른 각도에서 임사빈 도지사님이 촬영된 두 장의 사진과 그 행사와 내용을 설명하는 메모를 들고 현관으로 나가서 택시를 기다립니다.

　당시에는 공무원 자가용이 적어서 아침 8시 전후에 택시를 타고 오는 직원이 많으므로 쉽게 차를 타고 경인일보, 경기일보로 향합니다. 신문사 인근에서는 택시잡기가 어려웠으므로 신문사 인근에 택시를 대기시키고 헐레벌떡 뛰어갑니다. 편집국은 2층에 있습니다.

　어느 기관이나 조직의 브레인은 2층에 있습니다. 시장 군수 도지사 등 기관장 방이 2층에 있는 이유는 집단민원이 오면 1차 1층에서 막을 수 있고 뚫리면 창문으로 뛰어내려 피신할 수 있다는 농담이 있습니다.

　임사빈 도지사님께서 어느 군수님이 고추흉년에 화난 농민들에게 구금되었을 때 "공무원 어느 한 명이라도 2층 창을 열고 들어가 구해내야 했을 것"이라고 월례조회에서 힘 있게 말씀하신 바 있습니다.

　그 이후에 K대 학생들이 임사빈 도지사님 집무실에 난입하였고, 이를 윤세달 부지사님이 강력히 막아낸 이후 울산시장으로 승진하시고 나중에는 갈등해결사로 더 큰 활약을 하신 바 있습니다.

　당시에도 도지사실 옆 상황실을 통해 일단 후퇴한 후 난입 학생들을 붙잡아 경찰에 인계하였지요. 당시에 대학생 난입을 제압한 간부 몇 명이 도지사와 장관표창을 받은 기억이 납니다.

　이야기가 잠시 돌아갔습니다만, 신문사 2층에 올라가면 정치부가 있고 우리 출입기자님이 출근하였으면 직접 드리기도 하고 빈 책상 위에 자료를 전하기도 하였습니다. 다시 편집국을 내려와 다음 신문사로 대기한 택시를 타고 갑니다. 두 번째 신문사에 도착하면 택시비에 대기비를 따져서 지불하고 2층 편집국으로 향합니다.

친밀해진 출입기자님은 농담을 섞은 표정으로 "경인일보 먼저 갔지요?"라고 물으며 수고했다는 표현을 합니다. 경기일보에서도 마찬가지입니다. 그래서 이후부터는 하루는 경인일보를 먼저 가고 하루는 경기일보를 향해 달렸습니다.

이때부터 미미하게 느낀 언론사간의 경쟁심을 시간이 흐르면서 확실히 알게 되었고 선의의 경쟁을 만천하에 알린 '지방과 계장님 테이블 유리 파손사건'으로 모든 공무원이 언론사간에 경쟁이 있음을 파악하게 됩니다. 고인이 되신 송 사장님을 추모합니다. 가끔 만나는 고 국장님도 보고 싶습니다.

사무실에 돌아와 오전시간에 오늘의 보도자료를 모으고 이 자료를 바탕으로 기사형태로 보도자료를 작성하여 해당부서의 컨펌(confirm)을 받습니다. 내일 아침 9시에 배포할 준비를 하면서 오후 2시를 기다립니다.

당시에는 석간신문이 많았기에 저녁 스크랩을 만들었는데 신문 오는 시간차가 있으므로 1~2명이 처리하였습니다. 그 저녁 신문에는 아침 일찍 택시비를 들여서 전달한 도지사님 행사 사진과 기사가 어느 면에 얼마의 크기로 올랐는가 궁금해지는 것이지요.

늘 섭하지 않게 좋은 자리 3면에 3~5단 기사로 떡하니 자리합니다. 가끔은 행운스럽게 1면 도지사님 사진이 저의 택시비를 대신해 주는 큰 보람이 가득한 날도 있었습니다.

1988년에는 신문사의 차장님이시던 분은 지방신문사 사장이시고 다른 분은 언론을 떠나 새로운 사회에서 일하십니다. 공무원 사회에서 언론을 어려워하지만 어려움 속에서 귀염 받고 근무한 기억이 납니다. 공직의 순간순간에 격려해 주신 150명 쯤 되는 경기도청 출입 언론인들을 기억하고 추억합니다.

홍보분석#모니터#스크랩

2014년 신문방송 스크랩 기술은 첨단입니다. 신문 스크랩은 화면에 들어가 원하는 기사를 클릭하면 곧바로 그 기사문이 다운되어 편집하고 게시판에 올리고 프린터로 출력할 수 있습니다.

TV방송 내용도 인터넷 기사를 다운 받거나 아예 동영상을 내려 받아 보고서로 제출할 수도 있습니다. 참으로 편리한 시대이고 시공을 초월하는 첨단과학의 시대입니다.

하지만 1988년에는 종이신문과 TV방송, 라디오 방송이 주류였고 대부분 아날로그 방식으로 스크랩을 하여 보고서로 제출하였습니다. 공보실 직원들은 아침 7시 전후에 출근하여 신문 한 아름을 안고 사무실에 도착하면 신문별 담당이 있어서 1면부터 32면까지 살펴 경기도에 대한 기사를 찾아내야 합니다.

스포츠 면에 '경기' 라는 단어가 나오는데 이를 보고도 '경끼' 를 하는 것입니다. 초임 공무원은 스포츠면 '경기' 가 나온 기사를 칼로 오려온 경우도 있습니다. 종이신문의 경기도 관련 기사를 모두 찾아내 정리하고 나면 이번에는 TV보도 내용을 적어야 합니다.

당시에는 인터넷으로 TV내용을 전해 주지 못하므로 뉴스가 훅~~~ 지나가면 돌이킬 수 없는 일입니다. 물론 VTR실이 있어서 녹화된 부분을 찾아내야 하지만 당시 스피드가 생명인 상황에서 다시 보기를 튼다는 것은 지극히 비효율적인 일이었습니다.

그래서 TV뉴스는 전날 저녁 9시 40분경에 나오기도 하고 대형사건 터지는 날은 아예 편성조차 되지 않는 수도권 뉴스를 열심히 모니터링해야 합니다. 공중파 KBS, MBC가 9시에 뉴스를 하고 SBS는 1시간 빠른 뉴스라면서 8시에 시작합니다.

이 시간대가 공무원이 저녁을 먹거나 소주 한 잔 하는 시간입니다. 그래서 식당에 가면 사장님께 양해를 구하여 KBS를 봅니다만 가끔은 주인집 아들 녀석이 EBS로 공부하는 안타까운 일이 발생하기도 합니다.

이리하여 아내는 남편 술 먹으며 KBS 보는 시각에 MBC를 모니터링합니다. 아침 출근시간대에 KBS 아침 뉴스가 진행되는데 사무실 도착 즈음에 수도권 뉴스가 나오므로, 즉시 집으로 전화를 해서 오늘 아침 뉴스 내용을 받아 적어야 합니다.

1990년 윤홍기 계장님은 저의 아내도 뉴스를 모니터링하는 사무실 직원이라면서 두 번 저녁을 사주었습니다. 직원 야유회에도 아내만이 초청을 받았지요. 1박2일 여주에서의 야유회 추억을 아내는 또렷하게 기억합니다.

그래서인가요. 요즘에도 뉴스에서 행정소식이 나오면 전화를 하거나 메시지, 카카오톡에 알려줍니다. 여러 해 이어온 습관이 지금도 반복되는 것일까요. 젊은 시절부터 엄청난 내조를 받은 바입니다. 아침 뉴스는 대부분 챙겨 주었고 3개 방송이 수도권 뉴스를 내보내는 시간대도 대충 감으로 안다고 했습니다.

이쯤해서 에피소드 하나 정도는 있을 것이라 기대를 하시는지요. 1988년경에 임사빈 지사님이 '임두목', '임꺽정' 이라는 별칭으로 우직하고 멋지게 도정을 이끄셨지요. 그날도 15명 정도가 열심히 아침 스크랩을 완성하였습니다.

표지, 목차, TV보도 내용, 중앙지, 지방지 순으로 정리한 스크랩을 비서실에 보냈는데 표지에 늘 임사빈의 '빈' 자를 써줌으로써 스크랩이나 보고서를

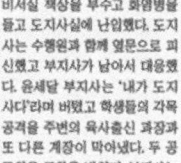

'임꺽정' 임사빈 경기도지사

▎천자춘추▎

이강석
前 남양주시 부시장

읽으셨다는 표시를 하시는데요. 이날 스크랩의 '빈' 자가 아주 크게 휘갈겨졌습니다.

이유인즉 잘 정리된 스크랩 표지만이 거꾸로 편철된 것입니다. 표지를 잡고 사인을 하시면서 다음 장을 넘기는 순간 거꾸로 편철된 것을 보시고 사인펜이 휙~~ 하고 휘갈겨진 것이지요.

그날 하루 종일 문화공보담당관, 보도계장, 차석 등 모든 공무원들이 마음이 싸했습니다. 이제는 말할 수 있지만 그 당시에는 쥐구멍에 들어가거

나 몇 사람은 귀양이라도 갈 판이었습니다. 하지만 임두목, 임사빈 지사님은 이후에도 공보실 근무자들을 지극히 격려하시고 인정해 주셨습니다.

임 지사님도 내무부에서 언론인들과 냉면대접으로 소주·맥주를 드시던 임꺽정이었으니까요. 공보관을 떠나 국장으로 가도 기자들이 문전성시를 이루었다는 소식을 들은 기억이 있습니다.

1988년이 엊그제 같은데 살살 따져보니 제 나이 30대였고 이제는 50대 후반입니다. 하지만 스크랩에 대한 기억은 늘 생생한 몇 년 전의 추억으로 간직될 것 같습니다.

언론기고/언론보도

신문사 정치부에 겁 없이 보낸 원고들이 고스란히 실리니 약간 걱정이 되기도 하였습니다만 하나 둘 스크랩으로 간직하고 있습니다. 종이가 더 바래기 전에 여기에 담아두고자 합니다.

[국방일보] 국방부장관님께 1998년 9월 3일 동두천시 생연4동장

1998년 9월 3일 목요일

제 10170 호 국방일보

국토방위를 위하여 연일 바쁘신 와중에서도 이번 수해복구를 위해서 헌신적으로 도와주신 국방부장관님 이하 장병여러분께 깊이 감사를 드립니다. 저는 경기도 동두천시 생연4동장 이강석 입니다. 지난 8월6일 침수로 동 전체의 90% 이상이 수해를 당하여 동민 모두가 삶의 터전을 잃고 망연자실한 상태로 있었습니다. 그리고 어디서부터 손을 써야할지 엄두가 나질 않았고 자칫 실의에 빠져들 상황이었습니다.

그러나 시민들이 평소 믿고 있었던 우리의 군이 있었습니다. 침수이후에도 폭우가 계속되어 며칠 새벽을 동두천시 신천둑에서 밤을 지새운 시민들에게는 커다란 희망이 아침의 태양처럼 떠올랐습니다. 그것은 우리의 군인이었습니다. 이른아침 도착한 우리 군인의 눈빛은 빛나고 있었습니다. 희망의 불빛이었습니다.

존경하는 국방부장관님! 우리의 군인은 말 그대로 혼신의 힘을 다했습니다. 병사·하사관·위관·영관 등 모두가 수해복구에 쏟은 정열은 폭우와 강풍, 번개의 진동을 잠재웠고 10여일만에 길을 뚫고 골목의 아스팔트를 찾아내고 할머니의 안경과 아이들의 인형을 돌려주었으며 수재민의 아픈 가슴속에 재활의 푸른 새싹을 피워냈습니다.

주민이 건네는 음료수를 끝내 사양하는 구릿빛 병사들과 지휘관님의 군인정신, 밤시간까지 몸을 아끼지 않고 땀흘리시는 모습은 동두천시 시민 모두의 가슴속에 새겨져 뜨거운 애국심으로 승화될 것입니다.

이제 동두천시는 활기를 찾아가고 있습니다. 집안 구석구석 손볼 곳은 있지만 장병들의 뜨거운 봉사정신과 활약하는 모습에서 힘을 얻고 용기를 충전하여 재기에 나서고 있습니다.

며칠전에 군 관계관이 사무실까지 오셔서 지원이 필요한지 물으셨습니다. 감격해서 바로 대답하지 못했습니다. 그리고 국군장병들의 지원으로 우리지역은 평온을 찾아가고 있다고 했습니다. 그 평온속에는 군장병들의 노고에 감사를 표하는 플래카드의 펄럭임이 있고 무적태풍부대 지휘관과 병사들, 그리고 군인가족들이 휴일에도 쉬지 않고 복구에 참여하신데 대한 고마움의 선율이 흐르고 있으며 이는 동두천시 시민과 군사이에 애정과 신뢰를 두텁게 하고 새로운 화합의 계기로 승화되고 있습니다.

다시 한번 이번 수해를 과거 어느지역보다 빠른기간내에 복구할 수 있도록 여러모로 지원해 주신 참모총장님, 군지휘관, 병사여러분께 머리숙여 깊이 감사드립니다.

국방부장관님께

이 강 석 〈경기도 동두천시 생연4동장〉

[문화일보] 작년 수해 복사판… 1년간 뭐했나

1999. 8. 1 경기도청 홍보기획팀장

1999년 8월 3일 화요일   제2372호   문화일보

"작년水害 복사판…" 1년간 뭘했나

前 동두천 생연4동장 李岡錫씨 98년 일기

허둥지둥 대피 손놓은 구호활동
날짜만 차이… 재앙 거듭 안믿겨

'98년 8월5일 수원 출발, 6일 새벽 1시30분 동두천 도착.' 지난해 8월 경기 북부지역 수해당시 동두천시 생연4동 동장으로 일했던 이강석(李岡錫·사진)씨의 수해일기는 이렇게 시작됐다. 현 경기도청 홍보기획계장인 이씨는 올해 또다시 수해를 겪게 되자 지난해 수해 악몽이 되살아나는가 안타까워했다. 이씨는 날짜만 5일 차이날뿐 지난해와 똑같이 전개된 수해상황이 안 믿긴다면서 앞으로는 이러한 일이 절대로 반복되지 않도록 항구적인 대책이 마련돼야 한다고 말했다. 이씨의 수해일기를 보면 지난해 수해상황과 올해의 상황이 의심스러울 만큼 똑같다.

이씨는 지난해 8월5일 새벽 장대비가 경기 북부지역에 쏟아지던 당시 휴가중이었다. 수원에 있는 집에서 연락을 받고 부랴부랴 동두천으로 출발, 15시간이 지난 6일 새벽 1시 30분에야 근무지에 도착했다.

동사무소에 들어가 직원들로부터 상황보고를 받은지 5분만에 관내에 있는 동광교가 넘쳤다는 소식이 전해졌다.

우선 3통에 사는 장애인들을 대피시키고 돌아와 보니 이번에는 동사무소가 물에 잠겨 버려 직원 주민들 54명과 함께 인근 동두천초등학교로 대피했다.

곧이어 시청에서 컵라면 건빵등 부식을 타다 이재민들에게 나눠주고 관내 순찰을 하며 혹시 물이 더 들어오지 않는지를 살피면서 하루를 보냈다.

7일 새벽5시 호우경보 발령. 동광교로 뛰어나가 보니 뿌리째 뽑힌 나무들이 교각을 가로막아 물길이 막혀 있었다. 동광사거리 주변 하수구는 흘러넘친 신천에서 떠내려온 모래로 꽉 막혔다. 시청에 장비와 인력지원을 긴급 요청했다.

7시30분 시청에서 8명이 나와 동광교의 나뭇가지를 제거하기 시작, 10시가 지나서야 모두 제거했다.

10시20분 적십자 급식차가 도착, 이재민들에게 첫 급식을 시작했고 11시10분엔 시청전산팀이 나와 침수된 주민등록전산망 단말기를 수리했다.

11시30분 부천시보건소 직원들이 도착, 방역활동에 들어가고 고려대

의료팀은 동두천초등학교에서 진료를 했다. 20시10분 방역완료. 22시30분 4동과 3동 침수지역에 대한 상수도공사동 급수대책을 마련했다.

다음날인 8일 새벽 5시30분 동광교 다시 비상. 동광교를 살피러 갔다가 7시40분 수위가 더이상 올라가지 않는 것을 보고 철수. 이어 시청지원으로 관내 3천여 이재민에 아침급식을 하고 수해가 극심한 3통주민들에겐 전주교자원봉사단이 아침식사를 제공토록 조치했다.

12시10분 군지원부대가 도착. 11통에 덤프2대, 4통에 덤프 한대와 장병 2백명 배치. 모포 5백50장 수령 분배.

13시55분 마을금고 뒤편 하수도 막혔다는 할머니 전화받고 장병지원.

20시10분 저녁후 보산동장이 구호품 배분에 어려움 호소하는 전화.

9일 새벽5시50분 신천강변 순찰. 그리고 커피 한잔.

오전9시 동광교 수위 2.7m. 애향동지회 회원(10명) 공공근로자 투입, 복구공사 시작. 8통청소원 주택청소 투입. 수원 박태수통장한테 15명 지원받아 4통지원. 보산초

등학교에 50명 지원.

14시20분 담요 2장 받은 이재민도 있다고 5통장 항의.

저녁 6시 동광슈퍼 뒤편집 주택 폐쇄 상담(반파인데 완파라고 주장하는 내용).

11일 오전11시 시청회의. 모포는 반드시 1가구에 한장씩만 나눠주고 13일까지 침수피해조사 완료하라는 도지사 지시사항 수령. 이재민들 신경이 날카로우니 친절한 노력하고 쓰레기를 철저히 처리하라는 부시장 당부.

15일 광복절 새벽2시30분 신천교 3.5m 남았고 동광교 수위 1m 확인하고 안심.

이동장은 이후 붕괴위험이 있는 주택을 보수하고 쌀등 생필품 배급, 군장병및 자원봉사단의 인력과 장비 배치, 피해조사와 생계비지급등을 하느라 눈코 뜰새 없는 시간을 보냈다.

그의 수해일기는 8월31일 동장실을 정리하고 국방일보와 자원봉사차 나온 강원도 철원군 부녀회원들에게 고맙다는 편지를 보내며 비로소 여유를 되찾았다.

이씨는 "지난해 8월3일 내린 비로 한달 넘게 고생했는데 올해도 날짜만 닷새 차이날뿐 수해규모나 양상이 너무 똑같다"면서 도청직원들을 대상으로 선발하는 현장지원요원을 자청, 3일 생연4동의 수해현장으로 나섰다.

〈수원=조길호기자〉

[기호일보] 경기도 최고기록

2010년 10월 11일 월요일　　　　　　　　　　　　　제6558호　　기호일보

열린광장

이강석 경기도청 대외협력담당관

경기도 최고기록

경기도 끼네스 인증식이 열린 날 오후 2시 행사시작 시각이 다가오면서 흐린 하늘의 구름 물방울은 그 무게를 감당하지 못하고 비가 되어 경기도청 운동장의 잔디를 적시기 시작합니다.

하지만 행사장을 찾은 끼네스 기록자들은 미동도 하지 않습니다. 이정도 비는 늘상 각오를 하고 살아온 기록의 주인공답다는 생각을 하게 합니다.

잠으로 다양한 분야에서 큰 기록을 세운 '세계 속의 경기도민'들입니다. 우선 시간적으로 보면 114세 할머니와 108세 할아버지의 흰머리 자식들이 경기도 최고기록 인증 패를 받았습니다. 그리고 65년 된 트럭, 33년 운전경력도 대단합니다.

그리고 2만941시간 자원봉사 (872g×24시간), 375회 헌혈에 마라톤 53회 완주기록, 9살 미용사도 있고 16년 영농일기, 자격증 53개의 기록을 보유한 분도 나왔습니다.

이번 경기도청이 주관한 끼네스의 압권은 용인시에서 온 13명의 식구입니다. 아들 5명, 딸 6명, 어머니, 아버지 등 모두 13명이나 됩니다. 장남이 21살, 당일 3개월 된 아이를 안고 행사장에 나왔는 데, 11명 중 쌍둥이는 없고 모두 1명씩 태어났다고 합니다. 모두가 밝고 예쁘고 활기찹니다. 위로 3명의 아들이 장성해 동생들을 잘 챙기고 둘째 것 같은데 아기포대를 늘 어깨에 걸고 다닙니다.

이들 가족의 말을 옮깁니다.
우리 가족은 20년간 쌍둥이 양육일기를 쓴 기록이 끼네스에서 인증되어 이번 행사장에 왔습니다. 바인더북 52권과 사진앨범, 기타 유치원, 초중고 시절의 자료를 관리하는 바인더가 20여권 따로 있습니다. 52권의 육아일기는 대략 4천장이 될 것입니다.

'육아일기'로 시작한 것이 유치원에 들어가면서 '양육일기'(끼네스 심사위원회에서 작명해 주심)로 발전해 지난1991년부터 2010년까지 아이가 20살이 되는 현재도 일기를 쓰고 자료를 정리해 바인더는 매년 3~4개씩 늘어나고 있습니다.

쌍둥이 육아의 특성상 딸과 아들의 하루생활을 구분하기 위해 시작한 차트가 일기로 발전하고 이제는 성장일기로 계속되고 있습니다.

며칠 전 언론 인터뷰가 있었는데 사전 준비를 하지 못했는데도 막상 육아일기를 쓰면서 느낀 소감을 묻는 질문에 '재산을 물려주는 것도 중요하겠지만 아이들이 태어나고 성장하는 과정을 부모가 직접 정리해 주는 것도 소중한 자산이 될 것'이라고 엉겁결에 말했습니다. 지금도 맞는 말이라 생각합니다.

그리고 '오늘 끼네스에 등재된 사람은 역사에 기록돼 영원히 꺼지지 않는 새로운 생명을 얻은 날'이라는 김문수 경기도지사님의 축하말씀을 아이들과 함께 소중하게 간직하고자 합니다.

[경인일보] 걸시간마저 멈춘 듯 평화로운 '걸산마을'

경인일보　제15702호　2011년 11월 3일 목요일　13

기고

이강석
동두천부시장

시간마저 멈춘듯 평화로운 '걸산마을'

동두천시 보산동에는 동(洞)이 하나 더 있으니 그 이름은 '걸산동'입니다. 사실 걸산동은 보산동 7통지역으로 61세대 124명이 살고 있는 '걸산마을'입니다. 실거주자는 100명 내외의 장년층이고 학생은 5명으로 고등학생 2명, 중학생 1명, 초등학생 2명입니다.

과거 이곳에 미군이 지어준 걸산분교(초등)가 있어 25회 116명을 배출했으나 1999년 폐교되었고 얼마 전 교사도 철거되었습니다. 그래서 요즘 이 마을 학생들은 매일 아침 미국을 거쳐 한국땅 동두천에 나갔다가 오후에는 미국 캘리포니아를 거쳐 부모님이 사시는 걸산동 집으로 돌아오게 됩니다. 승용차, 버스, 전철을 이용해 등하교합니다. 비행기를 타지 않고 미국땅을 넘나드는 아이들입니다.

걸산마을 학생들은 하굣길에 시간이 남으면 미군정에서 미군의 생활상을 구경하고 우리 돈으로 아이스크림을 사먹을 수 있으며 오가는 미군과 영어로 대화합니다. 네이티브 스피킹입니다. 그런데 부러워할 일이 아닙니다.

대한민국 국민이면 누구나 이곳 걸산마을에 가실 수 있기 때문입니다. 누구든지 미군과 영어를 쓰는 이를 만나 대화할 수 있고 식사하고 아이스크림을 먹을 수 있습니다. 카드로 계산하면 캘리포니아 가게이름이 찍힙니다. 이래저래 자신의 영어 실력을 가늠해 볼 수 있는 영어 테스트 현장이기도 합니다.

걸산마을 면적은 여의도의 3.5배(990만여㎡)이며 섬마을 여의도와는 달리 높고 아름다운 산으로 둘러싸인 산촌입니다. 여의도는 인구 34만명, 걸산마을 인구 124명이지만 여의도 건물보다 아름다운 산봉우리와 구름과 나무와 바람과 함께 살고 있습니다.

더구나 걸산마을 입출은 계로거 땅거미는 부지사합니다. 모든 것이 느리게 진행되는 사람이 사는 행복한 마을입니다. 흔히 우리의 전통음식을 '슬로푸드(slow food)'라고 해서 건강식품으로 부각되듯이 이곳 걸산마을이야말로 '슬로라이프(slow life)'입니다. 삶 자체가 여유롭고 평화롭습니다. 새 차를 뽑았지만 달리지 않고 비가 쏟아져도 어른 아이 누구도 뛰어가지 않습니다. 모든 것이 바쁘게 돌아가는 도심의 초중고 학생과 그 학부모들이 한번 눈여겨볼 일입니다.

1박2일 일정으로 휴대전화, 페이스북 등 문명의 기기를 각자의 방에 던져버리고 작은 가방 하나 들고 동두천시 걸산마을에 오시기 바랍니다.

시간이 멈춘 곳, 원시자연이 존재하는 아름다운 세상으로 들어가 보는 새로운 체험을 권합니다.

얼마 전 이곳 걸산마을에 '행복학습관'이 문을 열었습니다. 김문수 경기도지사는 아이를 안고 부녀회원들의 농악에 맞춰 어깨춤으로 개관을 축하했고 오세창 동두천시장은 빨강점퍼를 입고 박수를 보냈습니다.

아이는 걸산동 마을의 미래이고 붉은 색은 걸산동을 향한 정열입니다.

행복학습관에는 전문강사들이 1주일에 한번씩 미군부대를 거쳐 방문하여 요가, 한지공예, 컴퓨터를 지도합니다. 주민들에게는 작은 소망이 있습니다. 첫째는 70넘은 할머니가 외지에 나간 손녀에게 이메일로 소식을 전할 날이 오기를 소망합니다. 둘째는 걸산동 주민이 한 명 늘어 124명에서 125명이 되는 날이 머지잖기를 소망합니다. 이 새벽, 걸산마을 산봉우리에서는 찬란한 태양이 떠오르고 계곡 깊은 곳에서는 천년을 기다린 맑은 샘물이 살며시 조심스레 흘러내립니다.

[경기일보] 궐리사는 왕립학교

경기일보
기고

2014년 05월 22일 (목)
22면 오피니언

궐리사는 왕립학교

이강석
오산시 부시장

화성궐리사(華城闕里祠) 연혁에 보면 오산시 궐동에 소재한 '화성궐리사'는 정조 16년(1792년) 척령으로 창건된 공자의 사당이다. 정조 왕권강화책으로 신도시를 화성에 추진하는 시기에 수원지역의 고적을 탐사하던 중 중 종대에 경기감사와 대사헌을 역임한 공서린 선생이 낙향하여 후학을 양성하던 임이 확인되었다.

이 같은 역사를 확인한 정조는 수원부사에게 명하여 사당을 건립하게 하고 공자의 유상을 보내 봉안하도록 하였으며 '궐리사(闕里祠)'라는 이름을 하사하였다. 봄가을에는 국왕의 이름으로 제사를 올리고 국왕이 친히 축문과 이름을 써서 지방관에게 주어 초헌하도록 명하였으며 공씨 후손 중에 행실이 높은 자를 아헌, 종헌으로 삼았다.

궐리사는 서원이다. 궐리란 중국 곡부(산동성)의 지명으로 공자의 고향을 일컫는 말이다. 일반 서원이 사립학교라면 궐리사는 왕립(국립)학교다. 다시 말하자면 요즈음의 공립 중고등학교라 할 수 있다. 십수 년 전부터 궐리사에서는 교육사업이 꾸준히 진행되고 있다. 서예, 경전, 민요, 다도, 우리 춤, 사군자, 대금반이 요일별로 운영된다. 학생교육도 준비되어 있다. 여름과 겨울방학에는 60명 내외의 학생들이 다양한 예절과 시서화를 배우고 있다.

공서린 선생과의 생사의 인연을 간직한 은행나무는 공자상 쪽에서 바라볼 때 더더욱 우람하다. 그 옆 은행나무는 수령 500년까지 추정한다는 주장도 나올 정도로 오랜 세월 풍상을 견디며 궐리사를 지켜왔다. 공자상은 중국 곡부에서 기증하였는데 높이 3m40cm이고 무게는 8t이다.

공부자성적도(孔夫子聖蹟圖)는 성모 안씨의 니구산 기도에서 시작하여 공자님께서 영면하실 때까지의 행적을 골라 뽑아 그림으로 설명한 책이다. 이 자료를 52폭 병풍(26m)으로 제작하여 보관하고 있다. 세계 최고의 기록인 기네스북에 올려볼 만한 명품이라 생각된다.

지난 5월 초에 춘기석전(春期釋奠)이 궐리사에서 열렸다. 국내사정으로 행사는 축소되었지만, 오산, 화성, 안성 지역에서 유림이 참석하시고 도유사, 부도유사, 총무도유사들이 석전대제를 진행했다. 이는 공자가 남기신 인의도덕의 이상을 근본 삼아 효제충신(孝悌忠信)의 실천, 수제치평(修齊治平)의 도리를 천명함이 목적이라 한다. 참석하신 분들 모두가 자부심이 높아 보였다. 경건하고 겸허하게 절하며 예를 올렸다.

오산시궐리사는 논산의 노성궐리사(시도기념물)와 함께 국내에 단 2곳뿐이라고 한다. 또한, 오산시궐리사도 소중한 문헌, 역사적인 그림과 사료들을 소장하고 있다. 긴 세월 역사 속에서 이만큼 보존되고 관리되는 것은 다행스러운 일이지만, 이처럼 소중하고 희소성이 높은 문화재가 '지방문화재'로 관리되는 것은 안타까운 일이다. 국가가 관리하고 국가사적에 등록(편입)되었으면 하는 개인적 바람이다. 특히 '문화재채권'을 발행해서라도 반듯하고 안전하게 화성궐리사와 논산시 소재 노성궐리사를 온 국민이 함께 힘을 모아 보존해야 할 것이다.

[경기일보] 烏山에는 없는 O-san 비행장

경기일보

'烏山'에는 없는 'O-san 비행장'

2015년 3월 24일 화요일

| 기고 |

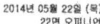

이강석
오산시 부시장

칼국수에 칼이 들어가면 절대 안 될 일이고, 붕어빵에 붕어 없고 국화빵에 국화 피어나지 않듯이 오산에는 '오산비행장'이 없습니다. 경부고속도로 성남시 관내에 서 있는 톨게이트에 '서울'이라는 전광판이 반짝이고 성남에 자리한 공항은 '서울공항'이라 부르며 웅진군청은 인천에 있습니다.

수도권 외곽 순환도로의 역할은 경기도 내 수원-성남-구리-하남-의정부-파주-고양-김포-부천-군포-의왕-안양-수원을 연결하므로 동그란(O) 원웨이 이거나 하나의 도로, 즉 One Way라 불렀으면 합니다.

수원에 화성역이라는 버스정류장이 있는데 이는 과거 화성군청이 수원에 있었기 때문입니다. 화성군청은 수원에 20년, 오산에 30년, 현재의 화성 남양동에 16년 자리하였습니다. 화성군청이 오산에 자리하였던 그때에는 대항 매장이 입주했습니다.

1989년 시로 승격한 오산시 청사는 2001년 8월에 준공하여 현재의 자리를 잡았습니다. 그러면 오산비행장의 지명 유래를 오산향토문화연구소 자료를 바탕으로 말씀드리겠습니다. 서울 여의도에는 일본군의 비행장이 생겼고 오산에 두 번째, 김포에 세 번째로 비행장이 건설되었으나 오산과 김포에는 일용의 비행기만 배치시켜 놓고 나무로 위장하고, 시동차만 배치 시켰으며 경비병을 배치하여 보초를 서게 하였습니다.

1945년 일제 강점기 때에 활주로로 사용하던 오산천 둔치 즉 지금의 시민회관과 공설운동장 사이에서 조국광복 제1회 전국 축구대회가 개최되었습니다. 해방 이후 미군은 김포비행장을 사용하다가 오산비행장도 사용하게 되었는데 1950년 6·25 한국전쟁이 발발하였습니다.

1952년 평택시 송탄지역에 비행장을 새로 건설하여 이전하였지만, 명칭은 그대로 사용하였습니다. 오산비행장은 현재 K-11 오산에어베이스로 불리는데 평택시 송탄지역에 있습니다. 이 지역의 지명을 살펴보면 송탄리, 신장리, 서탄리, 적봉리, 원적봉, 야리, 신야리, 장등리, 긴등과 같은 자연마을이 있었습니다.

그런데 그 지명들이 대부분 영어로 발음하기에 불편하였고 기존의 오산에 있던 비행장 명칭인 '오산 에어베이스'라는 이름이 미군과 미국인들에게 친근하고 발음하기가 좋아 그대로 사용했다고 전해집니다. 10여 년 전에 오산시와 시민들이 오산비행장 명칭을 개칭해 줄 것을 미군 측에 건의하였고 그 내용이 본국에까지 동향보고 되었다고 합니다. 하지만, 각종 지도와 자료에 'O-San'으로 표기된 것을 바꾸는 데는 당시의 예산으로 1조원이 소요된다는 분석이 나왔다고 합니다. 어떤 분은 6·25당시 작전지도에 O-San이라는 영문 표기가 가장 크게 보였다고도 합니다.

오산에는 오산비행장이 없지만, 오산에는 '스미스부대원'들의 영혼이 살아 있습니다. 540명 중 181명이 전사 또는 실종된 큰 전투가 벌어진 곳입니다. 이 전투상황이 전 세계에 타전되면서 16개국 UN군이 결성되는 계기가 되고 낙동강 전선을 지키는 귀중한 시간을 잡아주었습니다.

오산비행장은 없지만, 미군이 대한민국을 지켜낸 '한-미 혈맹'의 역사가 오산 죽미령 UN군 초전비와 함께 살아 숨 쉬고 있는 것입니다.

[경인일보] 청렴한 전원주씨

경인일보 | 열린마당 |
2015년 03월 13일 (금) 12면 오피니언

'청렴한' 전원주씨

이강석
오산시 부시장

올해 초 원주시청 공무원 세 분이 오산시청에 오셔서 청렴도 평가와 관련해 벤치마킹하고 갔습니다. 국민권익위원회에서는 매년 국가기관과 기초자치단체, 광역자치단체를 대상으로 '청렴도'평가를 하는데 이 평가에서 오산시가 2013년에 이어서 2014년에도 최고의 청렴도시 평가를 받은 비결을 배우러 오신 것입니다.

여러가지 시책과 자료를 받아 든 원주시청 관계관이 불쑥 '원주시청에 와서 청렴에 대해 직접 설명해 달라'고 얼떨결에 승낙했습니다. 100분 동안 청렴이야기만 할 수 있는 일이니 공무원의 관심을 유발하는 이야기, 웃음을 띠게 하는 말, 가슴 시리게 하는 속 깊은 사연을 소개해야 했습니다. 결국, 같은 시대 공직자로서 9급 초임 당시로 돌아가 초심으로 일하고 생각하고 판단하면 청렴은 완성된다는 콘셉트를 잡기로 했습니다.

오후 4시 원주시청 공무원 1천여 명이 모였습니다. 달려갑니다. 청렴 관련 한두 번 해본 강의도 아닙니다. 전날 전북 완주에 있는 지방행정공무원연수원에서 시원하게 강의를 했는데 왜 이렇게 떨리던지. 하지만 이렇게 많은 관중을 만난 것은 처음이었습니다. 준비도 부족하고 준비했어도 마음이 떨려서 제대로 말이나 꺼내겠습니까.

긴장은 팽팽했고 입안이 바짝바짝 타들어가는 소리가 귓전에 맴돕니다. 그런데 거짓이 일어납니다. 원주시청 백운아트홀 1층과 2층에 운집한 공무원들의 눈이 빛나고 있었습니다.

분위기를 살리려는 농담에 모두 웃어주고 그 웃음으로 집중이 잘 됐습니다. 원주시청 공무원 1천여 명의 눈빛으로 부족한 저에게 용기를 주었고 단 아래에 서서 차분히 이야기를 시작할 수 있었습니다.

청렴 도시가 되기 위해서는 민원친절·소통·수평적사고·긍정마인드가 중요하다고 이야기 했습니다. 간부공무원에게 남아있는 공직 5년, 7년을 시민에게 보은하는 심정으로 몸을 낮추고 나를 내려놓아야 하며 동료·후배 공무원에게 즐거움을 주기 위해 일부러 '몸 개그'라도 해달라고 말했습니다.

직원들이 아침잠에서 깬 방안에 풍선 서너 개가 둥둥 떠다니고 그 풍선마다 국장·과장·팀장·차석의 얼굴이 투영되는데 그 표정이면한 미소가 되도록 간부들이 솔선해야 한다고 말했습니다. 사무실에서는 잘한 것을 칭찬·격려하고 부족한 것은 채워주되 상대방의 의견이 틀린 것이 아니라 '나와 다른 것'임을 깨달아야 한다고 말했습니다.

간부공무원들이 아침 일찍 출근할 때 신문 속 신문을 깨내어 사무실에 배부하고, 주방에 가서 커피포트에 물을 반 정도 담은 후 원두를 켜보라고 권했습니다. 수평적 사고와 공무원 화석의 수평적 배치, 그리고 소통의 공간을 만들고 말로 지시하기보다는 감성으로 의견을 모으는 간부들의 노력을 주문했습니다.

신뢰와 믿음이라는 에너지가 공무원의 창의력을 키우고 시민의 신뢰를 얻을 것이며, 올해 말 원주시민과 공무원들은 더욱 청렴하고 발전하는 원주시를 완성할 것입니다. 그리하면 원주시의 홍보대사로 명활약하는 '탤런트 전원주씨'가 하하하~하하 하면서 호쾌한 웃음으로 원주시를 칭찬하실 것입니다.

[경기일보] 공직에서의 사무실과 자리

경기일보 오피니언
2015년 4월 22일 수요일

공직에서 사무실과 자리

| 기고 |

이강석
오산시 부시장

직장동료와 회식을 가면 서로 마주 보며 머뭇거린다. 자리를 잡는데 1분 이상이 걸린다. 내 자리가 어디쯤이면 적정할까 빠른 속도로 CD를 돌려 선곡을 하듯이 자리를 스캔하고 참석자를 분석한 후 자신의 서열을 4~5번쯤으로 정한 후 그 자리를 잡는다.

이어서 오늘의 좌장이 들어오면 모두 일어나서 서로서로 상석을 권하며 한자리씩 물러났다가 다시 빈자리가 생기면 우두머리의 측근 자리로 발짝씩 다가선다. 그리하여 과장이 좌정하고 앞에는 주무계장, 좌우에 2, 3번 계장이 착석하고 그 언저리는 차석의 차지이니 말석은 문 앞이나 방구석 끝자리다.

하지만, 이 경우는 대단히 불합리한 좌석배치다. 더구나 삼겹살을 먹는 경우 2번 계장은 연신 고기를 굽고 가위로 잘라가며 후배들의 소주잔을 받고 식사 권하다 보면 1시간이 금방 지나가고 오늘 모임의 취지가 무엇인지 조차 모른 채 술에 취하고 만다. 그렇다고 과장과 주무계장 자리에 서무담당을 배치하기도 어렵다. 이른바 급별로 배치되는 경우 대화의 내용은 4그룹 4색이다. 각기 서로 다른 주제를 가지고 열변을 토하고 있다.

그래서 자리배치 추첨표를 만들었다. 오늘 참석자가 15명이라면 1번에서 15번까지 번호표를 만들어 테이블에 난수표를 붙이고 다시 1번부터 15번까지 서식을 그린 후 입장 하는 대로 자신이 좋아하는 번호에 이름을 적고 식탁에 가서 그 번호에 앉도록 한다. 과장이 말석에 앉기도 하고 서무담당이 메인을 차지하기도 한다. 이 또한 소주 5순배 이후에는 흐트러진다. 그래도 적당히 자리하니 복불복 개념으로 불만은 없다. 그리고 임의의 번호표에 비표가 있다. 번호표에 '사회자'라 적힌 이가 오늘 회식의 사회를 보고 '건배자'라 적힌 이가 첫 번 건배제의를 하는 것이다.

2014년 11월, 오산시청 국장실. 공통의 문으로 들어가면 왼쪽에 2실, 오른쪽에 2방이 있다. 직제상으로는 자치행정→복지교육→경제문화→안전도시 순이다. 경제문화국장이 명퇴하면서 승진요인이 발생하여 자치행정이 복지교육으로, 복지교육이 경제문화로 이동하고 신규 승진자가 자치행정국장으로 발령을 받았으므로 3개의 방이 책상과 서류를 이동할 상황을 맞았다.

국장인사 발령이 발표된 직후에 당사자를 만나 3명 국장의 방이 서로서로 이사를 해야 하는데 신임 국장님 방을 명퇴한 경제문화국장 방으로 하면 다른 2명의 국장은 이사할 일 없이 방 앞의 문패만 바꾸면 된다는 아이디어를 설명했다. 곧바로 수용해 주었다. 두 곳 주무와 직원들은 불필요한 이삿짐 옮기는 '사역차출'을 면제받았다.

2년 전 오산시청 시장실. 회계과장은 송구한 표정으로 시장에게 보고했다. 새로운 지침이 왔는데 시장님 방은 비서실, 부속실을 합해보니 기준을 초과합니다. 곽요웅 시장은 즉답을 내렸다. "부시장실과 바꿉시다" 그래서 사무실 입구 명패를 바꾸고 책상을 옮겼다. 시장실이 좁아졌고 응접실도 부족하다. 그래서 가끔은 부시장실이 시장님 내방객 응접실이 된다. 이 또한 시민에게는 즐거운 일, 1타2 피다. 시청에 한번 와서 부시장도 보고 시장도 만나는 기분 좋은 일이다. 부시장 방은 생각보다 넓었다. 1/3을 잘라내어 '규제개혁팀'에 내주었다.

요즘 중앙부처, 경기도청에서 운영하는 스마트워크 사무실에 책상주인이 없다. 누구나 자리를 잡으면 PC로 연결하여 업무를 본다. 기안을 하고 결재를 하고 보고서를 작성한다. 더는 자리가 중요한 시대가 아니라 어느 자리에서든 무슨 일을 하는가가 중요한 시대인 것이다.

[기호일보] 넝쿨손

기호일보 2016년 6월 24일 금요일

자치플라자 이강석

남양주부시장

넝쿨손

넝쿨식물 터널이 아름다운 풍광으로 일상의 행복을 선물한다.

컬러 호박과 수세미 줄기가 나무 울타리를 타고 올라가면서 잎을 피고 꽃을 피워 열매를 맺는 넝쿨식물.

아침 출근길에 처음 발견했을 당시엔 나무상자 묘판에서 하늘거리는 정도였다. 보름 정도 지나니 양쪽에서 넝쿨이 올라오고, 이제는 둥근 터널 위에서 서로 손을 마주잡았다.

연약한 풀줄기가 둥근 터널을 타고 오르는 힘은 '넝쿨손'에 있다. 호박 줄기를 예로 들면 하늘을 향해 올라가는 잎새와 잎새 사이에 넝쿨손이라는 세 손가락 줄기가 함께 나온다. 그리고 주변의 다른 풀이나 관리인이 매달아 준 포장용 끈을 잡으면 10분 정도 돌돌 말아 하늘을 향해 올라가는 풀줄기를 지지해 준다.

생물시간에 배운 기억으론 풀이 바람이나 폭우로 쓰러지는 경우 하루이틀 후에 다시 일어나는데, 이 힘은 이른바 '향일성(向日性)' 식물이기에 태양의 에너지를 받기 위해 몸을 하늘로 향한다고 들었다.

풀줄기를 하늘로 향하기 위해선 고개를 들어 올려야 하고, 이때 식물의 성장호르몬은 그늘진 쪽으로 몰린다고 한다. 그러니 태양 반대편 줄기가 더 빨리 자라나게 되고, 결국 그 식물의 줄기가 태양을 향해 일어나도록 한다는 것이다.

결국 넝쿨손 속의 성장호르몬은 접촉되는 부분을 거부하고 접촉 반대편으로 달아나서 성장을 촉진, 나뭇가지나 풀줄기를 만난 넝쿨손은 지속적으로 그것을 감아주게 돼 자신을 고정하는 논리가 성립된다.

식물에도 지능이 있다는 의미다. 그래서 음악을 듣고 자란 식물은 더욱 생동감 넘치고, 이를 식재료로 하면 인체도 건강해진다는 주장을 할 수 있다.

어린 시절의 기억을 반추해 보면 줄기식물의 넝쿨손은 일단 나무줄기 풀 잎새를 만나 5번 정도 말고 나면 스스로 성장을 멈추고 말라버렸던 것 같다. 역할을 다 했으니 자신을 희생하는 것이다.

만약 넝쿨손이 계속 성장하겠다고 하면 꽃을 피우고 열매를 맺을 에너지가 부족할 수 있다.

우리 사회에서도 가족을 위해, 자식을 위해, 조직을 위해 자신을 희생하는 분들이 많다. 그 희생은 사라지지 않고 조직의 발전을 위한 밀알이 돼 동료들의 가슴속에 녹아든다.

자신이 나서서 무슨 일을 완성하는 것이 아니라, 조직의 발전을 위해 디딤돌이 되고 건축물 바닥에 보이지 않는 주춧돌로 높은 건물을 지탱하는 것이다.

매몰비용도 긍정적으로 보면 무엇보다 더 중요한 투자다. 아름다운 나무를 보면 그 모습만큼의 뿌리가 땅속에 숨겨져 있음을 생각하듯 말이다.

흔히 취임사나 퇴임사에서 아내의 내조와 아내의 자리를 이야기한다. 마찬가지로 풍성한 열매를 맺기 위해 포도나무 줄기 아래 뿌리는 추웠던 지난 겨울부터 땅속의 양분을 모아 끊임없이 줄기를 통해 앞으로 보내주고 앞에서 태양의 힘을 축적, 농축해 보내준 양분을 다시 열매로 완성해 보내는 치열한 아내로서의 인생, 어머니로서의 삶이 있었음을 생각하고자 한다.

이 사회를 지지하는 넝쿨손은 여러 곳에 존재한다. 어제 저녁부터 전기를 보내 주신 분, 새벽 2시부터 도시가스 압력을 체크하시는 분, 새벽 4시에 광역버스와 시내버스를 점검하시는 분, 경찰서와 소방서 숙직실에서 밤을 새워 가며 시민을 지켜주는 분 등 수많은 이 사회의 넝쿨손들에게 우리 모두 사랑의 V자 손가락을 내밀어야 하는 아침이다.

[경인일보] 발상의 전환 - 오산 맑음 터 공원 캠핑장

경인일보 2016년 7월 7일 목요일

| 기고 |

이 강 석
남양주 부시장(전 오산부시장)

발상의 전환, 오산 맑음터공원 캠핑장

오산시에 6일 개장한 '맑음터공원 캠핑장'을 소개하고자 한다. 캠핑장은 까산이(까마귀)존에 잔디사이트 4인용 33개, 매화존에 데크사이트 4인용 20개 동 텐트 53개와 캐러밴 4동이 설치됐다. 오산시 시조를 비둘기에서 까마귀로, 시화를 개나리에서 매화로 바꾸어 까산이존과 매화존이 설치됐다.

오산의 '맑음터공원 캠핑장'은 오산천변 환경사업소 부지에 마련됐다. 환경기초시설인 하수처리장 주변에 야영장을 조성하는 프로젝트가 추진되자 초기에는 '말도 안 된다'며 반대가 많았다. 하지만 시 공무원들은 선진사례를 조사하고 자료를 연찬하는 등 심혈을 기울여 추진했고 이제 성공적으로 공사를 마치고 만석, 만실을 앞두고 있다.

과거에 캠핑은 젊은이들의 전유물로 여겼다. 1970년대 시골에는 검정 미제(美製)천으로 텐트를 만들고 석유 버너에 밥을 해먹으며 10일 이상 야영을 하는 청년들이 많았다. 당시 캠핑은 무전여행과 한 조를 이뤄서 청춘들의 번뇌를 삭이는 과정이었다.

요즘에는 1박2일이나 2박3일 동안 현대적 장비를 갖추고 안전한 곳에서 캠핑을 하는 젊은 부부가 많다. 자라나는 어린이, 생각이 깊어지는 중고생들에게도 부모와 함께하는 '캠핑장 1박2일'은 다른 무엇으로 대체할 수 없는 참교육의 결정체라고 본다. 단체생활을 통해, 야영을 통해 가정의 소중함을 알고 깨닫게 되기 때문이다.

특히, 노련하고 경험 많은 이웃집 가정의 1박2일을 보면서 학교나 사회에서 만날 수 없는 새로운 사회적 교육의 기회를 얻게 될 것이다. 양보와 배려를 배우고 삶의 의미를 스스로 깨달을 것이다. 시방팔방이 나일론천 한두 장으로 마주한 이웃을 어떻게 대면하고 어찌 생각할 것인가 하는 착한 고민을 할 것이다.

이웃집 부모와 자식 간의 대화를 벤치마킹할 절호의 기회가 될 것이다. 정말로 '맑음터공원 캠핑장'에 마련된 벤치에서 옆집 부자의 이야기, 건너편 부녀·모자·모녀의 대화를 듣는 기회는 공동 캠핑장에서만 가능한 엄청난 사회적 교육이다. 시멘트 벽돌과 철근, 철판으로 가로막힌 가장 가까이 살지만 전혀 알지 못하는 302와 303호가 실오라기를 꼬고 모아 짜낸 나일론천 두장 사이로 가까워졌을 때 어른들은 아이들을 조용히 하라고만 주의를 당부하겠지만 아이들은 그 나일론천을 통해 투영되는 사회적 소통과 배려와 양보에 대한 불빛을 찾아낼 것이다. 교육도시 오산시가 캠핑장 설치를 위해 공모 오디션을 찾아다니고, 설치를 위해 법령을 개정하면서 동분서주한 결과 1년여 만에 '맑음터공원 캠핑장'을 개장했다.

이 캠핑장이 문을 열었다는 의미는 오산시의 교육에 새로운 이정표를 세우는 일에 '생존수영'에 이은 또 하나의 교육혁명이 될 것이다. 오산시의 캠핑장 입지 결정 또한 신의 한 수라고 본다. 환경사업소에 자리하고 있으며 주변에 오산천이 흐르고 있다. 오전과 오후에는 오산천변 자전거도로와 산책로를 이용하여 걷기나 조깅 등을 할 수 있으며 자전거도 탈 수 있다. 이 자전거길은 여의도를 출발해 용인~동탄~오산을 지나 평택 방면으로 연결돼 자전거 동호인들의 은륜 행진이 이어지는 곳이다. 오산시 환경사업소 에코타워에 올라가서 오산, 청남, 동탄, 평택을 바라보는 것은 또 하나의 보너스다. 고속도로를 나오면 곧바로 오산시를 만나듯이 국내에 몇 안 되는 도심에 가장 가까운 캠핑장이 오산시에 개설됐음을 다시 한번 알려드린다.

[경기신문] 매일 백팩 메고 뚜벅이 출근 "후배공직자의 롤모델"

경기신문　2016년 2월 22일　월요일

매일 백팩 메고 '뚜벅이 출근'
"후배 공직자들의 롤모델"

남양주시 이강석 부시장 '격의없는 소통행보' 호평 자자

"그 분에 대해 알면 알수록 대단하다는 생각이 들고 고개가 숙여집니다." "후배 공직자들의 롤 모델이고 멘토입니다."

이강석(사진) 남양주시 부시장에 대한 남양주시 공무원들의 평이다.

이강석 부시장은 매일 등산복 상의에 백팩을 메고 관사 가까이 있는 홍유릉 둘레길을 돌아 시청까지 50여분간 걸어서 출근한다.

그는 이 시간에 당일 있을 업무와 회의, 행사 등에 대해 생각하고 정리를 하며 만나는 시민들로부터 시정에 관한 의견도 듣는다.

이 부시장은 부임 때부터 형식을 타파하고 직원들과 가까이 하기 위한 행보를 보이며 남양주 공직사회에 신선한 바람을 일으켰다.

실제로 지난 1월5일 남양주시에 부임한 그는 취임식 대신 구내식당에서 직원들과 인사를 나누고 영상화면으로 자신을 소개하는가 하면 직접 삶은 계란을 나누어 주며 직원들과 보다 가까이 지낼 수 있도록 노력하고 있다.

부임 후에도 이 부시장은 내부통신망인 새올게시판에 '부시장방'을 개설하고, 자신이 공직생활을 하면서 겪었던 일이나 느낀 점, 직원들이 알면 도움이 될 사항 등을 일기형식 때론 수필형식으로 올려 놓고 있다. 이 방은 남양주시청 직원

홍유릉 둘레길~시청까지 도보
내부통신망에 '부시장방' 개설
직원·주민들과 대화하려 노력

들이 틈만나면 들어가 보는 즐겨찾기 1순위가 됐다. 이는 후배 공직자들에게 선배들의 지나 온 길을 짐작하게 해 주고, 공직자들의 자세 등 자신들의 갈길을 안내해 주는 역할을 하기 때문이다.

또 '남양주 10년후의 모습'이라는 제목으로 직원들이 100만 도시로의 발전을 위한 토론의 장 또는 좋은 아이디어를 올리는 난을 만들어 놓았다. 이 난은 불과 1개월도 안돼 100여명 이상의 직원들이 다양한 의견을 올려 놓을 정도로 관심을 모으고 있다. 특히 지난 2007년 개설한 다음 카페 '이강석다움&茶山남양주'에는 그의 일상과 사고 등이 일기 또는 수필형식으로 때론 시로 남겨 진다.

뿐만 아니라 이 부시장은 평소에도 틈틈히 직원들이 근무하고 있는 곳을 찾아 격의없이 대화를 나누며 의견을 듣고 격려하는가 하면, 직원들이 부시장실을 들어올 때에도 '노크 하지 말고, 손님이 있어도 개의치 말고 언제든지 편하게 들어오라'고 당부한다.

직원들은 이러한 이 부시장의 소통을 위한 노력, 현장 답사 및 주민과의 대화

우선, 격의 없는 행보 등을 보면서 신뢰와 존경을 표하고 있다.

임홍식 시 공보팀장은 "부시장방이나 카페의 글을 보면 공직자들의 마음가짐이나 태도 등을 알 수 있게 해주는 등 한마디로 후배 공직자들이 나아갈 길을 안내해 주시는 내비게이션 같은 분"이라고 말했다.

"왜 백팩을 메고 걸어서 출근합니까?"라는 질문에 이 부시장은 며칠 전 출근길 버스정류장에서 오물을 보고 인근에서 삽을 빌려 치우고 온 일을 이야기하면서 "백팩을 메면 양손이 자유롭다"고 했다. 권위와 격식을 따지지 않는 서민적인 그의 본 모습을 보여주는 대목이다.

/남양주=이화우기자 lhw@

[경인일보] 휴일에도 시민생각 '천생 공직자'

당시의 상황을 공보담당관실 용석만 과장(현, 남양주시청 환경녹지국장)에게 이야기하였고 경인일보 기자에게 전파되어 기사화되었습니다. 주변에서 스토리텔링이 나오면 동료와 선후배가 언론에 넘겨주는 센스가 필요합니다. 스스로 머리를 깎기는 어렵다고 하지요. 응원하는 품앗이가 언론인뿐 아니라 공무원에게도 필요합니다.

용석만 국장님 감사합니다. 일취월장, 영전영진하시기를 기원합니다.

이강석 드림

[경기신문] 홍유릉과 덕혜옹주

경기신문　2016년 5월 3일　화요일　오피니언

특별기고

홍유릉과 덕혜옹주

이강석
남양주시 부시장

1919년 3월에 우리 남양주시에서도 3·1만세운동이 일어났습니다. 3·1독립만세를 부른지 97년이 흘렀고 1919년 그 해에 승하(昇遐)하신 고종황제는 사후에 대한민국 백성들이 독립만세를 외치는 3·1운동을 이끌어 주셨습니다.

그리고 고종황제(1852~1919)와 명성황후(1851~1895)를 홍유릉(洪裕陵·사적207호)에 모셨습니다. 홍릉(洪陵)에 고종황제와 명성황후를 모셨고, 아버지와 어머니의 왕릉에 등을 기댄 듯 위치한 유릉(裕陵)에는 순종황제와 순명황후, 순정황후가 영면하십니다.

명성황후(明成皇后)는 고종과 국정을 논의하는 파트너였으며 당시 외국의 세력들이 고종보다 예의주시했던 권력의 중심에 있었던 인물이라는 평을 받고 있습니다. 배경이 없는 분이라서 황후(왕비) 자리에 올랐다는 평가도 있습니다.

홍유릉을 지나 뒷산으로 가면 영친왕을 모신 영원(英園), 이구 황세손을 모신 회인원(懷仁園)이 자리합니다. 의친왕묘가 같은 자락에서 마주하며 특히 고종황제의 외동딸 덕혜옹주 묘가 참으로 단아하게 우리를 맞아줍니다.

고명딸 덕혜옹주(1912~1989)의 교육을 위해 고종황제께서는 덕수궁에 우리나라 최초의 유치원(幼稚園)을 설립했다고 합니다. 정략결혼과 따님을 잃으신 안타까운 사연을 가슴에 품고 양지바른 산자락에 외롭게 자리하신 덕혜옹주의 묘역을 걸어가면 누구나 깊은 사색에 잠기게 됩니다. 욕심이 사라지고 마음속에 평정을 얻는 역사의 오솔길입니다.

남양주시와 포천시를 감싸 안은 광릉은 산림이 우거진 곳으로 많은 관광객이 찾는 곳인데 그 산림 속에 자리한 광릉(사적197호)은 세조의 능립니다. 남양주시청에서 가까운 곳에 위치한 사릉(思陵·사적207호)은 단종의 비인 정순황후를 모셨는데 능(陵) 주변 소나무가 지금도 영월을 향하고 있다 합니다. 강원도 영월 장릉(사적196호)에 모셔진 단종이 돌아가신 청룡포의 소나무도 단종을 모신 신하에 비유되며 지금도 한양을 향해 서있다는 이야기와 맥을 같이 합니다.

출퇴근길에 홍유릉길을 걸으면서 역사여행을 하곤 합니다. 그리고 어느 날 마음속에 참 좋은 생각이 자리합니다. 남양주시 홍유릉 아래 역사의 오솔길이 지나는 자리에 터를 잡아 '세계문화유산에 등재된 조선왕릉' 미니어처를 꾸미고 국내외 관광객을 모신다는 발상입니다. 평범한 미니어처(miniature)가 아니라 보고 듣고 느끼고 감동하는 생생한 조선왕릉의 입체적, IT적, 감동적, 역사적인 작품을 구상하자는 제안을 대한민국 문화재청에 드리는 것입니다.

경기도와 서울특별시 땅모양을 축약하여 이곳에 옮겨놓고 태조 이성계 건원릉부터 고종황제, 명성황후, 순종황제의 능과 덕혜옹주의 묘를 만들고 각각에 스토리텔링 간판을 달고 싶습니다. 왕릉 앞의 홍살문과 재실로 가는 신도(神道)와 어도(御道)에 대한 설명문, 재실에서 아주 높게 왕릉이 자리한 이유를 듣고 싶습니다. 이어폰을 통해 각국의 언어로 설명하고 싶습니다.

건원릉(이성계)의 봉분 벌초를 하지 않는 이유, 정조대왕이 융릉 소나무를 갉아먹는 송충이를 깨물며 야단친 사건, 대빈묘 언론보도 사연, 그리고 유릉에 등장하는 코끼리, 낙타에 대한 설명을 붙여서 초중고생 교육에 도움을 주게 되기를 바랍니다. 왕릉 그룹에서 조금 멀리 자리한 융건릉(장조, 정조), 여주에 모셔진 영릉(세종), 장릉(단종)이 강원도에 조성된 사연 등도 학생들에게는 꼭 필요한 역사 속 해설이 될 것입니다.

홍유릉 기슭에 자리한 조성왕릉을 초중고생은 물론 국민 모두가 한걸음에 살필 수 있는 미니어처가 먼 훗날에 또 하나의 세계문화유산으로 등록되기를 소망합니다.

훗날에는 이곳 홍유릉과 함께하는 역사가 또 하나의 세계문화유산이 될 것입니다. 남양주에서 대한민국의 새로운 역사가 시작되는 것입니다. 이 어려운 일들을 남양주시민과 경기도민, 그리고 대한민국 국민들이 또 한 번 해내야 하는 것입니다.

[경인일보] 공직은 험산 넘고 준령 오르는 여행길

2017년 6월 22일 목요일 경인일보

공직은 험산 넘고 준령 오르는 여행길

| 인터뷰 | 이강석 경기테크노파크 원장

'공무원의 길 차마고도' 수필집 펴내

9급입문 1급까지 승진 입지전적 인물

경험·판단 '노하우' 담아 후배들 조언

이강석(59) 경기테크노파크 원장은 고교 졸업 이후 9급 공무원으로 공직에 입문해 1급까지 승진, 공직사회에서 신화로 불리는 인물이다.

40년간의 공직생활을 마치고 현재도 산하기관장을 맡고 있는 그는 최근 책을 한 권 펴내 더욱 화제의 인물이 됐다.

그의 저서인 '공무원의 길 차마고도'는 공직자로서의 경험담을 정리한 수필집이다.

그는 후배들에게 자신의 노하우를 전히고지 하는 마음이 책을 쓰는 계기가 됐다고 한다.

이 책은 공무원의 지침서가 될 만 하다. 이 원장은 책에서 "공무원 6급에서 5급에 승진하는 과정은 모든 공직자에게 '드라마틱'한 일"이라면서 "5급 사무관이 되면 기존의 고정관념을 탈피하고 보다 미래지향적으로 생각하고 판단하고 행동해야 한다"고 말했다.

또 "부시장은 게으르지만 소통해야 하고, 동장은 부지런해야 한다"면서 "부시장이 부지런하면 결국 본인이 힘들지만, 동장이 업무를 세세하게 챙기는 것은 사무장이나 주무관을 불편하게 할지라도 주민과 소통, 시 의원과 기관장 간 원활한 업무진행에 중요한 일"이라고 했다. 그는 오산시와 남양주시 등에서 부시장을 지낸 바 있다.

아울러 7급 때부터 4급 때까지 총 11년을 공보부서에 근무하면서 지켜본 언론, 언론인에 대한 솔직한 이야기도 담았다.

언론과 가까이 해야 하는 숙명(?)을 지닌 후배들을 위해 언론인의 생활, 기사의 종류, 보도자료 작성 요령 등에 대한 내용도 함께 담았다.

그는 "언론인과 공무원은 악어와 악어새의 관계"라며 언론에 대해 "고등어가 상하지 않고 더욱 맛있게 숙성되도록 도움을 주는 사회의 '간잽이' 역할을 해 달라"고 당부했다.

이 원장은 "공무원의 길은 높고 험준한 차마고도 같다. 공직생활 중 몇 번은 차마고도 협곡 아래로 곤두박질 칠 것만 같은 위기의 순간이 닥쳐 왔지만, 이를 잘 넘기고 공직생활을 잘 마쳤다"며 "모두에게 감사하는 마음으로 이 글과 제목을 공직 후배에게 전한다"고 말했다.

/김태성기자 mrkim@kyeongin.com

이강석 경기테크노파크 원장. /경인일보DB

경기테크노파크

| 천자춘추 |

이강석
경기테크노파크 원장

경기테크노파크는 도내 중소기업을 지원하기 위해 설립된 공기관이다. 경기도와 안산시, 그리고 정부에서 투자했다. 안산시 상록구 해안로 한양대학교 캠퍼스 후문 쪽에 있으며 중소기업 제조업 본사가 입주한 10층 높이 기술고도화동을 비롯하여 6개의 건물로 구성되어 있다. 도내 중소기업의 현장 기술을 통한 기술 고도화, 즉 기술닥터 사업을 추진하고 있다. 도내 중소, 중견 제조 기업을 대상으로 1단계 현장 애로 기술 지원, 2단계 중기 애로기술 지원, 3단계 상용화를 지원한다. 그리고 전주기적 문제해결 지원책으로 시험분석, 설계, 시뮬레이션 등을 지원한다. 신속한 업무처리를 위해 333원칙을 기준으로 삼고 있다. 기업에서 기술 지원을 요청하면 3일 이내에 3명의 전문가가 3번 현장을 방문하는 것을 말한다. 간소한 신청

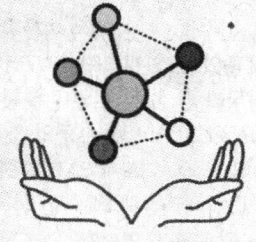

절차, 신속 해결을 위해 노력하고 있다. 도비 35억 원을 지원받았고 시군에서 24억 원을 매칭하고 있다. 그리고 경기테크노파크는 경기도 지식재산 전담기관으로서 유망 중소기업을 3년간 집중 지원하는 IP스타기업육성, 창업기업에 대한 지식재산 역량강화를 위한 IP 창업존과 IP 디딤돌사업, 수출경쟁력을 확보하고 있으며 글로벌 히트 상품을 목표로 하는 특허·브랜드·디자인 융합지원사업과 경기도가 소유한 지식재산권을 관리하고 경기도의 R&D과제에 대한 선행기술조사 등을 수행한다.

지금은 자신의 기업이 보유한 특허 수준의 기술이라도 지식재산으로 관리하지 않으면 훗날 다른 기업으로부터 특허침해 소송에 직면할 수도 있다. 우리의 경쟁국 중 하나인 중국은 특허 등 지식재산 관련 출원을 하면 발 빠르게 처리한다고 한다. 따라서 도내 기업이 개발한 수준 높은 기술력을 잘 관리해야 한다는 점을 강조한다. 위 두 가지 업무와 관련하여 전화설명, 방문대화를 통해 중소기업의 경쟁력 증진을 위해 노력하고 있다. 이외에도 3D프린터, 드론, 요트관련 사업에 대한 교육과 지원방안에 대해서도 연구와 사업을 진행하고 있다. 기업 간부들의 관심과 참여를 당부드린다.

[경기일보] 기왓장과 이산가족

기왓장과 이산가족

│천자춘추│

이강석
경기테크노파크 원장

불교신자가 아니어도 사찰에 가서 대웅전을 들여다보고 주변의 사찰 시설을 살펴보면서 관광을 한 후에 1만 원을 내고 소원을 빌었을 것이다. 친절한 사찰의 보살님은 발원의 샘플을 제시하기도 한다. 가족건강, 취업, 합격, 결혼, 사업성공 등 다양한 소원문구를 적어낸다.

기왓장에 흰 페인트 글씨를 적어냈을 뿐인데 사찰에서는 1만 원을 받으니 참으로 수익성이 높다는 생각이 든다. 그동안 아내와 함께 사찰에 가서 소원을 빌고 기왓장에 몇 가지 바람을 적었다. 세상사 순리대로 살자고 조금은 추상적인 '류수부쟁선(流水不爭先)'을 적으면 아내는 그 틈새에 가족건강, 합격기원 등 나름의 구체적인 소원을 추가한다. 4글자를 써도 20자를 적어도 1만 원을 내면 된다.

그런데 이 기왓장과 관련해서 작은 이야

기를 한 가지 전하고자 한다. 우선 하고 싶은 말은 사람들은 소원이 적힌 기왓장이 대웅전 지붕은 아니어도 사찰의 어느 건물 지붕에 올려질 것으로 기대했을 것이라는 점이다. 그런데 최근에 방문한 사찰에서 작은 벽채 공사를 하고 있는데 소원이 적힌 기왓장을 쓰고 있었다. 기왓장을 반으로 잘라서 쓰고 있다. 소원을 적어 올린 기왓장이 지붕에 올라가지 못하는 것도 안타까운데 반으로 잘려 다른 기왓장, 벽돌과 함께 매몰되고 있었다. 가족의 이름이 적힌 가운데가 잘려나가니 자신들도 모르는 사이에 이산가족이 되고 있다.

주변을 살펴보니 소원이 적히지 않은 기왓장이 많이 있었다. 벽채로 채워지고, 더구나 반, 심한 경우에는 1/4로 잘려서 매몰되는 곳에 소원이 적힌 벽돌을 부수고 잘라서 써야 할 필요는 없을 것이다.

가족의 작은 소망이 적힌 기왓장이 반으로, 네 조각으로 잘리는 모습을 보면서 작은 두 번째 소원을 빌어본다. "기왓장에 소원을 적은 분들에게 1만 원 이상의 수익이 있는 소원을 들어 주시고, 다음으로는 더 이상 이산가족을 만들지는 말아주세요. 김소월의 시 '초혼'의 '산산이 부서진 이름이여'처럼 기왓장에 적힌 이름마저 산산이 부서지는 아픔은 누구의 몫인가요?"

[경기일보] 스마트키와 無頭日

스마트키와 無頭日

| 천자춘추 |

이강석
경기테크노파크 원장

열쇠는 영어로 Key라 불리는데 묵직한 쇳덩어리 자물통을 열어주는 기능을 하며 과거 어르신들은 창고나 곳간을 잠근 후 키를 허리춤에 매달아 권위의 상징으로 여겼다. 어르신들은 이를 '쇳대'라고 불렀다.

조직의 중요한 인물을 Key Man이라 부르고 글의 중요 단어를 Key Word라 한다. 요즘새 차의 열쇠는 과거 디지털형 쇠키가 아니라 그냥 동그란 IT 덩어리이다. 이 스마트키는 4차 산업의 시대에 걸맞게 디자인 되었으며 주머니나 가방 등에 지니기만 하고도 시동을 걸 수 있는 무선 기능을 갖추고 있다. 동시에 차문을 열고 8초간 서서 기다리면 자동으로 차 트렁크를 열어주기도 한다.

20년 전까지도 사람들은 자동차 키를 손에 들고 다녔다. 자동차 차주임을 자랑하기 위함이다. 여사님들도 핸드폰과 함께 반드시 차키를 테이블에 올려놓고 대화를 하고 차를 마셨다. 자동차는 부의 상징이기 때문이다.

하지만 요즘 자동차 스마트키를 자랑하지 않는다. 그냥 주머니 속에 있는 것으로 그 기능을 다하기 때문이다. 이제는 차가 없는 것을 자랑(?)하는 시대가 되었다. 편하게 술 한잔 하고 택시 타고 집에 가는 것이 새로운 로망이 되는 시대다.

1990년대 공직사회에 '무두일'이라는 말이 있었다. 무두일은 한자로 '無頭日'이다. 8급 공무원시절 처음 듣고 '무드(mood)일'인줄 알았다. 일단 일찍 퇴근한다는 의미로 이해했기에 가족들과 편안하게 지내는 '가정의 날'로 생각했다.

그런데 그 眞意는 '부서장 부재일', 즉 과장님이 출장이나 교육으로 사무실을 비우신 날이었다. 관리자가 없으니 정시에 퇴근해서 술 한잔 하는 날이라 했다. 그래서 사무관 5명이 먼저 나가시면 주사 7명이 퇴근하고 7급 8명은 책상 정리하면 8급 혼자서 사무실 상황요원이 되었던 가슴 아픈 추억이 떠오른다.

단기적으로는 과장님의 장기 공석으로 계장님 대결을 받으면서 일주일 정도는 편하고 빠르게 일처리를 했다. 하지만 2주차까지 과장님 부재가 이어지면 부서 전체가 나갈 방향을 잡지 못함을 느꼈다.

그래서 어느 조직이나 가정이나 국가나 모든 단체는 미래 지향적인 리더십이 필요하고, 특히 도청, 시청, 군청 공직 부서 課長과 읍면동장은 별로 하는 일 없어 보이는 요즘 유행하는 스마트키가 아니라 무선으로 바쁘게 일하는 관리자, CEO 임을 새삼 알게 되었음을 이제야 고백하는 바이다.

30년 '경기일보' 1988~2018

｜천자춘추｜

이강석
경기테크노파크 원장

1980년대 지방언론사는 이른바 '1도1사'였다. 하나의 道에는 1개 신문사만 둔다는 언론방침이었다. 그리고 1988년에 언론통제가 풀리면서 경기도와 인천지역에 인천일보(7월15일), 기호일보(7월20일), 그리고 경기일보(8월8일)가 창간되었다.

1973년 기존의 3개 언론사를 통합하여 경기신문으로 창간되고 1982년에 경기·인천을 커버하는 신문사로 개칭한 경인일보와 함께 4개 지방 신문사는 지방언론 경쟁시대를 맞이하였다. 86아시안게임에 이은 88올림픽은 지방언론을 활성화하는 전환점이 되었다고 생각한다.

1988년 7월4일에 7급 공무원으로 문화공보담당관실(대변인실)에 발령을 받았다. 전임자는 경인일보 '1도1사'의 체제에서 일했고 발령 후 며칠간은 단순한 업무로 생각하고 자료를 정리하여 기자실에 전했다. 그리고 오후에 자료로 보낸 도정업무 내용과 전화로 불러준 '가십(gossip)' 기사가 활자로 보도되는 것이 신기했다.

그런데 발령받고 서류 보따리를 풀기도 전인 7월에 기호일보와 인천일보, 8월에 경기일보가 창간했다. 숫자도 멋지게 1988년 8월8일에 창간된 경기일보 출입기자 두 분을 맞았다. 기존의 경인일보와 함께 지방언론 4개사의 '전성시대'가 시작된다.

특히 경인일보 S차장과 경기일보 G기자가 연출한 기사경쟁(지방과장 테이블 유리 파손사건)은 공직사회의 수범사례가 되었다. 당시 우리들(공무원)은 치열한 언론사 간 競爭(경쟁)과 特種(특종)과 낙종의 외나무다리를 오가는 언론 생태계 기자생활에 대해 자세히 알지 못했다. 하지만 언론의 중요성에 대한 생각은 깊어갔다.

그리고 30년이 흐른 2018년 7월2일 이재명 경기도지사가 '재난상황실 취임식'으로 업무를 시작했다. '한반도 평화시대의 중심'을 주제로 임진각 평화누리에 준비한 취임식은 비가 내릴 경우 참석 도민의 불편을 염려하여 경기도북부청사로 변경했다. 그리고 태풍과 폭우 등으로 재난 우려가 깊어지자 7월1일 일요일 근무를 시작했다. 윤화섭 안산시장 취임식은 '시민과의 아름다운 동행'이라는 이름으로 준비되었지만 시청행사로 간소화했다.

두 분뿐 아니라 전국적으로 광역, 기초자치단체장 취임식은 축소되었다. 하지만 새로운 출발을 위한 취임식을 준비하면 곧바로 언론을 통해 도민에게 전해진다. 그래서 독자들은 이미 단체장들의 '의미 있는' 취임식이 축소, 취소되었지만 지향하는 바 그 콘셉트를 알고 이해한다. 언론의 역할과 기능이 중요하다고 말하는 이유가 여기에 있다.

이제 지방언론 전성시대 30년을 맞았다. 1988년~2018년. 인터넷을 활용한 신문과 방송이 활성화되었다. 지방지 기자가 취재한 기사가 TV방송에 나온다. 1977년 ~2017년 공직 40년 중 11년6개월(138개월)을 공보실에서 일했다. 그리고 2018년 7월에 언론의 중요성을 거듭 확인했다. 언론을 어려워하거나 기사를 탓하는 공무원에게 告(고)한다. 言論(언론)은 우리(공무원)의 友軍(우군)이고 행정의 親舊(친구)다. 그리고 先言後公(선언후공)이다.

[중부일보] 큰형 이재율 부지사와 맏형 재율이 형

기고 | 큰형 '이재율' 부지사와 맏형 '재율'이 형

이강석
경기테크노파크 원장

그냥 가만히 지켜보기만 할 수는 없었다. 이재율 부지사님이 퇴임하신단다. 그냥 뭔가 해야 할 것 같은 강박관념이었다. 이 부지사님은 퇴임하지 않을 줄 믿었다. 늘 경기도정의 중심에서 일할 줄로만 생각했다. 축구 경기로 말하면 풀백과 링커였다. 행정이 어려우면 풀백이 되고 도정이 느슨하면 센터포워드로 뛰었다. 숱한 기자들의 표현대로 '뼛속까지 경기맨' 이재율 부지사가 퇴임을 한단다.

50년 전에도 이런 일이 있었다. 이재율 '데자뷰'처럼 어린 9살 소년의 마음속에 그런 일이 있었다. 초등학교 1학년 때, 흰 브라우스에 검은 스커트를 입은 우리의 여선생님을 처음 보았다. 동네 누나들과는 다른 의상이었고 얼굴도 달랐다. 그래서 여자 선생님은 화장실을 가지 않을 거라 생각했다. 우리 선생님은 매운 고추장, 시큼한 된장을 먹지 않을 거라 짐작했다. 설악산 사슴이 이슬만 먹을 것 같다는 생각을 한 것처럼 선생님은 그냥 흰 쌀밥, 시금치나물, 순두부 등 예쁘고 흰 음식만 먹을거리 상상했었다.

그래서 이재율 부지사도 어려서 만난 초등학교 '사슴 여선생님'처럼 절대로 나이 들지 않고 퇴직하지 않고 경기도청에서 아주 오래도록 일할 줄 알았다. 하루하루를 1년처럼 일해 온 분이기에 앞으로도 10년, 20년 경기도청 광교청사까지 지켜줄 것으로 기대했다. 그런데 퇴임식이 오전 10시라 했다. 현관목을 지켜 8명의 맨 뒷줄에 대기했다가 인사드렸다. 현관 대기자 8명과 현관 근무자 2명을 합한 10명중에 나 자신이 연장자라는 사실은 뒤늦게 깨달았다. 도청에 오기전 아침 일찍 페이스북에 부지사 퇴임을 맞은 심정을 담은 글하나를 올렸다.

"복도에서 만나도 그냥 반갑고 식당에서 뵈어도 즐겁고 업무보고를 하고 나서도 보람이 가득하여 어제 밤 늦게까지 보고서를 준비하느라 분주주한 의미를 한 바구니 담아주신 공직

> 1급 공무원보다
> 직장동료
> 선후배 같은
> 순수함이
> 가득했던
> 뼛속까지 경기맨
> 이재율 부지사
> 우리 모두는
> 그를 공무원의
> '맏형'이라
> 부른다.

상사였습니다. 어려운 문제를 報告(보고)하면 뭉친 실타래에서 붉은실, 흰실, 검은실을 한 올 두올 차분히 풀어내시던 눈빛이 반짝이고 콧날이 오똑한 '청년 부지사' 모두가 좋아하는 상사가 있었습니다. 매년 4월이 되기 전에 표지가 떨어져 나가는 부지사님의 수첩이 기억납니다. 월 화 수 목 금 토 일 모든 날에 검은색, 빨강색, 파랑색 가는 펜글씨 가득한 그 수첩이 생각납니다. 12월말까지 수첩 고스란히 간직만 해온 제가 늘 송구했습니다."

한 시간 후 퇴임식 사진을 얻어 아침 7시에 집에서 올린 SNS글을 보충했다. 공무원 선후배, 도의원 등 정치인, 도민의 격려 댓글이 올라왔다. 각계각층의 여러분들이 할 말이 많았다. 그분들에게 말하고 표현할 수 있는 작은 무대를 페이스북에 만들어 드린 보람을 느꼈다. 다음날 저녁에 이재율 '前(전)' 부지사로부터 장문의 문자를 받았다. 원문을 소개한다. '선배'라는 부지사님의 표현이 송구하지만 부지사님의 심성(心性)을 고스란히 전하기 위해 원본대로 소개한다.

"이 선배님! 감사합니다. 일정이 있으실텐데 퇴임식에 참석해 주시고 귀한 시간 쪼개시어 미천한 저를 과분하게 포장하는 글을 써주셔서 감사합니다. 좀 더 잘 할 걸 하는 아쉬움이 남습니다. 선배님께서는 육아일기를 하루도 빼지 않고 쓰셔서 제가 무척 부러워한 적이 있었습니다. 오늘 민간인이 된 첫 날에 선배님의 글을 읽고 많은 생각을 했습니다. 항상 건강하시고 행복하세요. 조만간 뵙겠습니다. 이재율 올림"

그냥 직장동료 선후배의 문자, 편지처럼 읽힌다. 육아일기는 아내가 29년째 쓰고 있다. 부지사님 문자 어디에서도 여러 해 동안 대한민국 1급 공무원으로 일한 흔적이 보이지 않고 순수함만 느껴진다. 그랬다. 이재율 부지사는 1986년(고시합격)에나 2018년에나 늘 그랬다. 그래서 우리는 '재율이 형'이라 부른다. 모두가 공무원의 '맏형'이라 말한다.

[경기일보] 이항복의 쇠붙이 저축

이항복의 쇠붙이 저축

| 천자춘추 |

이강석
경기테크노파크원장

白沙(백사) 李恒福(이항복) 선생이 어려서 가지에 달린 감과 팔뚝의 주인이 누구인가를 명쾌하게 정리한 일화가 있다. 이항복의 집 감나무 가지가 옆집 권 대감 집으로 넘어가 있으므로 그 집 하인들이 자신의 것이라며 감을 따러 온 이항복의 집 하인을 야단쳤다는 것이다. 이항복의 옆집은 바로 당대의 勢道家(세도가)인 좌찬성 권철의 저택으로서 주인의 권세가 높으니 하인들도 권세를 부렸다고 한다.

이에 이항복은 감나무 뿌리가 엄연히 우리 집에 내리고 있으니 우리 것이라는 주장을 펼쳤다. 다음날에 이웃집 권철 대감을 찾아갔다. 그리고 주먹으로 문창호지를 뚫고 방안으로 주먹을 내밀었다. 대감님! 그 팔은 누구 팔입니까? 당연히 네 팔이지! 그러면 대감님 댁으로 넘어온 저 감나무는 누구네 것인가요?

대장간에 놀러 온 이항복 선생은 자그마한 쇠붙이를 한두 개 주머니에 넣고 슬며시 집으로 돌아가곤 했다. 양반의 자제이니 어찌할 수도 없었던 대장장이는 어느 날 뜨겁게 달군 쇠붙이를 조금 식힌 후에 이항복 어린이의 시선에 잘 보이는 곳에 두었다. 예상대로 어린 이항복은 슬며시 쇠붙이를 깔고 앉은 후 주머니에 넣을 요량이었는데 수 백도는 되었을 쇠붙이 열기로 인해 옷이 타들어가므로 '앗 뜨거워'하면서 황급히 자리를 떠났고 도련님 골탕먹이기에 성공한 대장장이는 쾌재를 불렀다.

세월이 흘러 대장장이가 고령으로 일하기 어려워지자 성년이 된 이항복은 그를 불러 자신의 집 창고에서 쇠붙이가 한가득 들어있는 항아리를 꺼내와 전달한다. 일종의 쇠붙이 保險(보험), 古鐵(고철)연금, 鐵製(철제) 저축이었던 것이다. 대장장이는 과거 이항복의 옷이 타고 엉덩이에 화상을 입힌 일을 후회하고 용서를 빌며 고마운 마음으로 고철 보물을 받아간다.

이항복(1556~1618)은 권율장군의 사위로도 유명하다. '감나무 팔뚝사건'에 나오는 좌찬성 권철의 아들이 권율이다. 1593년 2월 지금의 고양시에서 왜군을 크게 무찌른 幸州大捷(행주대첩)의 영웅 권율 장군이다. 임진왜란 3대첩은 한산도대첩, 행주대첩, 진주성대첩이다. 말(馬)에게 쌀을 뿌려 물이 풍족한 것으로 가장하여 왜군의 공격을 막아낸 오산시 소재 세마대 전설의 주인공 권율장군이다.

훗날 萬人之上 一人之下(만인지상 일인지하)라는 領議政(영의정)에 오른 英特(영특)했던 이항복은 오늘날의 연금, 의료보험의 선구자가 아닐까 생각한다. 옆집 대감과는 팔뚝으로 대결하여 설득하는 용기가 필요하고, 건너편 대장장이의 노후를 위해 쇳조각을 저축하는 지혜를 발휘해야 하는 시대다.

[경기일보] 군청 등산로 담당자님 前 上書

2018년 12월 26일·수요일

군청 등산로 담당자님 前 上書

| 천자춘추 |

이강석
경기테크노파크 원장

시작이 반이라고 등산화를 신는 것만으로도 운동 효과가 있다는 말을 들은 바 있는데 새해가 되면 개인적 여건이 등산하기에 좋아질 수 있으니 자주 산에 오르리라 마음을 먹는다. 인생사 모든 일은 부족하고 어려운 여건에서 결정을 감행해야 의미가 있고 그 결과에서 큰 행복을 얻는다. 그래서 내일이라도 당장 등산을 가고 싶어진다.

등산로에서 700m 남았다고 이정표에서 확인했는데 평지보다 산에서는 더 멀게 느껴진다. 전문가에 말씀이 산에서의 거리는 지상에서와 마찬가지로 하늘에서 내려다보는 거리란다. 그러니 가파른 산등성이를 오르고 내려가는 것은 온전히 등산객이 감당할 몫인 것이다. 흔히 말하는 '걸어서 5분'은 지나친 주관적 표현이다. 어른과 아이에게 차이가 있는데 자신을 기준으로 말한다. 등산길은 그래서 짧은 거리는 멀게 느끼고, 먼 거리도 등산에 취하면 생각보다 가깝게 받아들인다.

골프장에서 T-샷을 하면 계곡이나 해저드 위를 날아가 안착하니 비거리 200m정도다. 하지만 골퍼는 카트를 타고 500m를 우회하여 쎄컨샷을 하게 된다. 골퍼는 500m를 이동하지만 골프공은 지름길로 날아간 것이다. 하지만 골퍼의 맨탈은 계곡으로 빠질까, 물로 들어갈까 걱정하여 힘을 쓰게 되고 그러면 그럴수록 '개미지옥'에 빠진 개미가 된다. 골프와 공직은 어깨 힘을 빼야 잘한다고 했다.

누구나 어려워하는 골프에서 거리는 m로 말한다. (고급진 골프장에서는 야드로 표현) 반면 등산로 거리표기 방식은 혼용이다. 시군청에 따라 목표지점까지 남은 거리 100m, 2km, 0.8km, 0.1km, 800m, 0.01km 등 다양하다. 개인적으로는 10km를 10,000m라고 쓰면 가늠이 어렵다. 초등학생 시절 100m달리기를 했다. 0.1km 달리기가 아니다.

짧은 거리는 m표기에 익숙하다. 그래서 거리표기 방식은 자동차 길을 안내하는 네비게이션의 법칙에 따랐으면 한다. 자동차가 출발하면 남은 거리와 도착 예상시각을 알려준다. 우회전 2km전이라 알려주다가 인근에 가면 900m 우회전이라 설명한다. 이것이 정답이다. 신경 많이 쓰는 운전자에게 0.8km남았다고 하지 않고 800m전방이라 설명하는 네비가 표준이다. 바쁜 운전자가 0.8km=800m라는 계산을 하지 않고 곧바로 800m전방이라 정보를 주는 것이다.

등산로에서도 1km 미만의 거리는 700m, 300m로 표기해 주기 바란다. 50m를 0.05km라 표기하면 혼란스럽고 9m를 0.009km라 표기해서는 더더욱 어려운 일이다. 등산로 안내판을 제작하는 회사 공장님과 시·군청 주무관님, 팀장님들께 남은 거리가 0.6km가 아니라 600m로 적어달라고 간절히 호소드린다.

[경기일보] 아파트베란다에서 장보기

2019년 1월 10일 목요일

아파트 베란다에서 장보기

│천자춘추│

이강석
경기테크노파크 원장

최근에 석좌교수님의 강의를 들었다. 건물 7층에 햄버거 가게가 성업 중이라고 한다. 인터넷, 스마트폰으로 햄버거를 주문한 젊은이들이 예약시각 햄버거 가게가 있는 7층 건물의 현관에 와서 7층에 있는 가게를 올려다보며 사인을 보내면 즉시 비닐 낙하산에 매단 햄버거가 하늘에서 내려온다는 것이다. 건물 7층은 1층보다 임대료가 저렴해 업주에게 유리하고 젊은 손님들은 늘 1층에서 만나는 햄버거 가게보다 7층에서 비닐 낙하산에 매달아 던지는 햄버거를 받아먹는 이벤트가 게를 더 좋아한다고 한다.

25년 전에 이와 비슷한 아이템이 있었다. 1994년경 우리 부부 쌍둥이 남매가 4살이던 시절에 주공아파트 4층에 살았다. 토요일이나 일요일에 아내는 밀린 일을 보기 위해 외출하였고 아이들과 셋이 있는 상황에서 "딸랑딸랑" 鐘을 흔드시는 두부장수가 오면 두부 한모를 사고 싶었다. 그런데 아이들만 집에 두고 밖에 나갔다 오기에는 걱정되고, 엄마 아빠 아무도 없으면 아이들이 놀랄 수 있다. 그래서 작은 아이디어를 냈다.

일단 두부장수 딸랑이가 들리면 베란다로 나가서 큰소리로 외친다. 사장님! 여기 두부 한모 주세요. 사장님은 주변을 두리번거리지만 사람은 보이지 않고 두부 한모 달라는 외침소리만 들린다. 여기요 4층입니다. 사장님은 고개를 들고 바라보니 웬 남자가 베란다에서 두부 한모를 주문한다. 턱을 올리고 고개를 들어 4층을 바라보시는 그 두부장사 아줌마의 표정이 참으로 애매하다. 두부 한모를 4층까지 배달해야 하나 말아야 하는가 하는 표정이다.

이때 들고 있던 바구니를 휙 던진다. 미리 빨랫줄 길이를 4층 바닥에 닿을락 말락하게 맞춰두었으므로 빨래집게에 1천원을 물린 채 바구니가 1층으로 내려지는 것이다. 두부한모를 담아주고 400원 거스름돈을 바구니에 넣고 1천원을 받는다. 그리고 밝은 표정으로 고개를 끄덕인다. 당기라는 신호다.

줄줄줄 줄을 당기면 따끈한 두부 한모를 아파트 4층 베란다를 통해 받을 수 있다. 처음에는 아내가 다른 사람들에게 창피하다고 하면서 말렸지만 몇 번 시도하는 것을 보더니 나중에는 아내도 딸랑 소리가 들리면 1천원을 바구니에 넣어서 두부를 사 올렸다고 한다. 작은 아이디어 바이러스가 전파된 것이다. 이제 몇 년 안에 두부는 물론 피자와 치킨이 드론을 타고 와 우리 아파트 창문을 두드릴 날도 멀지 않았다.

언론기고/언론보도 233

[경기일보] 기술닥터와 인생닥터

오피니언 | 2019년 2월 8일 금요일 | **경기일보**

기술닥터와 인생닥터

특별기고

이강석
前 경기테크노파크 원장

그랬다! 경기일보사 유명 관심 코너인 '천자춘추' 필진으로서 첫 번째 글로 '해관(解官)'이란 제목을 썼다. '지난해 말(2017년) 39년 8개월 공직을 마감하게 되었을 때 마음속 흔들림과 당혹함이 적지 않았는데 어느 날 새벽 1시에 잠에서 깨어 나 손에 잡은 책이 다산 정약용 선생님의 목민심서(牧民心書)로 흔들림을 잡은 바 있다'고 했다.

'관직이 교체되어도 놀라지 마라. 수령직은 교체됨이 있는 것이니 교체돼도 놀라지 않고 관직을 잃어도 연연하지 않으면 백성이 그를 존경할 것이다. 평소에 문서와 장부를 정리해 두어서 청렴하고 명백하게 하여 후환이 없도록 해야 한다'고 전했다. 그리고 '지방행정 기관의 공무원에 대한 인사는 여건상 단기간에 진행됨이 현실이니 현재 공직에 몸담은 1962년생쯤 나이에서 다산 선생님의 해관을 생각하고 그 글을 읽으면서 공감해 봄 직하다 하겠다'고도 했다.

다음으로 경기도청과 경기도의회 현판을 살려낸 사건(?)에 대해 자랑을 하다가 경기일보 기자의 취재로 그 현판이 경기도청 행정박물관에 잘 보존되었다는 사실을 알게 되어 가슴이 시리도록 행복했다. 2008년 토요일에 정문과 의회문의 문설주를 철거하는 현장에 가서 동판을 온전히 회수하여 두 기관의 총무부서에 전달한 것을 자랑하였고 이후 도가 행정박물관을 건립하자 이 곳에 보관하고 있다는 사실을 확인한 것이다.

그리고 햇수로 3년이 흘렀다. 공기관에 근무하면서 두 달에 한 번 '천자춘추' 원고마감에 관심을 갖다보니 참으로 빠르게 2년이 지나 두 번째 해관을 맞았다. 공직에 이어 공기관에서의 근무를 마치게 된 것이다. 돌이켜보면 만 2년, 햇수로는 2017~2019년 1월까지 3년을 일했다. 공직에서는 본의 아닌 규제와 관리에 치중했다면 이곳 공기관에서는 '능률과 소통'으로 일했다.

경기테크노파크가 잘하는 일로는 1, 2위를 다투는 기술닥터와 지식재산 관리가 있다. 기술닥터는 중소기업 10인 이내의 회사를 돕는 일이다. 이 회사들은 사장이 사원이고 사원이 대표이사다. 별도의 연구담당이 없다. 그래서 경영이 어렵다. 서류 1장만 제출하면 전문 인력풀 1천200명 중에 전공, 출장거리 등에 맞춰 '기술닥터'를 배정한다. 회사에 10번 이상 찾아가서 한의사처럼 경영과 기술상의 맥을 짚어 준다.

두 번째 잘하는 일이 지식재산 관리다. 우리의 경쟁국 중국은 특허출원 절차가 쉽고 우리나라보다 빠르고 쉽게 특허를 받는다고 한다. 그래서 국내기업의 특허관리가 더욱 긴요하다. 어느날 불쑥 오늘까지 나의 기술이었는데 자기의 것이란다. 특허로 등록하고 관리하지 않으면 중국기업이나 국내기업의 역습이 온다. 유도와 씨름의 '되치기'를 당할 수 있다.

이런 좋은 일을 하는 경기테크노파크에서 보람차게 일하다보니 2년이 불쑥 지나갔다. 두 번째 해관을 맞으면서 그간의 인생을 '특허관리'해야겠다는 생각이 든다. 그리고 누군가로부터 제2의 인생에 대한 '기술닥터'를 통해 인생에 대한 진료를 나도 받고 싶다.

다행스럽게도 경기테크노파크의 '기술닥터' 사업은 전국으로 파급되고 있다. 심신이 힘들고 마음과 몸이 아픈 환자에게는 거기에 맞는 전문닥터가 있듯이 소기업을 위해서는 경기테크노파크의 '기술닥터'가 있다. 하지만 두 번째 해관을 맞이한 필부에게 필요한, 201년 전에 목민심서(牧民心書)를 집필해 공직자의 길에 등불을 켜 주신 다산(茶山) 정약용 선생님 같은 '인생닥터'는 흔하지 않은 것 같다.

에어포스원

| 천자춘추 |

이강석
경기테크노파크 원장

미국 영화에서 대통령의 멋진 활약상을 보여주는 액션은 3번을 보아도 재미가 있다. 비행기에서 긴급 탈출하는 캡슐이 바다 한가운데 떨어지고 이를 구조하는 미 공군의 활약상도 멋지고 가족과 국가를 두고 고뇌하는 대통령과 측근 경호원의 멋진 액션은 볼수록 흥미롭고 닮고 싶은 일이나. 아직도 낭만스러운 영화보다는 비행기가 날고 군함이 함포사격을 하고 잠수함이 해저에서 어려움을 극복해내는 영화가 재미있으니 마음은 젊은 것이라는 자부심도 가져본다.

미국의 부자(父子) 대통령인 아버지 부시가 94세에 영면했다. 대통령 중 장수하신 부시 전 대통령의 관은 도널드 트럼프 대통령이 보낸 대통령 전용기 '에어포스 원'으로 텍사스 자택을 떠나 워싱턴DC 의사당 중앙홀로 옮겨졌다. 장남 조지 W 부시 전 대통령 내외 등 가족과 정치인들이 대거 참석한 추모식에서 공화당 폴 라이언 하원의장은 "그는 위대한 애국자였다. 여기 위대한 남자가 누워 있다"고 추모했다. 인터넷 기사 중 일부다.

또 다른 기사가 생각났다. 2011년 5월3일자 신문을 보니 5월1일 백악관 상황실에서 미국 수뇌부가 오사마 빈 라덴 작전 관련 상황보고를 받는 사진이 실렸다. 중앙에는 합동특수작전사령부 준장이 검고 큰 의자에 앉았고 그 왼쪽에 오바마 대통령이 쪽의자에서 웅크리고 앉아 있다. 신문 사진 설명은 '미국의 힘'이라고 적었다.

미국은 미국이다. 전직 대통령을 위해 현직의 에어포스 원을 띄우는 나라가 미국이고 작전의 핵심 장군이 중앙에 자리하고 대통령과 부통령, 국무부장관, 국방부장관이 사이드에서 지켜보는 자리배치가 미국의 파워라는 생각이 든다.

그리고 국익을 위해 낭파를 조월하는 나라, 나라를 위한 일이라면 목숨을 걸고 취재한 특종(特種) 원고를 불태울 수 있는 언론인이 가득한 나라가 미국이다.

미국 영화 말미에 대통령을 구조한 미 공군 수송기의 기장이 던지는 멘트가 참으로 기분 좋다. "대통령은 무사하다. 지금부터 우리가 에어포스 원이다."

쑥스럽지만, 2011년 어느 날, 국장 퇴임식날 저녁에 술에 흠뻑 취하셔서 "야!, 이강석! 네"를 연호하시던 김00 선배님을 시 업무차량에 모시고 집에까지 가서 행복한 술주정을 받은 기억이 난다. 퇴직 후 2년 만에 갑자기 우리를 떠난 그 선배님이 오늘 갑자기 보고 싶다. 그 선배야말로 당시 후배들에게는 '에어포스 원'이었다.

[경기일보] 과전불납리 이하부정관

'과전불납리 이하부정관'

<외 밭에서 신을 고쳐 매지 않고, 오얏나무 밑에서 관을 고쳐 쓰지 말라>

특별기고

이강석
前 남양주시 부시장

과전불납리 이하부정관(瓜田不納履 李下不整冠)이라는 글이 있다. 풀이를 보니 의심받기 쉬운 혐의를 말하며 "외 밭에서 신을 고쳐 매지 않고, 오얏나무 밑에서 관을 바로잡지 않는다"로 풀이된다.

지난주에 지인과 점심을 먹고 돌아오는 길에 고향 조상님 묘역에 들러 보살피고 비탈길을 내려오니 밭 뚝에 사과가 탐스럽게 달렸다. 초등학교 시절 우리 동네에 사과나무가 없었는데 50년이 지나니 풍성하게 붉은 사과를 매단 나무가 멋지게 자리하고 있다.

탐스러운 사과를 직접 볼 기회가 없었으므로 밀착해서 사진을 3컷 찍고 몇 발짝 걸어가서 선채로 인터넷 카페에 사진을 올렸다. 그런데 오비이락(烏飛梨落)이랄까. 사과밭 주인인 초등 1년 후배가 트럭을 운전해 눈앞에 정차했다. 까마귀 날자 배 떨어진다고 했다. 정말로 일부러 시간을 맞춰도 이렇게 정확할 수는 없는 일일 것이다.

차 안에서 빼꼼 내다보므로 반갑게 인사를 했다. 그리고 안부를 묻고 차는 떠났다. 그런데 묘하게도 '사과나무를 잘 키웠다'는 인사말을 했다. 차를 운전해 후배가 떠난 후에 머쓱한 상황이 찾아왔다. 사과나무 아래에 경고문을 다시 읽어보았다. "사과 따지 마세요. 따다 걸리면×××" 사진만 찍었다고, 사과를 따지 않았다고 변명하기도 어색했다. 하지만 후배는 등에 멘 가방 속이 궁금했을지도 모른다. 하지만 뭐라 말하기도 어려웠을 것이다. 그렇다고 가방을 열어 보이는 것도 모양이 아니다.

지금 직계 5대조께 인사드리고 선대를 모신 선산으로 올라가는 길이었다. 6대 이상 18대 할아버지 할머니 조상님을 모두를 걸고 사과를 만지지도 따지도 않았고 오직 근접 촬영만 했다고 말해야 하는데 변명을 들어야 할 사과밭 주인인 초등학교 후배는 떠났다. 조금 전에 탁 트인 길에서 차를 운전해 오면서 자신의 사과밭 뚝에 서 있는 남자가 지금 사진만을 찍고 있다고만 생각해 주기를 바라는 것은 나의 욕심인 듯하다. 내가 사과밭 주인이라도 저만치서 트럭을 운전하며 목도한 이 광경을 사진만 찍었다고 생각할 수 없을 것 같다.

페이스북에 이 심정을 올리면 경로를 거쳐서 한 달 후 두 달 후에라도 이 마음이 전달될까 하는 심정으로 사진과 글을 올렸다. 이제 동네 사람 누구를 통해서 이런 글이 올랐다고 넌지시 알려주는 방법을 생각해 보았다. 억지스럽다. 그럼 전화번호를 알아내서 전화를 할까. 이 또한 불편할 수 있다. 나는 사과를 따지 않았다고 말해야 하는데 조금 많이 거시기하다. 과거에는 사과나무가 참으로 소중한 자산이었다. 대구에서는 사과나무 몇 그루로 대학을 보냈다고도 하고 제주도에서는 귤나무로 대학을 졸업시켰다고 한다.

소중한 사과나무 앞에서 본의 아니게 오해를 산 것 같다. 하지만 이를 어찌 설명할 방법도 어렵고 매체를 정하기 쉽지 아니하며 전달할 사람을 정하는 것은 더더욱 힘든 일이다. 그냥 지나가는 것이 정답일까. 그런 심정을 글로 쓰면서 고사성어 하나를 알게 됐다. 이하부정관 과전불납리(李下不整冠 瓜田不納履). 과수원의 사과는 길 건너에서 바라보는 것이지 가까이 가서 사진을 찍을 대상이 아니었다.

고향은 1975년부터 그린벨트다. 어려서 본 동네 집들이 몇 채 개축만 됐을 뿐이다. 눈 감고 누구네 집이 어디쯤인지 그릴 수 있다. 여유롭게 찾아간 고향마을에서 사과나무를 만난 것은 행운이었지만 자칭 '사과 아닌 사과하는 글'을 쓰고 있다. 사과나무 사과는 근접 촬영하면 안 된다. 사과를 따지 않았다고 설명하기 위해서 지금 이렇게 장황한 '사과에 대한 글'을 쓰고 있다.

| 전매칼럼 |

공직 40년을 돌아보니

(2020.02.18 13:16)

길지 않은 인생을 살면서 봄을 맞이하는 추억은 늘 새롭습니다. 한 자리수 나이일 때에는 불쑥 찾아오는 봄이 신기했습니다. 봄은 나비와 함께 찾아오는 하늘의 선물처럼 느꼈습니다. 겨우내 눈이 쌓이고 고드름이 길게 매달렸다가 추녀 끝에 타닥타닥 얼음 녹은 물을 뿌리면 그날부터 땅속에서는 봄이 오고 있었습니다.

입춘이 지났으니 바람은 차가운데 양지바른 볏짚가리 틈새에서는 모락모락 군고구마 반으로 나눈 그 가운데에서 올라오는 열기 가득한 향기로운 김처럼 봄의 기운이 피어올랐던 것을 아이는 몰랐을 뿐이지 어른의 시각에서 보면 이미 봄은 오고 있었습니다. 그래서 봄은 참으로 차분한 시골 새색시처럼 다가서는 계절의 미색입니다. 아름다움을 간직한 수많은 자연의 봄 전령사들이 하루 이틀 숨 가쁘게 다가왔었습니다.

봄의 완성은 개구리 합창곡입니다. 소가 들어가 한 번 갈아준 논바닥 틈새로 자라난 잡초를 부여잡고 개구리는 힘차게 울어주었습니다. 개구리의 목청으로부터 나오는 진동으로 꽃이 피는 줄 알았습니다. 메마른 나뭇가지에 매달린 움들이 누구의 연락을 받고 피어날까 생각해 보았는데 그것

공직 40년을 돌아보니

전매칼럼

이 강 석
前 남양주 부시장

길지 않은 인생을 살면서 봄을 맞이하는 추억은 늘 새롭습니다. 한자리에 나이로 때에는 볼록 찾아오는 봄이 신기했습니다. 봄은 나비와 함께 찾아오는 하늘의 선물처럼 느꼈습니다. 겨우내 눈이 쌓이고 고드름이 길게 매달렸다가 추녀끝에 타다닥 얼음 녹은 물을 뿌리면 그 날부터 땅속에서는 봄이 오고 있었습니다.

입춘이 지났으니 바람은 차가운데 양지바른 볏짚끼리 틈새에는 모락모락 군고구마 반으로 나눈 그 가운데에서 올라오는 열기 가득한 향기로운 김처럼 봄의 기운이 피어올랐던 것을 아이는 몰랐을 뿐이지 어른의 시각에서 보면 이미 봄은 오고 있었습니다. 그래서 봄은 점으로 차분한 시골 새색시처럼 다가서는 계절의 미세입니다. 아름다움을 간직한 수많은 자연의 봄 전령사들이 하루 이틀 숨가쁘게 다 가왔습니다.

봄의 완성은 개구리 합창곡입니다. 소가 들어가 핥게 같이든 논바닥 틈새로 자라난 잡초를 붙여잡고 개구리는 힘차게 울어주었습니다. 개구리의 목청으로부터 나오는 진동으로 꽃이 피는 줄 알았습니다. 때마침 나무가지에 매달린 움들이 누구의 연락을 받고 피어난가 생각해 보았는데 그것은 개구리 우체부의 전보를 받은 것이었습니다.

어쩌면 평생을 이처럼 아름다운 봄맞이의 서정으로 살아가는 줄 알았지만 19세에 우연히 발을 디딘 공직에서 39년 8개월을 일하고 다시 2년 1개월을 더하니 문득 회갑, 환갑, 진갑이라 합니다. 어려서 본 회갑부부는 정말 하얀 노부부였는데 정작 그 모습은 거울을 보아도 찾을 수 없고 마음 한구석 어디에서도 잔치를 열어야 할 이유를 찾지 못했습니다.

그리고는 1년을 쉬면서 새로운 인생을 꾸미려 합니다. 그 과정에서 돌아보니 후회가 있습니다. 몇 가지 반성하는 바가 있습니다. 우선은 가족과 여행을 간 횟수가 부족해 보입니다. 아내에게 수고한다고 말한 횟수가 모자라 보입니다. 스스로 공직자라 자부심만 컸지 정작 도민을 위해 일한 것은 열 손가락에 꼽아보니 손가락 여러 개가 남습니다. 대략 따져보니 42년 동안 490번 월급을 받았습니다. 월급 주는 사장님은 봉급날이 빨리도 오고 월급날 기다리는 사원은 한 달이 길다 하겠지요.

그렇게 긴 세월동안 한 일 없이 공직을 마치고 돌아보니 이 모든 것이 인생의 한 과정이고 옛 성현들이 인생을 一場春夢(일장춘몽), 南柯一夢(남가일몽)이라 말씀하신 연유가 충분하다는데 공감을 합니다. 동시에 공직에서 조금 더 적극적으로 일하지 못한 지난날이 후회스럽고 조금 더 잘 할 수 있었는데 결단하지 못한 자신의 부족함을 후회합니다.

동시에 정치와 행정의 틈새에서 지방자치가 연륜을 더 쌓을수록 늪음과 아쉬움 사이에 작은 일 큰 사건이 상존하는 모습을 보면서 스스로 좋은 시절에 공직생활을 하고 흔히 하시는 말로 대머리가 마천구나 생각합니다. 그래도 대한민국 국새가 찍히고 대통령 직인이 올라가고 행정안전부장관이 정부 포상부에 기록된 큰직함 종이 위에 겹봉게 인쇄된 훈장을 받았으니 행복한 퇴직공무원이라 자부하는 비밀입니다.

입춘을 지내고 우수를 거친 본격적인 개구리잠 깨는 봄날을 맞이하는 즈음에 지면을 함께해 주시니 전국의 지방자치단체의 현직 공무원들이 함께 읽고 고민을 할 수 있다는 것이 의미감은 알리고 오늘 문득 퇴직한 공직자로서 지면에 인사를 드리는 것이니 좀 더 來日(내일)의 이야기는 차차 나누기로 하고 오늘 선후배 공직자 여러분께 첫인사를 올리고자 합니다.

그렇게 긴 세월동안 한 일 없이 공직을 마치고 돌아보니 이 모든 것이 인생의 한 과정이고 옛 성현들이 인생을 일장춘몽一場春夢, 남가일몽南柯一夢이라 말씀하신 연유가 충분하다는 데 공감을 합니다. 동시에 공직에서 조금 더 적극적으로 일하지 못한 지난날이 후회스럽고 조금 더 잘 할 수 있었는데 결단하지 못한 자신의 부족함을 후회합니다.

동시에 정치와 행정의 틈새에서 지방자치가 연륜을 더할수록 늘 공과 어공의 사이에 작은 일 큰 사건이 상존하는 모습을 보면서 스스로 좋은 시절에 공직생활을 하고 흔히 하시는 말로 대과없이 마쳤구나 생각합니다. 그래도 대한민국 국쇄가 찍히고 대통령 직인이 올라가고 행정안전부장관이 정부 포상부에 기록한 큼직한 종이 위에 검붉게 인쇄된 훈장을 받았으니 행복한 퇴직공무원이라 자부하는 바입니다.

입춘을 지내고 우수를 거친 본격적인 개구리 잠 깨는 봄날을 맞이하는 즈음에 지면을 할애해 주시니 전국의 지방자치단체의 현직 공무원들이 함께 읽고 고민을 할 수 있다는 것이 의미 깊은 일이고 오늘 문득 퇴직한 공직자로서 지면에 인사를 드리는 것이니 좀 더 내밀內密한 이야기는 차차 나누기로 하고 오늘 선후배 공직자 여러분께 첫인사를 올리고자 합니다.

[전국매일신문-전매칼럼] 이강석 前 남양주 부시장

| 문화일보 |

손주들 등하고 도맡으셨던 장인어른의 '내리사랑'

장인어른 (**최기순**, 1928~2019)

공무원이 되고 1985년에 결혼을 하면서 장서 간의 아버지(장인어른)를 만났습니다. 제가 중학교 1학년 때 돌아가신 선친과 장인어른은 연세가 비슷하시니 사돈 간으로 만나셨다면 젊은 시절 살아온 환경도 유사해 대화 주제도 다양했을 법합니다만, 두 분의 운명은 그러하지 못했습니다. 장인어른은 70세를 넘기면서 시골의 농사를 정리하고 도시생활을 시작하셨습니다. 마주 보거나 등진 아파트 2채를 매입하려고 한 달을 수소문했지만 새로운 분양이 아닌지라 맞춤형 아파트를 구하지 못하고 결국에는 같은 동 9라인, 5라인의 3층으로 정해졌습니다. 이 조합도 부동산의 매물을 뒤지고 찾아서 마련한 것이지요.

 이후 아이들의 유치원 문 안팎을 발이 닳도록 드나드셨습니다. 아침에 쌍둥이 남매 손자, 손녀를 데려다주시고 다시 유치원이 끝나기 1시간 전부터 입구에서 아이들을 기다리셨습니다. 유치원 아이들이 누구누구의 할아버지라고 다 알 정도였습니다. 할아버지의 손자, 손녀 사랑은 초등학교에서도 이어졌고 6년 내내 교문 앞을 지키는 키다리 할아버지가 되셨습니다.

 세월은 화살처럼 날아가 아이들이 대학을 다니고 군대를 다녀오고 직장을 잡으니 90세를 넘기셨고, 지난해 가을 많이 쇠약하시더니 어느 날 우리 곁을 떠나셨습니다. 아이들을 야단치는 딸과 사위를 오히려 나무라신 분이었습니다. 왜 우리는 지인의 부모님이 편찮으실 때는 문병을 가지 않고 있다가 장례식장에는 그리도 급하게 달려가는 것일까요.

납골묘에 봉안하고 꽃 액자를 달아드리고, 부부의 사진을 올려드려도 빈 마음이 채워지지 않습니다. 장례를 마친 후 유품 정리는 한 어르신의 인생을 차분히 되짚어보는 계기가 됐습니다. 우리 집에도 없는 쌍둥이 남매의 어린 시절 사진들이 참으로 많이 나왔습니다. 딸과 사위 사진은 별로 없고 수첩 속에 포개서 간직하신 손자, 손녀의 사진이 유난히 많았습니다. 그래서 자식 사랑보다 손자, 손녀에 대한 '내리사랑'이 더 깊고 높다고 하던가요.

그리고 유품 중에 아주 오래된 자료가 나왔습니다. 1962년 7월에 발행한

그립습니다

2020년 2월 18일 화요일 문화일보

손주들 등하교 도맡으셨던 장인어른의 '내리사랑'

최기순(1928~2019)

를 공무원이 되고 1985년에 결혼을 하면서 장서 간의 아버지(장인어른)를 만났습니다. 제가 중학교 1학년 때 돌아가신 선친과 장인어른은 연세가 비슷하시니 사돈 간에 만나셨다면 젊은 시절 살아온 환경도 유사해 대화 주제도 다양했을 법합니다만, 두 분의 운명은 그러하지 못했습니다. 장인어른은 70세를 넘기면서 시골의 농사를 정리하고 도시생활을 시작하셨습니다. 마주 보거나 등진 아파트 2채를 매입하려고 한 달을 수소문했지만 새로운 분양이 아닌지라 맞춤형 아파트를 구하지 못하고 결국에는 같은 동 9라인, 5라인의 3층으로 정해졌습니다. 이 조합도 부동산의 매물을 뒤지고 찾아서 마련한 것이지요.

이후 아이들의 유치원 문 안팎을 발이 닳도록 드나드셨습니다. 아침에 쌍둥이 남매 손자, 손녀를 데려다주시고 다시 유치원이 끝나기 1시간 전부터 입구에서 아이들을 기다리셨습니다. 유치원 아이들이 누구누구의 할아버지라고 다 알 정도였습니다. 할아버지의 손자, 손녀 사랑은 초등학교에서도 이어졌고 6년 내내 교문 앞을 지키는 키다리 할아버지가 되셨습니다. 세월은 화살처럼 날아가 아이들이 대학 다니고 군대를 다녀오고 직장을 잡으니 90세를 넘기셨고, 지난해 가을 많이 쇠약하시더니 어느 날 우리 곁을 떠나셨습니다. 아이들을 야단치는 딸과 사위를 오히려 나무라신 분이었습니다. 왜 우리는 지인의 부모님이 편찮으실 때는 문병을 가지 않고 있다가 장례식장에는 그리도 급하게 달려가는 것일까요.

납골묘에 봉안하고 꽃 액자를 달아드리고, 부부의 사진을 올려드려도 빈 마음이 채워지지 않습니다. 장례를 마친 후 유품 정리는 한 어르신의 인생을 차분히 되짚어보는 계기가 됐습니다. 우리 집에도 없는 쌍둥이 남매의 어린 시절 사진들이 참으로 많이 나왔습니다. 딸과 사위 사진은 별로 없고 수첩 속에 포개서 간직하신 손자, 손녀의 사진이 유난히 많았습니다. 그래서 자식 사랑보다 손자, 손녀에 대한 '내리사랑'이 더 깊고 높다고 하던가요.

그리고 유품 중에 아주 오래된 자료가 나왔습니다. 1962년 7월에 발행한 농민 수첩입니다. 농림축산식품부와 농촌진흥청이 농진청 개청을 기념해 만든 농업 관련 통계가 담긴 수첩입니다. 당시엔 부산시가 경남도에 있었나 봅니다. 자료에 관심이 많았기에, 이를 소중히 다루고자 경기농업기술원에 근무하는 후배 과장을 찾아가서 전했습니다. 후배는 귀한 자료라며 현관의 자료 진열대에 배치해 놨습니다. 조만간 기증자이신 아버님의 이름이 새겨질 것이라 합니다. 아이들은 마음속으로 할아버지를 자랑스러워합니다. 그래서 이 수첩 앞에 기증자의 이름이 전시되면 온 가족이 함께 경기도농업기술원에 가기로 했습니다. 그동안 봉안소에는 가족들이 여러 번 방문했습니다. 할아버지를 추모할 수 있는 공간이 그 수첩을 매개로 추가된 것입니다. 겨울이 지나고 개나리가 필 즈음에 농업기술원 전시실을 방문하려고 합니다. 아이들이 더 좋아합니다.

사람은 이름을 남기고 호랑이는 가죽을 남긴다고 합니다. 저는 농담으로 공무원은 서류를 남긴다고 말하곤 했습니다. 차분하고 꼼꼼하신 아버님 덕분에 아마도 농식품부와 농진청을 통틀어 몇 권이 남아 있을지 모를 농민 수첩이 우리나라 농업 발전에 작은 도움, 보탬이 되기를 기원합니다. 온고지신. 옛것에서 새로움을 안다는 말을 이 시대 젊은이들이 공감해주기를 바랍니다. 아버님, 저희의 행복을 성원해주시고 행복한 곳에서 편안하게 영면하소서.　　　사위 이강석 (전 남양주시 부시장)

농민수첩입니다. 농림축산식품부와 농촌진흥청이 농진청 개청을 기념해 만든 농업 관련 통계가 담긴 수첩입니다. 당시엔 부산시가 경남도에 있었나 봅니다. 자료에 관심이 많았기에, 이를 소중히 다루고자 경기도농업기술원에 근무하는 후배 과장을 찾아가서 전했습니다. 후배는 귀한 자료라며 현관의 자료 진열대에 배치해 줬습니다.

조만간 기증자이신 아이들 할아버지의 이름이 새겨질 것이라 합니다. 아이들은 마음 속으로 할아버지를 자랑스러워합니다. 그래서 이 수첩 앞에 기증자의 이름이 전시되면 온 가족이 함께 경기도농업기술원에 가기로 했습니다. 그동안 봉안소에는 가족들이 여러 번 방문했습니다. 할아버지를 추모할 수 있는 공간이 그 수첩을 매개로 추가된 것입니다. 겨울이 지나고 개나리가 필 즈음에 농업기술원 전시실을 방문하려고 합니다. 아이들이 더 좋아합니다.

사람은 이름을 남기고 호랑이는 가죽을 남긴다고 합니다. 저는 농담으로 공무원은 서류를 남긴다고 말하곤 했습니다. 차분하고 꼼꼼하신 아버님 덕분에 아마도 농식품부와 농진청을 통틀어 몇 권이 남아있을지 모를 농민수첩이 우리나라 농업발전에 작은 도움, 보탬이 되기를 기원합니다. 온고이지신. 옛것에서 새로움을 안다는 말을 이 시대 젊은이들이 공감해 주기를 바랍니다. 아버님, 저희의 행복을 성원해 주시고 행복한 곳에서 편안하게 영면하소서.

사위 이강석(전 남양주시 부시장)

| 책을 사신 젊은이를 위한 보너스 코너 |

쌍둥이 육아일기

- [이강석 글] 쌍둥이 낳고 키운 이야기
- [조선일보] 쌍둥이 태어난 지 7000일, 육아일기 7000페이지
- [중앙일보] 이강석·최경화 부부, 함께 쓴 육아일기 화제
- [한국일보] 꼬박꼬박 쓴 일기 20년
- [자화자찬] 육아일기 30년 10,000장
- [국방일보] 논산의 아들

쌍둥이 남매를 낳고 키운 이야기

아이를 기르는 일은 인간의 숭고한 의무이며 고귀한 권리이고 남녀노소 누구에게나 주어진 삶의 중요한 부분으로 나이 들어갈수록 엄숙하게 다가오는 사랑의 실천이다. 매일매일 끊임없이 쓰여지는 사랑의 육아일기장 표지가 퇴색하고 그 일기장의 빈 공간이 많아질수록 아이의 눈빛은 또렷해지고 백일상 받을 때 신었던 신발이 작아지고 소아과 병원에서 귀여운 갓난아이를 보면 힘들었던 시간의 지난날을 돌아보게 된다.

1991년 9월 9일은 육아일기를 내놓고 쓸 수 있도록 허락된 날이다. 현아, 현재 쌍둥이 남매는 우리 부부는 물론 이 세상의 아이를 좋아하는 모든 이들의 축복 속에 서울대학병원 3층에서 이날 태어났다.

우리는 쌍둥이 남매가 태어나기 전부터 이름도 성별도 모른 채 작은 아기 모습을 그리며 육아일기를 써왔다. 그 일기는 곧 우리 부부의 생활기록장이고, 아이들의 역사를 시작하는 풀뿌리와도 같은 소망이었으며 어쩌면 살아야 하는 가장 중요한 이유이기도 했다.

이제 30개월 동안 일기를 써왔고 일기장에는 '늘어난 재롱' 란이 추가되었으며 '병원방문' 란은 빈칸이 되는 날이 많아지면서 아이들의 공통점과 개성이 뚜렷하게 나타나고 있다.

출산의 기쁨

만산의 배는 사공이 2명이라 좌우로 추스르기가 어려웠다. 누워있던 아내가 몸을 반대로 움직이려면 척추 따로, 배꼽 따로 움직여야 하므로 도움이 필요했다. 출산 3일 전에 입원했는데 초음파 검사결과 한 아이는 거꾸로 있다고 한다. 아마도 아들 현재였을 것이다. 그때야 알았는데 거꾸로 있다는 아이는 바로 있는 것이고 제대로 있다는 아이가 바로 거꾸로 있다는 것이다. 머리를 아래로 하고 있어야 출산이 쉽기 때문일 것이다.

병원 입원은 긴장과 기대를 한꺼번에 느끼게 한다. 산부인과에 출산을 위해 입원한 산모는 사실 환자가 아니다. 따라서 병원이니, 병실이니 환자니 하는 것은 산모에게 어울리는 말이 아니다.

수술하는 날이 왔다. 정확히 말해 출산일이 왔다. 끼니를 거른 기억이 없는 나로서도 아침식사를 거른 채 수술실의 연락을 기다렸다. 전날 의사선생님으로부터 자연분만과 개복수술의 위험성에 대한 설명을 들은 후 각서에 서명할 때에는 결혼 후 처음으로 아내를 책임져야 한다는 의무감을 느꼈다. 분만실 앞은 부모자식의 만남의 장소이며 기다림의 시계탑이요 시간이 정체된 안개 속 긴 복도다. 초침 없는 시계소리가 더욱 크고, 조바심을 태울 재털이조차 준비되지 않은 객석이다. 연극의 2막1장이다. 2장은 아이들의 놀이방인가.

1년에 60만 명의 아이가 태어난다고 한다. 하루에 1,700명이 태어난다는 계산이다. 분만실 자동문은 기름이 말랐는지 굉음을 내며 여닫히고 간호사, 의사, 사무원들은 각양각색의 옷차림과 하나같이 굳은 표정으로 드나든다. 어느 젊은 예비 아빠는 하룻밤을 꼬박 기다려도 아내가 엄마로 진전되지 않아 안타까워하고 친정어머니는 3번째인데 또 딸이면 어쩌나 걱정하고 있다. 남의 일에 신경 쓸 때가 아니라는 생각을 하면서도 기다림 외에 할 수 있는 일도 없는 걸 어쩌나.

이 애가 이 아이의 누나

드드릉! 분만실 자동문이 힘들게 열리는 듯, 기름 마른 쇳소리를 냈고 이어서 흰 간호사가 붉은 아이를 태운 손수레를 밀고 나오면서 아내를 부른다. 이상한 일이다. 아내는 수술실 안에 있을 터인데 왜 밖을 향해 아내 이름을 부를까. 그렇다. 아내와 아이와 나는 하나이기 때문이다. 그래서 아내 이름을 부르면 다 알아들을 것이라고 생각하고 있는 것 같다. 아내의 이름이 또 불리운다. 최경화 씨!

두 번째 호명에 나는 개근상 받는 시골 초등학교 졸업생처럼 자리에서 일어났다. 간호사는 준비된 대사를 외우는 초등학교 3학년 학예회 배우처럼 말한다.

"이 애가 이 아이의 누나에요."

놀라면 머리가 나빠지고 판단력이 흐려지는가. 틀림없이 둘을 낳을 것이라면서 아이가 신생아실로 가기 전에 손과 발가락, 얼굴을 잘 살펴보고 그 모습을 꼭 기억해 두라던 아내의 당부는 그만두고 아이를 번갈아 보는 사이 아이들과 간호사는 저만큼 신생아실을 향해 가고 있었다.

같은 방에서 3일 전 출산한 부인도 쌍둥이에 대한 관심에 불편한 몸을 이끌고 분만실까지 찾아와 아빠와 아기들의 상봉을 함께 하며 '남매 쌍둥이'라며 기뻐했다. 다시 말해 딸과 아들을 한꺼번에 얻은 일인데 1분 차이로 누나와 동생이 판가름난 것이다. 혹자는 이렇게 1분 차이로 누나와 동생으로 판가름나는 것에 불복해 의학적으로는 나중에 태어난 아이가 어머니 뱃속에서는 먼저 탄생한 것이라고 주장하기도 한단다.

그 만남의 시간은 15초 정도로 짧았지만 지난 1년간 쌓인 이야기를 다 나눈 것보다 진지했다.

수다쟁이가 목메인 사연

아내는 아직 분만실에 있다. 아이를 신생아실로 보내자 이번에는 아내를 기다리는 남편이 되었다. 남의 집 대문 문지방을 넘을 때에는 다리가 후들거릴 정도로 겁이 많았던 나는 분만실 입구의 '관계자 외 출입금지' 표지를 무시하고 살며시 안으로 들어갔다. 그리고 아내를 찾았다. 평상시에는 몰랐는데 누워있는 아내를 찾기가 쉽지 않았다.

아내는 하얀 침대 위에 흰 이불을 덮고 잠든 듯 누워있었다. 눈을 뜨고 있었으나 아무 생각이 없는 듯했다. 살며시 손을 잡았다. 아내는 미리 준비한 연기자처럼 느긋하게 눈길을 내게 돌리며 잔잔히 미소지었다.

"우리 아기 예뻐?"

"……."

나는 대사를 잃어버린 조연배우처럼 머뭇거렸다. 준비한 말도 없었고 갑자기 마이크를 받은 방청객처럼 입이 딱 달라붙는다. 평소 말이 많아 수다쟁이로 통하던 말재주는 어디 가고 어색한 침묵의 시간이 흘렀다. 잠시 후 아내의 침대를 밀고 개선장군처럼 우리 방으로 돌아오는 나 자신의 당당한 모습은 또 다른 관객이 된 아내의 남편으로서만 간직하고 있다.

공중전화카드에 감사

아내를 방으로 데려다 놓고 나니 할 일이 없다. 평소 전화번호 수첩이 없는 데다 숫자 기억에는 재주가 없지만 생각나고 기억되는 전화번호를 누르기 시작했다. 아이들의 친가와 외가 중 어느 쪽에 먼저 전화를 드려야 하는가에 망설이다가 양쪽에 모두 먼저 전화를 드렸노라고 말했다. 이제는 시간이 흘러 정말로 어느 분께 먼저 전화를 드렸는지 기억이 나지 않는다.

다음은 사무실 동료와 평소 아이가 없음을 걱정해 주시던 분들께도 이 기쁜 소식을 알렸고 병원주소까지 알아내고 축전을 보내주신 분들의 따뜻한 정을 지금도 앨범 속에 간직하고 있다.

다음날 어머니께서 오셨다. 시골에서 나서 시골로 시집오신 어머니는 서울 지리에 밝지 못하셨는데도 혼자서 병원까지 오셨다. 아내는 딸만 낳았으면 오시지 않았을 것이라면서 은근한 미소를 보냈고 오시자마자 기저귀를 갈아야 하지 않겠냐면서 확인절차부터 차리셨다고 또 한 번 남아선호 사상에 대해 이의를 제기했다. 고부가 기념촬영을 했다. 아이 낳고 기념사진을 찍은 산모도 흔치 않을 것이다. 어머니께서는 아이들이 신생아실로 돌아갈 때 문밖까지 배웅하셨고 집으로 내려가실 때에도 아이들을 찾아 짧은 이별 후 긴 재회를 기약하셨다.

출산 전까지는 일반식이 나오더니 이날부터는 미역국이 배달되었다. 입원 후 병원 밥은 나의 차지였다. 출산 후 몇 끼니를 지내면서 아내의 몫이 되었다. 아내의 식사량이 늘자 우리는 김밥을 사서 국물과 함께 먹었다. 그리고 식용이 증대되면서 아내의 말도 증가하기 시작했다.

옆 침대의 산모에게 오늘의 출산 금메달이 있기까지의 역사를 이야기하는 데는 여러 시간이 소요되었고 고독한 관객의 반응도 좋아 어느새 친숙해지곤 했다. 여성들의 대화 중 임신과 출산은 공통의 화제였다.

자연분만은 3일이면 퇴원하므로 10여 일 입원기간 동안 1명의 선배 산모와 3명의 후배 아이 엄마를 파트너로 갈아치우며 300일 야화는 밤 깊도록 계속되었다.

육아일기는 온몸으로 쓰는 것

우리 부부는 성별을 바꾸어 아들은 아내가, 딸아이는 내가 안고 9월의 뙤약볕을 지나 집으로 돌아왔다. 중원귀향(금의환향)이라고나 할까. 그리고 몸으로 육아일기를 쓰기 시작했다.

육아는 크게 4가지 항목으로 나눌 수 있다. 그것은 수유, 배설, 목욕, 취침이다. 아이는 목욕할 때 큰다고 한다. 따끈한 물에 몸을 담그고 부드러운 비누칠을 하면 포동포동하고 흰 살결이 반짝거린다. 아이는 눈만 빛나는 것이 아니라 몸 전체가 별이다.

아이의 고향은 엄마의 양수라던가. 물과 아이는 친하다. 쌍둥이 남매는 좁게 있다가 태어났으므로 넓은 목욕탕에 물을 많이 받아 매일매일 목욕을 시켰다. 목욕은 앉기도 하고 일으켜 세워서 하기도 한다. 아이는 목욕을 할 때 큰다고 한다.

목욕시간은 전쟁상황이다. 먼저 새 옷과 큰 수건을 준비한다. 머리감기는 일은 아빠의 몫이다. 왼쪽 겨드랑이에 아이를 안고 허리를 감아쥔 다음 머리 뒷편을 왼손으로 바치고 머리를 감긴다. 물을 칠하고 비누를 문지르되 귀에 물이 들어가지 않도록 조심해야 하며 맑은 물로 머리를 헹구고 얼굴을 두세 번 잽싸게 문지르면 아이는 울기 시작하는데 이때 일으켜 앉히면서 머리의 물기를 말리고 헤어드라이어를 왼손으로 가리면서 쓰다듬어 준다. 목욕은 우리 부부 저녁 일과 중 1시간 분량의 육아과정이다.

먹는 일은 가르치지 않아도 아기는 태어나면서 본능적으로 가지고 있다. 모유가 부족했으므로 우유를 먹였다. 먼저 우유병을 삶아야 한다. 이 일은 지난 2년 반 동안 매일 3번 정도 반복해 온 일로서 총 2만7천 개를 끓였다는 계산이 나온다. 어떤 이는 아이에게 먹인 분유통을 백일상 뒤에 장식하기도 했다는데 두 아이가 먹은 분유 빈 통은 고스란히 자원재생용 분리수거통에 매주 반납되었다.

우유를 먹일 때는 온도가 중요하다. 분유를 따뜻한 물에 잘 풀어서 흔들어 준 다음 자신의 손등에 뿌려서 뜨거운 느낌이 있으면 되며 병을 손으로 잡아보아도 온도를 알 수 있다. 두 아이가 동시에 보채면 한 아이는 안고 또한 아이는 나의 발목에 눕히고 먹이면 된다.

궁하면 통하고 두드리면 열린다. 나는 '공중급유기'를 개발했다. 장롱 위에 긴 막대를 매달아 로봇팔을 만든 다음 그 끝에 줄을 매어 바닥으로 내렸다. 그 끝에 우유병을 매달아 물려주면 고사리 손으로 병을 잡고 맛있게 먹는다. 두 아이를 동시에 급유할 때는 로봇팔 끝에 십자가처럼 막대를 매달면 된다.

우유병이 바뀌지 않도록 신경을 썼으나 병모양이나 색으로 구분하였더라면 하는 아쉬움이 있다.

배설은 노래에도 나온다. 진자리 마른자리 갈아 뉘시며…… 많은 목욕물을 좋아하면서 적은 물기는 싫어하는 것은 아이나 어른이나 마찬가지다. 요즘은 전자칩이 기저귀 갈아줄 때를 알려준다지만 아이의 표정으로 이를 먼저 감지하는 것이 엄마의 눈이다.

잠자는 일은 아이, 어른 할 것 없이 중요한 일이다. 우리 부부는 잠자는 시간과 기상시간을 조정했다. 저녁잠이 많은 나는 9시 뉴스가 끝나면 잠자리에 든다. 아내는 새벽 1시까지 아이를 보다가 아침에는 일어나질 못한다. 3년여 습관으로 아침식사 준비는 남편의 일이 되었다.

아침에 일어나면 우유병 2개에 쥬스에 담아 아이들 머리맡에 놓아준다. 잠에서 깨면 목이 마를 것이다. 아내는 계속 잠에 빠져 있다. 잠든 모습은 아이나 아내나 똑같이 평온하다. 그러나 쌍둥이 엄마가 잠에서 깨면 이것저것 잔심부름을 시킬 것이다. 출산 초 도와주던 일들이 이제는 아빠의 고유사무가 되었다.

아내가 아이를 키우는 것을 옆에서 지켜만 보고서는 할 말이 많지 않을 것이다. 물론 감성적이거나 글 솜씨가 있는 아빠는 쓸 말이 많을 것이겠지만.

육아는 소품 많은 예술

어찌 보면 아이와의 하루는 매일 매일이 똑같은 일의 반복일 수도 있다. 요즘에는 출근 준비, 아침식사 준비로 분주한 가운데 TV소리가 궁금한 아이들은 눈을 비비고 일어난다. 자고 깬 아이들은 소파 위에 누워 조금 전 머리맡에 놓아준 쥬스병을 물고 TV를 본다. 잠시 후 현재(남자아이)는 조간신문을 차분히 살피고 현아(여자아이)는 집안 살림살이 참견을 시작할 것이다.

출근시간이 되면 아이들의 눈망울도 초롱초롱해지고 드디어 이해하기 어려운 아내의 한 마디로 아침 해가 뜬다.

"자, 오늘도 하루 살아보자."

5년 동안 아이 없이 신혼생활을 보냈던 아내는 요즈음 두 아이를 키우는데 바빠 시간내기가 어려운 가운데 주말을 기다린다. 토요일 오후와 일요일에는 어김없이 개인 스케줄을 만들어 놓고 나의 퇴근을 재촉한다. 퇴근한 아빠의 구두굽 소리가 가시기도 전에 아내는 대문을 나선다.

육아를 영화로 치면 소품이 가장 많고 다양한 작품이다. 가장 작은 면봉, 분유 숟가락, 하얀 기저귀, 병원 약 봉투, 그리고 커다란 아빠와 뚱뚱한 할머니까지. 작은 주연배우와 큰 조연배우, 그리고 하얀 의사와 간호사, 우유집 아저씨, 쥬스 아줌마까지.

두 아이를 혼자 보는 것은 벅찬 일이다. 이 일은 아이가 어렸을 때 더 어렵다. 1년, 2년 지나면서 아기 보기가 쉬워진다. 그리고 아이가 크면서 어떤 때는 1개월 단위로 육아방법이 바뀌어야 한다는 생각도 들었다.

갓난아이 때는 나란히 뉘어놓고 기저귀를 갈고 우유를 먹였는데 특히 기저귀 갈 때는 남자는 남자, 여자는 여자로서의 변화를 주어서 좋았다. 요즈음 쉬를 가리는데 사내아이 현재는 플라스틱 병에 받아 처리하면 되는데 여자아이 현아는 어린이용 변기에 앉혀야 하는 번거로움이 있다.

한 번은 두 아이를 혼자 보는데 사내아이의 오줌발이 심상치 않아 화장실 변기에 앉혔는데 예상대로 덩어리를 몇 자락 빠트리는 것이다. 휴우 한숨을 쉬면서 아내가 당부한 대로 아이를 씻겨 내보내고 화장실을 정리하는데 저쪽에서 우는 소리가 들린다.

아이고 어쩌나! 세상의 아빠들이여. 대한大寒이가 소한이네 왔다가 얼어 죽었다고 하였던가. 그러나 소변보다 대변이 무섭다는 말을 들어보셨는가. 더구나 맑은 경우보다 흐리거나 비 오는 대변은 더더욱 무섭다. 2차 세계대전, 진주만 폭격, 노르망디 상륙작전이었다.

역사를 보면 아이를 키우는 일로 인생이 바뀐 경우는 없는 것 같다. 사랑을 위해 왕위를 버렸거나 미인 때문에 전쟁이 일어난 사실은 있지만 아이 때문에 역사가 달라진 경우는 찾기 어렵다.

그러나 우리 부부는 육아와 함께 인생이 바뀌고 있다. 평소 의견대립이 별로 없었고 그래서 이른바 부부싸움거리를 찾지 못했던 우리는 육아문제로 싸우는 일이 생겼다. 신혼 5년 동안 일찍 퇴근하라는 말을 수없이 하므로 언제까지 그 말을 할 것인가 물으니 아이를 낳으면 남편을 쳐다보지도 않겠노라 농담을 했었다.

그런데 아이를 낳고도 퇴근을 독촉하는 아내에게 지난날의 공약을 물으니 그때 한 말은 아이가 하나일 경우를 전제로 한 것이라며 억지를 쓴다.

사실 그 말은 억지가 아니다. 정말로 아이를 키우는 일은 힘들다. 아이를 보아주면 매일매일 먹이고 재워주겠노라 약속을 받고 한나절 아이를 본 거지가 동냥자루를 다시 짊어지고 홀연히 떠났다고 하였던가. 이는 동서고금의 진리로 남을 일이다. 다만 이 속담은 거지와 아이의 관계가 남남임을 간과하고 있었다.

육아일기

우리는 아이의 성장기에 맞추어 내용이 달라지는 우리만의 육아일기를 쓴다. 일어난 시간, 우유와 쥬스를 먹은 양, 병원방문기록, 늘어난 재롱, 엄마의 일기, 아빠의 일기, 국내 주요 뉴스 등을 기록해 간다.

이 육아일기장은 우리 부부의 인생기록이다. 아이들이 커서 자신의 일기장을 갖게 되어도 우리는 이 일기를 계속 쓸 것이다. 그리고 쌓인 일기장은 아이들을 향한 사랑의 조각이 되고 아이들에게 있어서는 인생과 사랑의 교과서가 될 것으로 생각하며 주변의 젊은 부부에게 육아 참고서가 되도록 정상을 다해 써나갈 것이다.

이 육아일기는 두 아이가 커서 또 다른 육아일기, 우리 손자의 일기를 쓸 때까지 계속될 것이다. 다만 우리 아이들이 쓸 육아일기는 연필이 아닌 컴퓨터로 작성하겠지만 그 내용은 지금이 이 육아일기와 크게 다르지 않을 것이다.

지금은 잠들 시간

아내와 아이들은 지금 깊은 잠에 빠져 있다. 내일의 전쟁을 위해 지금은 쉬고 있는 것인가. 옆서 지켜본 육아일기를 써야 하는데 연극에서 말하면 조연인 아빠의 대사가 더 많았다. 그러나 대사가 많은 것이 주연배우의 필수조건은 아닌 것이다.

우리집 육아일기의 주연은 아내요, 가정의 연출가는 주부이며 아이가 가장 먼저 배우는 말은 엄마인 것이다. 3살 된 아이들은 오늘도 아빠를 엄마라고 부른다. (1994. 3. 24)

[조선일보] ESSAY / 2010년 12월 16일

쌍둥이 태어난 지 7000일, 육아일기 7000페이지

결혼 후 5년 만에 태어난 아기… 기침해도 예쁘고 하품해도 예쁘다. 쌍둥이의 육아일기를 써온 지 20년.

이제 아들은 군대 갈 나이이고… 딸은 시집갈 준비를 하겠지

가슴 졸이며 애태웠던 7000여 일의 부모 맘을 아이들은 기억할까.

어느새 스무살이 되어버린 쌍둥이 아이들. 대학 기숙사에 들어가 있어 한 달에 두 번 정도 오는 아이들이 갑자기 남처럼 행동할 때면 소스라치게 놀란다. 벌써 부모 둥지를 떠난 새가 되었나 하는 생각에, 아쉬움 속에 쌍둥이 남매의 육아일기를 들춰보니 20년 동안 하루하루 써 온 게 어느덧 55권에 7000여 페이지나 된다. 아이들이 태어난 날에 찍은 손도장·발도장부터 2살짜리 쌍둥이 남매가 색연필로 마구 그은 낙서, 술 취해 귀가한 아빠의 흐뭇한 웃음이 밴 글까지….

우리 부부는 5년 가까이 본의 아니게 신혼으로 살았다. 아내는 혼자 죄인처럼 서울의 불임클리닉을 들락거렸다. "왜 아직 아기가 없느냐"는 소리를 듣는 게 여간 어렵지 않은 일이었다.

그러던 어느 날 아내는 환한 얼굴로 병원에서 받아온 사진 한 장을 내밀었다. 검은색 파도 물결 속에 흰 점 2개가 박혀 있는 초음파 사진이었다. 이렇게 점 하나로 시작해서 태어나는 새 생명의 신비감이란…. 아내는 그때의 기쁨을 이렇게 썼다. '오늘로 임신 3개월이다. 네 번 입원해 검사와 진

료를 받았다. 병원에 입원하면 좋은 일이 아니라지만, 산부인과 입원은 행복한 일이다.' (1991년 2월 27일) 'TV에서 권투경기가 나와서 다른 채널로 바꾸었다. 태교가 중요하다는데 심리적 부담이 되는 것은 보지도 말하지도 말아야겠다.' (1991년 3월 30일) 이렇게 태어난 남매 쌍둥이는 우리 부부의 기쁨이었다. 그래서 아기를 받자마자 병원에서 준 팔찌 두 개를 앨범에 보관했다. 그리고 매일매일 무엇을 먹고 언제 병원을 갔는지, 어떤 예쁜 짓을 하는지 미주알고주알 적기 시작했다. 아내의 심정과 아빠의 퇴근 후 생각도 썼다. 사진만으로는 아이들의 소중함을 간직하기에 부족했다.

백일을 맞은 기쁨이 육아일기에 고스란히 남아있다. '정말 오랫동안 기다려 낳은 우리 아이들 백일이다. 신기하게도 애를 안으면 편하고 업으면 푸근한 느낌이 온다.' (1991년 12월 17일) 사실 아내의 글을 보면 온통 아기 자랑이다. 기침해도 예쁘고 하품해도 더더욱 예쁘단다. 이렇게 감성으로 뭉쳐진 말들을 쏟아내는 걸 보니 엄마는 누구나 시인이 되나 보다.

쌍둥이라서 그런지 아이들은 신기하게도 함께 아프곤 했다. 새벽까지 보채는 쌍둥이 때문에 아내는 매일 파김치가 되어 늦잠에 빠지곤 했다. 내가 대신 일찍 일어나 밥을 하고 국을 끓였다. 아이들을 위해 우유병 20개를 삶아놓고 우유병 2개를 타서 먹이고는 또 2개 우유병에 분유와 영양제를 적당히 넣어 식탁 위에 놓고 출근했다.

초등학교 입학식 날은 정말 행복했다. 아내는 딸아이의 머리를 반질거릴 정도로 고무줄로 당겨 매주었다. 두 아이의 손을 잡고 학교로 향했다(1998년 3월 2일). '반찬 먹기 수첩'도 있다. '콩 10원, 김치 10원, 고추장 찍어서 먹으면 500원, 파 넣은 계란 50원, 한약 혼자 먹기 50원'(2000년 11월 19일) 아이들이 편식하지 말라고 음식마다 용돈을 매겼다.

아이들의 초등학교 4학년 때 일기에는 나의 반성문도 있다. 아내는 두 아이 숙제도 봐주고 간식도 챙겨야 하므로 육체적으로 정신적으로 힘든 시절이었다. 그런데 어느 날 아침 나는 아내와 한바탕 하고 말았다. 반성문을 썼다. '고생하는 당신에게 미안합니다. 사랑합니다.'(2001년 1월 19일)

아내는 아이들이 공부 안 하는 게 자기 탓이라며 걱정했다. '아이들이 정말로 시험을 못 보았다. 그동안 내가 신경 쓰지 않은 것이 문제인가 보다.'(2004년 10월 8일) 아내는 초등학교 과정은 자기가 가르칠 수 있었지만 중학교에 들어가니 어려움이 많다고 했다.

아이들은 초등학교부터 고등학교까지 같은 학교에 다녔다. 같은 배에서 나온 쌍둥이라도 어찌 그리 성격도 다른지. 딸은 공부를 열심히 했지만 사춘기 아들은 고등학교 때 툭하면 가방을 내팽개쳐 아내의 속을 무던히 썩였다. 그런 아이가 대학에 갔다. 대학 기숙사에 짐을 실어다 주고 오던 날, 아내는 아이들과 떨어진다는 사실에 가슴이 메나 보다. 차를 몰며 30분 동안 말없이 차선만 바라보았다.

이제 얼마 안 있으면 아들은 군대에 갈 것이고, 딸은 시집갈 준비를 하겠지. 하루하루 잘못될까 가슴 졸이며 애태웠던 7000여 일들을 기억이나 할까. 먼 훗날 아이들은 자신들을 키운 육아일기, 교육일기, 인생일기를 펴보고 '가족'과 '사랑'을 생각할 것이다. 그것으로 충분하다.

요즘 저출산이 심각하다고 한다. 우리 육아일기에도 어려웠던 얘기가 많다. 그러나 아이들과 함께한 날들은 그 몇십 배, 몇백 배 행복했다. 아기 낳기를 꺼리는 젊은 부부에게 이 얘기를 들려주고 싶다.

[중앙일보] 2011년 1월 14일

이강석·최경화 부부, 함께 쓴 육아일기 화제

얼굴 모르고 이름 짓지 않은 두 아이를 위해 앨범을 마련했다. 그들이 살아가면서 일어나는 대소사를 정리해 결혼할 때 선물로 주고 싶다.' (1991년 3월 5일) 이강석(53)·최경화(48)씨 부부가 21년간 함께 쓴 육아일기의 첫 구절이다.

경기도 수원에 있는 이씨 부부의 집 책장 안엔 날짜가 적힌 파일이 가득하다. 모두 56권. A4용지로만 7000여 장이 넘는다. 한 권을 펼치자 검은색 펜으로 쓴 글이 한눈에 들어왔다.

경기도 수원의 이강석 씨 가족이 한 자리에 모여 21년 간 작성한 육아일기를 보고 있다.
왼쪽부터 아들 현재 씨, 부인 최경화 씨, 딸 현아 씨, 저자.

'태교가 중요하다는데 심리적 부담이 되는 것은 보지도 말하지도 말아야겠다.' (최경화 · 1991년 3월 30일), '만삭의 배는 사공이 두 명(쌍둥이)이라 좌우로 추스르기가 어려웠다. 누워있던 아내가 몸을 반대로 움직이려면 도움이 필요했다.' (이강석 · 1991년 8월)

그해 9월 최씨는 딸 현아(20)와 아들 현재(20)를 제왕절개로 낳았다. 이들 부부가 육아일기를 쓰기 시작한 건 부인 최씨가 결혼 5년 만에 임신을 하면서다. 그러나 복수가 차는 등 몸에 문제가 생기면서 병원에 입·퇴원하기를 반복했다. 최씨는 입원기간에 일어난 몸의 변화와 감정 등을 수첩에 적어 내려갔다. 수첩에 남은 공간을 남편 이씨가 채우면서 자연스럽게 공동 육아일기가 됐다.

'정말 오랫동안 기다려 낳은 우리 아이들의 백일이다. 신기하게도 애를 안으면 편하고 업으면 푸근한 느낌이 온다.' (최경화 · 1991년 12월 17일) 메모처럼 짤막하게 정리한 글에서는 아이들에 대한 사랑이 한껏 묻어난다. '현아가 아파서 짜증을 낸다. 우유병을 집어 던진다. 또 아플까 봐, 짜증을 낼까 봐 무섭다.' (최경화 · 1993년 5월 12일)

해마다 찍은 아이들의 발도장 사진, 그림 낙서, 처음으로 이름을 쓴 종이 등 자료도 함께 모았다. 이씨는 "우리 가족에겐 역사책이나 다름없다"고 말했다. 일기장은 가족 간의 갈등을 해소하는 역할도 했다.

육아일기는 아이들이 대학생이 된 지금도 계속되고 있다. 이씨 부부는 "현아와 현재가 결혼해 아이를 낳으면 그 아이들에게도 육아일기를 써줄 생각"이라며 "요즘 육아 부담 등으로 출산을 기피하는 젊은이가 많은데 '육아는 행복한 삶의 완성' 이라는 것을 알아주면 좋겠다"고 말했다.

글 · 사진=최모란 기자

[한국일보]

꼬박꼬박 쓴 쌍둥이 육아일기

주부 최경화씨의 '가보 1호'
파일만 54권… "어렵게 가진 아이들이라 더 소중했죠"
대소변 색깔까지 꼼꼼히 기록, 손자손녀들도 써줄 예정

입력시간 : 2010.10.20 22:45:16

이제 어엿한 대학생으로 자란 쌍둥이의 발도장을 보여주는 최경화씨. 소파에 그득 쌓인 양육일기는 그의 가보 1호다.

경기 수원 매탄3동에 사는 최경화(47) 씨의 책장에는 숫자 1부터 54까지 붙어 있는 파일이 나란히 꽂혀 있다. 파일에는 누렇게 바랜 종이에 메모나 편지, 사진, 낙서까지 아이들의 성장 기록과 모습이 차곡차곡 담겨 있다. "어렵게 갖게 된 아이들이라 육아일기를 쓰기 시작했는데 벌써 20년이나 흘렀네요."

최씨가 육아일기를 쓰기 시작한 건 1985년. 결혼 후 남편 이강석(52) 씨의 대학원 진학으로 미뤄왔던 아이를 가지면서부터다. 최씨는 배란이 잘 되지 않는 다낭성 난소증후군으로 임신이 잘 안 돼 마음고생을 하다 1990년 12월 서울 혜화동 서울대병원에서 인공수정으로 뜻을 이뤘다.

몸도 약해 수차례 입·퇴원을 반복해야 했다. "알러지로 복수가 찼어요. 급기야 임신 4주밖에 안됐는데 8개월 된 임산부처럼 배가 불러 1991년 1월 15일 입원해야 했죠. 그 날 A4용지 크기 다이어리를 찢어 '입원' 이라고 달랑 한 글자 써 넣은 것이 시작이었어요."

그해 9월 딸 현아(19)와 아들 현재(19)를 제왕절개로 낳은 최씨는 아이 둘 키우며 '전쟁'을 치르느라 소홀했던 일기장을 100일 만에 펼쳤다.

"결혼한 지 5년 만에 낳은 아이라 뭐라 표현할 수 없이 기뻤다. 지금도 이 글을 쓰면서 잘 실감이 나지 않는다. 너무 기쁘거나 슬프면 눈물이 안 나던데 태어날 땐 그저 담담했다."(1991년 12월 17일)

그는 쌍둥이 육아의 특성상 딸과 아들의 하루 생활을 구분하기 위해 기상시간, 낮잠시간, 식사 메뉴, 대·소변 색깔까지 기록했고, 기록은 육아일기로 발전했다. 직장생활에 바쁜 남편 이씨도 가세해 아이들 돌보는 데 소홀해 미안한 마음을 표현하기도 했고, 매년 발도장을 찍기도 했다. 육아일기는 1년에 3~4권씩 쌓였다. 대학에 진학한 두 남매에게 엄마의 일기는 가장 큰 보물, 성장 과정을 한 눈에 볼 수 있기 때문이다. "아이들이 커서 3,4살 때 낙서한 것도 모아놨어요. 그걸 보더니 껄껄대며 웃더라고요."

육아일기는 때로 불임 부부에게 희망을 줬다. "10년 전쯤 난임으로 고통받던 한 지인을 집으로 초대해 일기를 보여주며 치료에만 전념해 보라고 했더니 다니던 일을 그만두고 병원치료 끝에 아이를 가졌어요."

최씨는 "아이들이 결혼해 낳은 손자 손녀의 육아일기도 쓸 생각"이라며, "재산을 물려주는 것도 중요하겠지만 아이들이 태어나고 성장하는 과정을 부모가 직접 정리해 주는 것도 소중한 자산이 될 것"이라고 말했다.

[자화자찬]

육아일기 30년 10,000장

쌍둥이 남매를 키운 부부는 말한다. "두 아이 키운 육아일기가 우리 집의 보물이죠." 20년간 써 온 육아일기를 경기도 기네스북에 등재한 내용을 보도한 2010년 6월 15일 신문 기사 제목이다. "스스로 작성해 온 육아일기를 한 곳에 모아 놓으니 20년이라는 세월이 결코 짧지만은 않다"며 "이번 일을 계기로 다시 아이들의 장성일기, 장년일기를 지속적으로 써야겠다"고 다짐했다. 기사의 마무리다.

그 다짐이 10년을 이어왔다. 매일 1~2페이지씩 써온 일기를 담은 바인더 북이 이제 100권이다. 30년을 365일로 계산하면 10,950일이다. 바인더 북에 간직한 일기장이 10,000장을 넘어선 것이다. 육아일기 쓰기의 주인공

은 수원시 영통구 매탄3동 최경화. 최씨가 이처럼 30년간 일기를 쓰게 된 동력은 쌍둥이 남매다. 쌍둥이 이야기를 처음 보도한 언론은 경기일보다. 경기일보 월간지 '신경기' 1994년 3월호, 4월호에 사진과 함께 육아일기가 소개됐다. "아이를 기르는 일은 인간의 숭고한 의무이며 고귀한 권리이고 남녀노소 누구에게나 주어진 삶의 중요한 부분으로 나이 들어갈수록 엄숙하게 다가오는 사랑의 실천이다."

남매 쌍둥이 이야기는 'KTX매거진' 2011년 3월 5일자에 실렸다. '우리는 얼굴 모르고 이름 짓지도 않은 두 아이를 위해 앨범을 마련했다. 태어나기 전부터 그들이 살아가면서 일어나는 대소사를 규격 없이 정리해 결혼할 때 건물로 주고 싶다.' 쌍둥이 남매 아이들은 1991년 9월생이다.

최씨의 쌍둥이 이야기의 전환점은 2010년 경기도가 주관한 기네스 행사에서 20년 육아일기로 등재되면서부터다. 이후 2010년에 MBC, SBS, KBS 순으로 방송을 탔다. 기호일보, 한국일보, 교통방송 이홍렬이 만난 사람, 조선일보 에세이, 중앙일보, 경기신문, KTX 매거진, 국방일보에 글이 올랐다. 최씨는 결혼 후 5년 만에 쌍둥이를 임신했다. 의과대학교 교수님의 시험관 시술을 통해 쌍둥이를 만나게 된 것이다. 노심초사 태교를 하며 관리했다. "모든 부모에게 자식이 소중한 것은 당연하겠지만 저에게 쌍둥이 남매는 특별했지요. 그래서 아이를 키우면서 모든 것을 기록하고 보관하고 싶었죠."

최씨는 일기장 바인더북은 만물상이고 백화점이다. 아이들 사진첩도 열 권이 넘지만 육아일기에는 색다른 것이 더 많이 있다. 병원 접수증, 영수증, 아이들 낙서, 발도장, 축전, 반찬 먹기 수첩 등 다양한 자료들이 함께 있다. 쌍둥이 남매가 살아온 29년이 입체적으로 날짜 순으로 고스란히 정리돼 있다. 언제 몇 시 몇 분에 분유를 먹었는지 우유를 마셨는지 병원에 가서 무슨 처방을 받고 어느 약을 먹었는지 정확히 알 수 있다.

예방접종도 출생 1년 이내, 이후로 구분되어 기록하고 있다. 생후 12개월까지는 BCG, B형간염, 소아마비, 뇌수막염, 폐렴구균 예방접종을 받아야 한다. 2개월, 3개월, 6개월, 12개월에 예방접종을 받아야 했다.

처음에는 아이들의 급식과 이유식 등 주로 먹고 자고 배설하는 내용으로 일기를 썼다. 이후 유치원에 가면서 그리기 등이 추가되고 상장을 받으면 그날 일기장에 보관했다. 초등학교 생활도 기록되었다. 친한 친구, 싸운 친구, 선생님 말씀, 알림장 등 일기장을 넘기면 1학년에서 6학년까지의 기록이 모두 나온다. 이후 중학교와 고등학교를 거쳐서 딸은 대학을 가고 아들은 논산에서 훈련을 받은 후 전경대에 배속되어 만기근무하고 전역했다. 22개월 군 생활 중 주고받은 편지와 아들을 군대에 보낸 소감을 별도로 적었다. 바인더북 13권 분량이다. 아들은 제대하면서 논산훈련소에 인터넷으로 보낸 편지뭉치를 들고 집으로 돌아왔다.

최씨의 기록에 대한 집념이 강했고 더불어 남편 이강석(61)씨의 도움도 있었다. 경기도청에서 2019년 초 42년간의 공직을 마치고 행정사를 개업한 남편 이씨는 아이들을 위해 '쌍둥이 일기장'을 설계했다. 1994년 6월에는 '우리들의 사랑이야기'라는 제목으로 일기장 서식을 만들었다. 일어난 시간, 병원 방문, 낮잠, 엄마일기, 아빠의 공간 등을 만들었다. 8월에는 '50년 만의 폭염과 싸우며 비를 기다리며…'로 정했다. 1995년 4월에는 '자전거를 사달라는 아이들', 6월에는 '여름의 길목에서 가을을 생각하며'로 정했다. 부부는 아이들이 성장하자 육아일기를 가족일기로 전환했다. 가족들과의 대소사를 적어가는 인생일기로 발전했다. 힘든 일, 기쁜 일, 즐거운 이야기를 적었다. 보일러 수리 영수증과 기사님 명함을 일기장에 넣어두었다가 1년 반 후에 요긴하게 재활용했다. 아빠가 쌍둥이 남매 생일축하로 보낸 축전은 지금도 멜로디를 연주한다며 자랑한다.

최씨의 관심은 출산과 육아. 최근 국가적으로 걱정하고 있는 저출산에 대해 '아이를 낳고 키우는 행복을 젊은이들이 공감하도록 하는 것' 이 최선의 대책이라고 말한다. 엄마가 되는 행복을 알게 하고 아빠의 의미를 깨닫게 하는 인문학적 정책이 필요하다고 강조한다. 아이를 임신하고 낳고 키우는 모든 과정이 최고의 행복이라고 최씨는 강조한다.

그리고 육아일기를 쓰고 싶은데 매일 쓰는 것을 힘들게 생각하는 젊은 부모들에게 육아일기는 일기장에 글로 쓰는 것이 아니라 아이들이 성장하는 과정에서 발견되는 삶의 조각을 모아 아이들의 인생을 모자이크해 주는 부모가 행복한 일이라는 점을 강조하고 싶다고 말했다. 일기를 쓰지 않고 넘어갔다면 일기를 쓰지 않은 것이 아니라 그만큼 아이들에게 집중했던 것이라고 해석하면 될 것이라고도 했다. 육아일기를 쓰다가 중단하는 것을 미리 걱정하는 엄마들에게 육아일기 쓰기를 권장하기 위함이다.

그동안 신문, 방송, 주간지 등에 게재되면서 일반에 알려졌고, 부부는 언론에 보도된 이후에는 평생 일기를 써야 한다는 사명감도 생겨났다. 남편 이씨는 공직을 마친 후 글쓰기에 관심을 가지고 공직 경험을 글로 정리하고 있다. 공직경험을 정리한 책《공무원의 길 차마고도》(한누리미디어)를 출간했다. 공직생활 중 공보실 근무경험을 정리한 두 번째 책을 준비하고 있다. 이씨는 2011년에 다양한 분야에서 일하는 여러 엄마아빠의 육아경험을 적은 글을 담아낸《아기 냄새》(도서출판 푸른 돛)라는 책속에 부부의 육아 이야기를 실었다. 3년간 육아를 도우면서 느낀 아빠의 마음을 적어냈다. 주변 지인들이 일기장을 보고 눈물지은 일도 있다고 한다.

부부는 쌍둥이 남매 1부터 3세 당시의 일기를 인터넷에 올려 젊은 부부들이 참고하도록 했다. 인터넷에서 '엄마엄마 9109' 를 검색하면 최씨가 쓴 아이들 1세~5세까지의 일기장 일부를 읽을 수 있다. 또한 육아 Tip을 올리고 있다. 부부는 2019년에도 매일저녁 일기를 쓴다. 아내가 바쁘면 남편이 써서 화일을 채워준다. 더러는 글로 전하는 부부의 대화의 장이 되기도 한다. 이틀 이내에는 서로서로 일기장을 넘겨보기 때문이다. 힘든 일을 이겨 나가려는 의지, 서로에 대한 고마움을 표현하는 공동대화의 무대가 일기장이다.

최씨는 "육아일기가 학생일기, 군대일기, 인생일기로 확대해 나가는 동안 나 자신의 인생을 기록하는 역사가 되었다"고 말하고 "쌍둥이를 키운 경험이 주변의 젊은 엄마 아빠에게 작은 도움이 된다면 참으로 행복한 일"이라고 말했다. 그는 앞으로 아이들이 결혼해서 손자 손녀를 낳으면 그 이야기를 바탕으로 매일매일 일기를 쓰고 싶다고 말했다.

부부는 기록에 있어서 전문가다. 아내 최씨는 육아일기 100권과 함께 맛있는 음식 레시피를 모은 자료집이 76권이다. 가족 여행기록이 10권, 취미 생활 자료집이 10권이다. 여성을 위한 교육기관 수료증은 물론 강의들은 내용도 관리하고 있다. 부지런한 성격이니 개근상이고 봉사활동을 잘하니 공로상을 여러 번 받았다.

남편 이씨는 42년간의 공무원 발령장 40장을 꼬박꼬박 모아 관리하다가 지난해에 경기도청 박물관에 기증했다. 이씨는 공직생활 중 가족이나 친지에게 보낸 편지 사본을 모았다. 공직근무 중 생각을 정리한 자료를 보관하면서 퇴직 이후 활용하고 있다. 인터넷에 올려 관리한다. 이제 일을 시작하면 바인더북 제목을 정하는 것이 우선이다. 장기교육 중에는 강의내용을 적어 자료집을 만들어 동료들에게 나누어 주었다.

최근에는 지인 부부와 4명이 여행을 다닌다. 휴게소에서 음료수를 마시면서 메모를 하는 아내를 보고 '무엇을 그리 열심히 적느냐?' 물었다. 아내가 답했다. "일기장에 쓸 거예요. 오늘 다녀온 이야기는 밤 12시 안에 일기로 기록되고 그 영수증이 함께 첨부될 거예요." 해외 다녀온 기록장은 주변의 지인들에게 빌려주기도 했다. 최씨의 육아일기, 인생일기, 여행 기록은 앞으로도 쭉~ 계속될 것이다.

[국방일보]

논산의 아들! 조국의 아들!

논산의 아들! 조국의 아들!

어렵게 딸 아들 쌍둥이를 낳은 기쁨의 순간이 아직도 생생한데 국가의 부름을 적은 문서가 인터넷으로 날아왔다. 새로운 세계로 가야 한다는 막연한 불안감으로 네 식구 모두가 마음이 개운치 않았다. "이 병장! 밥맛이 좋냐?" 하면 "그렇게 말하지 마세요!" 하며 아들은 고개를 떨구었다. 아들의 사진이 입대 10일 만에 인터넷에 떴다. 군복 사진 맨 앞줄에서 파이팅을 외치는 아들의 모습이 멋지다. 같은 중대원으로 만난 이 땅의 아들들이 모두가 한집 아들인지 참 잘생겼다. 군복이 아들에게도 어울린다는 사실이 자랑스럽고 가슴 찡하다.

4월 25일, 우리 가족에게 역사적인 시간이 왔다. 오후 1시 30분에 연병장에 모였다. 1800명이 넘는 아들들이 모였는데 가족을 포함하면 1만 명은 족히 돼 보였다. 기수단이 입장하고 장정들이 연병장으로 모여들었다. 21년 전에 아들 낳았다고 행복해한 부모가 이렇게 많았나? 입소식에서 26연대장 윤미숙 대령의 격려 말씀을 들었다. 스탠드를 가득 메운 가족들에게 "여러분의 장한 아들을 잘 훈련시켜 훌륭한 군인으로 육성하겠다"고 다짐했다. 입영 가족들에게는 "어머니의 마음으로 보듬어 안겠다"는 말씀으로 들렸다. 모두 감동했다.

5월 5일 전화벨이 울렸다. 아들 목소리였다. 무슨 말을 했는지 기억나지 않았지만 정신을 차리고 보니 묻기만 하고 답을 듣지 못했다. 하지만 잘 있다고 한다. 고마울 뿐이었다. 시장 보러 간 아내에게 전화를 해서 아들 전화가 왔다고 알려 주었다. 얼굴을 본 듯 좋아라 한다. 아내는 집으로 온 아들 전화를 받지 못한 것을 안타까워하면서도 가족 면회의 날을 기다린다. 아내는 바빠졌다. 아이스박스를 닦고 김밥용 김을 챙기고 준비할 품목을 메모하기 시작했다. 메모지에 적힌 품목수가 15개를 넘어가고 매일 늘어난다.

이제 우리 부부의 아들은 논산의 아들, 아니 대한민국의 아들이 됐다. 6월 1일에 아들을 만나면 무슨 이야기를 해야 할지 즐거운 고민을 시작했다.

<제 26교육연대 이현재 훈련병 아버지 이강석>

[국방일보]

논산의 아들은 조국의 아들

> 이 편지는 쌍둥이 엄마의 끝내지 못한 육아일기의 후속편입니다. 논산훈련소 연병장에(눈물을 감추기 위해) 테 굵은 선글라스를 쓰고 가서 아들을 보내고 훈련 중 걸려온 전화에 감동을 받아 이 글을 쓰게 되었습니다. 아빠는 미안하게도 엄마가 불러주는 대로 적어서 국방일보에 보냈습니다.

병원을 수차례 다녀서 어렵게 딸 아들 쌍둥이를 낳은 기쁨의 순간이 아직도 생생한데 국가의 부름을 적은 문서가 인터넷으로 날아왔다. 새로운 세계로 가야 한다는 막연한 불안감으로 네 식구 모두가 마음이 개운치 않았다.

"이 병장! 밥맛이 좋나?" 하면 "그렇게 말하지 마세요!" 하며 아들은 고개를 떨구었다. 그러던 아들의 사진이 입대 10일 만에 인터넷에 떴다. 군복 사진 맨 앞 줄에서 파이팅을 외치는 아들의 모습이 멋지다. 같은 중대원으로 만난 이 땅의 아들들이 모두가 한 집 아들인지 참 잘생겼다. 군복이 아들에게도 어울린다는 사실이 자랑스럽고 가슴 찡하다.

2011년 4월 25일, 우리 가족에게 역사적인 시간이 왔다. 오후 1시 30분에 연병장에 모였다. 1800명이 넘는 아들들이 모였는데 가족을 포함하면 1만 명은 족히 돼 보였다. 기수단이 입장하고 장정들이 연병장으로 모여들었다. 21년 전에 아들 낳았다고 행복해 한 부모가 이렇게 많았나?

입소식에서 26연대장 윤미숙 대령의 격려 말씀을 들었다. 스탠드를 가득 메운 가족들에게 "여러분의 장한 아들을 잘 훈련시켜 훌륭한 군인으로 육성하겠다"고 다짐했다. 입영 가족들에게는 "어머니의 마음으로 보듬어 안 겠다"는 말씀으로 들렸다. 모두 감동했다.

5월 5일 전화벨이 울렸다. 아들 목소리였다. 무슨 말을 했는지 기억나지 않았지만 정신을 차리고 보니 묻기만 하고 답을 듣지 못했다. 하지만 잘 있다고 한다. 고마울 뿐이었다. 시장 보러 간 아내에게 전화를 해서 아들 전화가 왔다고 알려 주었다. 얼굴을 본 듯 좋아라 한다.

사실 며칠 전에 군대 간 아들에게 연락이 왔다. 눈이 퉁퉁 부어 병원에 가는 길이라고 한다. 26연대 본부중대장 지규상 대위가 핸드폰으로 연결해 주었다. 젊은 중대장이 아들의 마음을 조금이라도 편안하게 해 주려고 엄마에게 전화를 연결해 주었나 보다. 아들을 맡고 있는 5중대장과 본부중대장이 그저 감사하고 고마울 뿐이다.

아내는 집으로 온 아들 전화를 받지 못한 것을 안타까워 하면서도 1998년에 폐지됐다가 13년 만에 부활된 가족 면회의 날을 기다린다. 인터넷을 보면 논산지역 경제 활성화에도 기여하고 있단다. 아내는 바빠졌다. 아이스박스를 닦고 김밥용 김을 챙기고 준비할 품목을 메모하기 시작했다. 메모지에 적힌 품목수가 15개를 넘어가고 매일 늘어난다. 이제 우리 부부의 아들은 논산의 아들, 아니 대한민국의 아들이 됐다. 6월 1일에 아들을 만나면 무슨 이야기를 해야 할지 즐거운 고민을 시작했다.

엄마 신발 & 아들 군화

논산 연병장에 차려진 엄마의 부엌

| 책갈피 속에 숨겨서 전하는 글 |

부단체장의 역할에 대한 경험적 생각

부단체장의 위치와 역할을 설명해 주는 선배가 없습니다. 그래서 홀로 터득해야 하는 참으로 다양한 해석이 가능한 자리의 역할입니다. 우선 부단체장은 말 그대로 부기관장입니다.

부시장은 도 자원의 부단체장 요원을 도지사가 전출 발령하고 시장군수가 임명합니다. 도와 시군간의 협의를 통해 인사교류를 합니다. 도의 국장이 시청으로 가고 시청의 부시장이 도의 국장으로 전보됩니다.

경기도청에는 행정1부지사, 행정2부지사, 평화부지사가 있습니다. 행정1부지사는 행정안전부 자원으로 임명합니다. 행정2부지사와 평화부지사는 도지사가 행정안전부의 승인을 받아 임명합니다. 부지사 발령을 승인하기 위해 행정안전부장관이 대통령의 재가(결재)를 받는 줄 압니다.

정부에서 행정1부지사가 임명을 받아 경기도에 근무하듯이 도내 시군 부단체장은 도지사가 관리 운용하는 것은 도에서 보내진 부단체장이 시군 행정을 총괄하고 관리한다는 의미가 담겨 있다고 봅니다.

그러니 때로는 시군의 공무원들이 기관장에게 "NO"라고 말하지 못하는 경우에 부단체장이 나서서 "아니 되옵니다"를 외쳐야 하는 경우도 있다는 강의를 들은 바가 있습니다. 그런 일이 없기를 바라지만 어느 순간 엄청난 일이 다가올 수도 있습니다.

하지만 일단은 부단체장으로서 시군행정 발전을 위해 노력해야 합니다. 어느 순간 다가올 엄청난 사건은 마음 속으로만 다짐하시면 됩니다. 부임하는 날부터 열심히 챙기고 특히, 기관장님을 향한 집단민원이 오는 경우 기관장님을 피신시키고 부단체장이 전면에 나서야 합니다.

그런데 민원에 대해서 처음부터 나서지 않고 팀장, 과장, 국장이 조정을 하도록 해야 합니다. 처음부터 부시장이 나서면 조율할 시간을 갖지 못합니다. 집단민원은 냉각기도 필요합니다. 부시장이 면담을 하거나 단체 민원인을 접견하는 경우에는 대표 3~6명을 집무실이 아닌 넓은 회의실에서 책상을 놓고 대면하고 수첩에 말씀을 기록하면서 대화를 하시기 바랍니다. 민원인 대표에게 설명을 할 때에는 요구조건 중 수용 가능한 것을 먼저 말하고 수용이 불가한 것은 나중에 말합니다.

부단체장은 부서간의 화합과 조화, 도와의 원활한 관계 유지와 발전, 나아가서 중앙과의 연결을 통해 소속 시군 발전을 위한 대외협력관의 역할을 하여야 합니다. 그리고 시군의 중심 행정기관으로서 경찰, 검찰, 세무, 선관위, 군부대 지휘관, 기타 정부기관과의 원활한 협력관계도 중요합니다.

혹시 도로굴착을 위한 협의회가 정례적으로 열리는데, 부단체장이 해당 시군의 지하에 매설되는 상수도, 하수도, 전기, 통신, 공동구 등 지하매설물 설치공사시 시민불편을 줄이고 경비를 최소화하는 노력을 해야 합니다. 공공기관, 정부기관, 민간기업, 건설사 등과의 원활한 소통과 조율을 해야 하는 업무 분야입니다.

부단체장은 시군청의 조회, 간부회의 등에서는 단체장님과 함께 하지만 밖에서는 늘 혼자입니다. 시장군수 가시는 곳에 부단체장은 가지 않습니다. 단체장이 가셔야 하는 행사에 일정상 사정상 못 가시므로 부단체장이

가는 것입니다. 이것도 부단체장이 그 행사에 간다는 것을 직접, 또는 간부 공무원을 통해서 기관장께 사전 보고를 해야 합니다.

그러니 기관장 비서실장이 부단체장에게 이 행사에 참석해 달라신다는 전갈이 있을 수 있고, 아니면 행사담당 과장이나 국장이 기관장에게 참석을 보고드리고 못 가시는 경우에 부단체장을 참석자로 하겠다. 사전 구두결재를 받는 형식이 취해져야 합니다. 그러니 늘 기관장님이 부단체장이 대리 참석하는 것을 아시는가 확인해 보시기 바랍니다. 시장 군수님이 못 가시는 행사나 회의에 무턱대고 달려가는 부단체장은 없습니다.

물론 부단체장이 책임관인 경우는 다릅니다. 인사위원회, 도시건축위원회, 복지위원회, 시정 관련 각종 위원회는 대부분 부단체장이 책임관이고 위원장이니 이 경우에는 기관장님의 결재를 따로 받을 필요가 없겠습니다. 다만 인사위원회와 특정하게 전통적으로 기관장님이 챙기시는 위원회가 있을 것입니다. 담당 국장에게 확인해 보시기 바랍니다. 전임 부단체장과 식사를 하시면서 대화를 하시고 그 내용을 메모하시기 바랍니다.

부단체장은 비상연락이 가능하도록 하고 걸려온 전화를 즉시 받고, 총무팀이나 부속실 직원에게 행선지를 알려주어야 합니다. 특별한 사정이 없다면 부단체장은 24시간 365일 관내에서 숙식하시기 바랍니다.

저녁식사 등 일정이 있으면 일찍 나가고 없으면 6시 정시에 퇴근하시기 바랍니다. 늦게까지 사무실에서 할 일이 있다면 부속실 나가라 하고 혼자 머무시기 바랍니다. 자신의 방 보안시스템을 알아야 합니다. 패스워드를 스마트폰에 저장하시고 열쇠가 있다면 당직실의 위치를 알아 두시기 바랍니다.

식사는 천천히 하셔야 합니다. 함께 밥을 먹는 젊은 직원들이 편안하게 식사를 할 수 있도록 보조를 맞추라는 말입니다. 먼저 받았다고 뜨거운 해장국을 호루룩 먹고 딱하니 앉아있으면 후배 공무원들이 급하게 먹느라

체하고 무엇을 먹었는지도 모를 것입니다.

　식사 중에는 장황하게 이런저런 사안에 대해 말하고 옆좌석의 간부가 이만 가시자고 할 때까지 앉아서 느긋하게 대화를 주도하시기 바랍니다. 내 말도 하면서 더러 중간층 직원들이 말할 기회를 만들어 주시기 바랍니다.

　저는 조금 특이하게 근무했습니다. 출퇴근은 걸어서 다녔습니다. 위원회에서 쓰는 의사봉을 전용으로 지참하고 가서 위원회를 진행하고 다시 챙겨서 사무실에 보관하였습니다. 각 부서 직원에게 의사봉 챙기는 일 하나 덜어준 것입니다. 위원회나 조회, 행사장에는 일찍 10분 정도 미리 가서 자리를 잡았습니다.

　이유가 있습니다. 위원회에 참여하시는 분들 중에는 선배 공직자도 있고 관내 기관장, 60세가 넘으신 원로들도 많습니다. 그런데 위원장인 부단체장이 정시에 맞춰서 담당계장의 안내를 받으며 회의장에 입장하는 모습은 결코 아름답지 않았다고 생각했습니다. 시청 군청이 아닌 밖에서 열리는 행사의 경우에는 20분 일찍 가서 행사장의 분위기를 파악하고 인사말을 구상해 보시기 바랍니다.

　실내행사, 시군청 행사를 시군청 회의실에서 하는 경우, 즉 위원회 등에도 10분 정도 일찍 가시는 것도 고려해 보시기 바랍니다. 위원회에 오시는 대학교수, 관내 협력기관의 간부들은 부단체장의 부지런한 모습을 좋아하고 이를 주변의 사람들에게 인터넷 선물처럼 전파해 주십니다.

　부단체장은 차량, 기사, 법인카드가 있으므로 별도의 여비를 지급하지 않습니다. 여비로 쓸 부분이 법인카드로 가능합니다. 경리팀장에서 미리 물어보시거나 부속실 직원에게 확인해 보시기 바랍니다.

　실과별 용지, 읍면별 용지를 수첩 첫 페이지에 붙이시고 식사하면 동그라미를 치시기 바랍니다. 각 부서를 2번 돌면 1년이 가고 예산이 소진될 것입니다. 비싼 집보다는 저렴하고 편안한 식당을 잡으시기 바랍니다.

동료 직원들의 음주운전이 없도록 도심의 식당과 청사에서 가까운 식당을 정하시고 먼 곳의 식당을 정하는 경우에는 술을 마시지 않는 직원을 확보하여 안전운행하도록 지도하시기 바랍니다.

회식의 경우에는 가장 먼저 가서 기다리셔야 합니다. 전통적으로 과거에는 전원 참석 후 10분 이상 지나서 부서장이 도착했습니다. 하지만 이제는 달라져야 합니다. 모두 도착한 후에 지각하시면 회식의 의미가 낮아집니다. 일찍 가서 자리잡고 먼저 온 동료 후배들과 대화하면서 자연스럽게 소통하시기 바랍니다.

식사 시작 후 40분쯤 후에 다른 일이 있는 분들은 가시도록 하고 남은 분들과 식사를 마무리하시기 바랍니다. 동료 직원들 중에는 노부모를 모시는 분, 아이를 유아원이나 어린이집에 가서 데리고 퇴근하여야 하는 경우가 많습니다. 모두를 잡고 있는 것은 요즘 시대의 리더가 아니라고 들었습니다.

간부회의 시에는 미리 원고를 준비하여 5분 이내로 짧게 하시기 바랍니다. 이야기한 원고를 청내 통신망에 올리는 방법도 있을 것입니다. 특히 기관장님 훈시 후에 그 내용을 가지고 한 번 더 반복하는 과거의 어느 부단체장 이야기가 있습니다. 이미 수첩에 기록한 것을 다시 쓰게 하면 안됩니다. 부단체장은 현재 진행 중인 업무를 채근하기보다는 미래지향적인 행정의 방향성을 제시해야 할 것입니다.

이왕 말을 시작했으니 저의 외부손님 만남의 과정을 말씀드리겠습니다. 연속으로 손님이 오시는 경우, 가시는 손님에 집중합니다. 가시는 분이 후배이면 복도 2층에서 배웅하고 동료, 3년 정도 선배는 청사 현관에서 보내드렸습니다. 10년 이상 선배이거나 연세가 높으신 분의 경우에는 차량까지 안내했습니다. 의무는 아니고 그냥 제가 그렇게 했다고 말씀 드리는 것입니다. 참고사항입니다.

결재는 물론 외부인사 접견 시에도 문을 열어두는 것이 좋습니다. 특히 화가 난 민원인을 만날 경우에 문을 열어두어야 합니다. 예상하지 못한 상황이 올 수도 있으니 늘 문을 열어두시기 바랍니다.

그리고 공무원들의 결재시간을 정하지 말고 손님이 있어도 양해를 구하고 결재를 합니다. 전자결재가 일반화된 요즘에 서류를 들고 오는 경우는 이미 결정된 사항에 서명만 하시면 되는 간명한 것이 대부분일 것입니다. 결재를 받기 위해 기다리는 행정은 불식해야 할 과제입니다.

보름, 1개월쯤 근무하고 나서 기관장님 편안하신 시간을 확인해서 독대를 하시기 바랍니다. 꼭 해야 하는 것은 아니지만 기관장님은 새로 오신 부단체장에게 듣고 싶은 말이 있을 것이고 부탁, 지시하실 사항이 있을 것입니다. 늦지 않게 독대를 해서 궁금증을 풀어드리시기 바랍니다. 말씀드릴 내용은 도의원과의 관계, 시군의회 의원님과의 식사를 한 바 느낌 등 정무적인 분야를 고민해 보시기 바랍니다.

언론사 출입기자들에게 오찬 인사가 늦지 않도록 공보관에게 챙기시기 바랍니다. 소방서장, 경찰서 간부, 국가기관의 간부, 법원 검찰 부기관장에게도 인사를 가실 것입니다. 늦지 않게 서두르시기 바랍니다. 복지시설을 방문하는 일정도 있을 것입니다. 사회과장과 협의하시기 바랍니다.

축전, 화환을 보내주신 분들에게는 전화, 문자도 드리겠지만 워딩편지에 컬러 청색으로 서명을 해서 내 돈으로 산 우표를 붙여서 보내시기 바랍니다. 화분 리본은 취임 3일 차에 가위로 잘라서 보관하시면 좋겠습니다. 그리고 화분은 7개만 남기고 나머지 화분을 각 부서에 분양 할애割愛하시기 바랍니다.

도대체 부단체장의 업무에는 기준점도 상한도 하한도 없습니다. 그냥 과장 국장이 일정 잡아주는 대로 끌려다니는 것이고 일정이 없으면 방에 혼자 앉아서 시간을 보내야 합니다. 밥을 사겠다는 사람이 없으니 스스로 밥

먹을 사람을 정하고 식당을 잡고 진행해야 합니다.

부속실에서 부시장 오찬, 만찬을 잡으려면 여러 번 전화해야 하고 복잡하고 어렵습니다. 부단체장 전화와 카톡, 문자로 일정을 잡고 수첩에 적은 후 부속실에 알려주면 됩니다. 이렇게 일정이 잡혔다고 알려주고 부속실과 일정을 공유해야 합니다.

기관장실의 비서실장, 수행비서, 내근비서, 그리고 부단체장실 근무자 모두를 부시장이 하나의 팀원으로 관리해야 합니다. 한 달에 한 번 정도 저녁식사를 하시기 바랍니다. 기관장님은 일정이 바쁘고 해서 기관장실 근무자를 챙기시지 못합니다. 이는 부단체장의 몫이라고 생각합니다.

읍면동 공무원들과 점심을 먹으면서 소통하시기 바랍니다. 읍면동의 경우 민원처리 때문에 4명 정도가 남아서 근무를 하고 먼저 식사한 동료와 교대합니다. 그러니 12시에 모이면 1차 식사팀은 보내고 12시 40분경에 교대하는 직원들이 와서 식사를 시작하면 양해를 구하고 식당에서 나와 다음 일정으로 가시기 바랍니다.

이상 말씀드린 것은 정답은 아니고 경험과 개인적인 생각입니다. 그냥 참고만 하시기 바랍니다. 그리고 문장 속에 숨겨서 한 말씀만 더 드리겠습니다. 부단체장의 근무기간이 긴 경우 2년, 대개는 1년, 6개월도 있습니다. 4급 부군수, 3급 부시장, 2급 부시장이 있고 도에도 3급 국장과 2급 실장이 있으니 인사 운영상 부단체장의 재임기간이 길게 가지 못합니다.

하지만 일단 현충탑에 헌화분향하고 기관장님을 만나 부단체장 발령장을 받는 즉시 관사나 관내로 이사를 하셔야 합니다. 그리고 낮이나 저녁이나 늘 우리 시의 이 땅에 뼈를 묻는다는 정신으로 임해야 합니다.

앞으로 남은 공직기간은 오로지 우리 시에서 일한다고 해야 합니다. 우리 시라고 해야 합니다. 그리고 도청에 근무했다는 사실은 시청 군청 공무원은 물론 모든 시민, 군민이 아십니다. 필요한 경우 이외에는 도청 이야기를 꺼내지 말기를 바랍니다.

　오로지 지금의 부군수, 부시장 업무에만 전념하시고 우리 시와 우리 군을 위해 일하시기 바랍니다. 과거 다른 부서, 다른 기관에 근무한 사례를 공식적 자리에서 언급하는 것은 금물입니다. 하지만 관내 도의원과의 간담회를 잊지 마시기 바랍니다. 시의원과 오찬을 하신 다음 주에는 도의원을 만나 식사를 하면서 예산지원, 조례제정 등을 논의하시기 바랍니다.

　행사장에 가서는 정무적인 감각을 최대한으로 끌어 올려야 합니다. 이곳에 부시장이 폼 잡으러 온 것이 아니라 시장님이 바쁜 일정으로 오시지 못하여 대신 참석한 경우가 대부분입니다. 그러니, 우리 시장님이 바쁘셔서 오시지 못한 바를 양해 드리고 간결한 인사말로 맺어야 합니다. 시장님용 연설문을 받았을 것이니 줄이고 간명하게 정리해서 말씀하시기 바랍니다.

　그 속에 반드시 들어가야 할 말이 더 있습니다. 국회의원, 도의원, 시의원, 군의원, 참석 기관장을 소개하는 것입니다. 대개 행사주관 회장, 시장 군수, 의장이 인사말을 하기에 의원들은 시간관계상 참석만 하고 인사말을 할 마이크가 부족합니다.

　그러니 부시장이 참석하신 의원님을 소개하고 조금 여유가 있는 행사라면 일어서서 시민들에게 인사를 올리도록 멘트를 준비하시기 바랍니다. 의원님 소개는 의장, 부의장, 위원장 순이고 그 이후에는 의회에서 만든 의원님 사진이 들어간 명판의 차례로 하시면 됩니다. 도의원, 시의원의 소개 순서를 워딩해서 연설문 앞장에 첨부해 두면 요긴합니다.

　민간이 주도하는 행사에 행정과 의정이 참여하는 경우에는 시청의 담당 주무팀장이 사회자 시나리오 중 선거직 소개부분을 집중 검토하여 미진한 경우 컨설팅을 하도록 간부회의에서 지시하시기 바랍니다.

　부시장도 주머니에 의원님 명단을 가지고 있다가 참석하신 의원을 동그라미해서 인사말을 하면서 참석하신 의원을 순서에 맞게 소개하시기 바랍니다. 오지 않으신 분을 소개하는 경우는 특별한 사유가 있어야 할 것입니다. 불참 의원을 소개하는 경우에 지적을 받을 수 있습니다.

　의원소개는 과도해도 안 되겠지만 너무 단순해도 섭섭합니다. 시민과 함께하는 행사에서는 주관적 용어나 문학적, 시적인 단어를 쓰지 말아야 합니다. 가끔 의도와는 다른 해석으로 오해를 당하는 경우가 있습니다.

　여기에서 소개한 내용을 다른 분에게 이 책에서 보았다 말씀하시지 마세요. 제가 다 감당하기에 어려운 이야기가 들어간 것 같거든요. 하지만 우리의 삶이 대부분 그러하듯이 '로마의 법'을 따라야 하는 경우가 있습니다. 해당 시군의 오랜 전통과 시행착오를 거쳐 오늘에 이른 의전룰이 있을 것입니다.

　끝까지 읽으신 분들에게 영진, 영전의 기쁨이 가득하시기를 바랍니다. 연전연승, 매번 승진의 기회를 맞이하시기 바랍니다.

2020년 3월 5일

불초 이강석 드림

| 책갈피 속에 숨겨서 전하는 글 |

과장, 동장, 소장의 역할에 대한 경험적 생각

공무원의 꽃은 사무관입니다. 사무관은 지방행정사무관, 행정사무관이 있습니다만 이는 지방직과 국가직을 구분하는 것이고 두 자리 모두 5급입니다. 5급 공무원은 행정고시를 합격하여 임용된 사무관이 있고, 6급 공무원중 사무관 요원을 선발하여 연수를 받도록 한 후에 승진임용하는 경우가 있습니다.

1970년대에는 시군청에 과장 직무대리로 발령을 받아 근무하면서 승진시험을 합격한 후에 지방행정사무관에 임용하였습니다. 그 과정에서 해당 시군의 다른 6급 고참계장과 직무대리 과장이 시험으로 경쟁을 하였기에 이로 인한 부작용이 극심했습니다.

정부는 이 같은 논란이 많은 사무관 승진시험제도에 대한 부단한 개선을 지속적으로 추진해 왔고 주관식 시험, 객관식 시험제도를 거친 후에 1995년경에 승진시험 제도를 폐지하였습니다. 그리고 인사평가를 통해 승진대상자를 심사로 결정하고 행정안전부의 교육을 받도록 한 후에 5급에 임용하였습니다.

공무원 직렬은 다양한데 통상의 지방공무원 조직에서는 일반직과 기술직이 있고 기술직은 4급 지방시설서기관까지 승진한 이후 3급부터는 통합되어 지방부이사관, 2급은 지방이사관이라 칭합니다.

직렬은 지방공무원임용령에 그 순서가 규정되어 있으므로, 행정기관의 인사발령지 순서를 정하는 기준이 됩니다. 행정, 세무, 전산, 교육행정, 사회복지, 사서, 속기, 공업, 농업, 녹지, 수의, 해양수산, 보건, 식품위생, 의료기술, 의무, 약무, 간호, 보건진료, 환경, 시설, 방송통신 등이 있습니다.

그러니 인사발령에서 자신의 이름이 어느 순서에 호명될까는 직렬 순서를 따라가면 되는데 또 하나의 기준은 급이니 통상 시군청에서는 3급부터 시작해서 4급으로 내려가며 최종 9급까지 발표를 하게 됩니다. 그러니까 3급 승진과 전보, 4급 승진과 전보로 가되 급마다 각각의 직렬순으로 인사발령 발표자 명단을 작성한다는 말입니다.

1981년 4월 20일까지는 공무원은 5등급으로 구분되었습니다. 그래서 1970년대에는 흔히 5급을류 공무원, 5급 공무원 시험을 본다고 했습니다. 5급공무원은 다시 갑류와 을류로 구분되었고 5급 을류는 지금의 9급, 5급 갑류는 지금의 8급이 됩니다. 그래서 4급을은 7급, 4급갑은 6급으로 올라가고 3을이 사무관, 3갑이 서기관, 2을이 부이사관, 2갑은 이사관, 그리고 1급은 갑을 없이 관리관이 됩니다.

그리하여 1970년대 5급을류, 오늘날의 9급 공무원으로 공직에 들어와 25년만에 다시 5급 공무원이 되었다는 농담이 있습니다. 대략 9급 공무원에서 6급을 거쳐 5급에 이르는 데 소요되는 기간은 광역자치단체와 기초자치단체간에 차이가 있습니다만 평균적으로 11년이 필요합니다.

2018년 자료를 보면 지방자치단체의 6급 공무원이 5급에 승진하는 데 걸린 기간은 11년이고 시도별로는 경기도가 12.7년으로 가장 오래 걸렸고, 세종시는 5.4년에 5급에 승진하였습니다. 서울 9.3 부산 8.8 대구 10.1 인천 12.2 광주 8.8 대전 10.6 울산 11.5 세종 5.4 강원 12.0 충북 10.9 충남 12.4 전북 10.9 전남 11.5 경북 11.2 경남 11.7 제주도 11.6년입니다.

개인적인 소견으로 세종시는 최근에 기초를 합하여 광역자치단체가 되면서 고위직 자리가 늘어난 것으로 분석되고 대부분의 지역은 대략 6급으로 11년을 근무하게 됩니다. 다만 이 통계는 주사에서 사무관으로 승진한 경우일 것이므로 6급이나 7급에서 퇴직을 하는 경우도 많다는 점을 마음에 담아 두어야 할 것입니다.

그리고 공무원의 승진에 관한 분석자료에 따르면 2018년 기준으로 광역자치단체 중 경기도는 9급에서 5급까지 승진하는 데 소요되는 기간이 28.8년으로 가장 길어서 전국 평균 승진 기간보다 2.2년 더 소요되는 것으로 나타났습니다. 서울시는 25.8년, 부산시는 22.6년이었습니다.

승진하는 데 가장 오랜 기간이 필요한 구간은 6급에서 5급으로 승진하는 것이고, 평균 11년에 달했습니다. 이밖에 9급에서 8급 2.3년, 8급에서 7급 4.1년, 7급에서 6급 9.2년이 소요되는 것으로 분석했습니다.

물속에서 5~7년동안 애벌레로 살다가 보름을 맴맴한 후에 떠나는 매미 이야기가 마음을 시리게 합니다만 공무원의 승진도 하염없는 기다림입니다. 9급에서 7급, 그리고 6급기간 중에 업무성과를 내는 부서에 가야 합니다. 단순한 업무를 처리하는 부서에서 5급 승진을 기다리는 것은 감나무 아래에서 입을 벌리고 감이 떨어지기를 기다리는 형상입니다. 업무성과를 낼 수 있고 치열하게 일하는 부서에서 경력관리, 평점관리를 해야 합니다.

그런 과정을 거쳐서 사무관에 임용되면 그 자리는 다양하게 배치될 수 있습니다. 우선은 시청과 구청의 과장이 됩니다. 과장은 기관장의 권한을 위임받은 보조기관입니다. 자신의 전결권으로 기관장 직인을 찍고 기관의 의사결정 결과를 외부나 유관기관에 통보하는 권한과 의무를 갖습니다.

과장이 되면 첫 번 전결 결재문서 사본을 앨범에 보관하기 바랍니다. 인생사 의미를 부여하면 종이 반장이 금붙이보다 소중할 수 있습니다. 오늘 사무실의 문서 한 장이 100년 후에는 문화재가 될 수도 있다는 자부심으로 일하여야 합니다.

지방행정사무관의 쓰임새는 약방의 감초 이상입니다. 읍면동의 면장, 동장, 읍의 과장, 사업소장이 사무관입니다.

  1996년은 별정직 사무관과 일반직 사무관의 임무교대의 한해였습니다. 전국에서 별정직 읍면동장이 물러난 자리를 채운 일반직 사무관 승진대상자가 연수원에 구름처럼 몰렸습니다.

  1996년 1차 교육대상자를 3월말 보직을 받은 자로 정하는 바람에 1996년 4월 3일자로 직무대리 발령을 받은 저는 3일이 모자라서 11월에 가서야 2차 교육을 받고 사무관이 되었습니다. 저는 교육을 받은 후에 사무관 승진 발령장을 받았는데 교육 여비도 받았으니 공공의 혜택을 받고 승진했다 하여 '공익사무관' 입니다.

  당시에 행정기관에 군軍 근무를 대신하는 공익근무요원이 있었기에 참고하여 붙여진 이름인 줄 압니다. 그러면 이전의 선배들은 어떻게 호칭될까요. 오래 전에는 사무관 승진을 위해 주관식 시험을 보았습니다. 출제된 제목에 대해 논리적으로 자필로 적어내는 치열한 시험이었기에 이분들은 '주관식 사무관' 이라 했습니다.

  이후에 사무관 시험에서는 주관식 논술형은 폐지되고 가장 변별력이 높다는 5문항중 1선택의 객관식 시험으로 평가를 한 후 시군별 경쟁에서 고득점자를 선정하였습니다. 그래서 1995년까지는 '객관식 사무관' 이라 불리는 선배들이 있었습니다.

  사무관에 승진하고 나면 몇 년간은 정신없이 흘러갑니다. 주사, 팀장의 업무와 사무관 과장, 동장, 면장, 소장의 임무가 다르기 때문입니다. 일단은 담당 업무가 없어지고 사무분장에 '총괄' 이라는 거창한 단어가 등장합니다. 이제부터 권한과 책임이 균등하게 따라다니는 책임자가 된 것입니다.

  이전까지는 열심히 일하면 과장, 국장이 다 공을 가로채어 가는 것 같은 상실감이 있었지만 책임을 감당하면서 차라리 실무자가 편하구나 하는 철든 생각을 갖게 됩니다. 칼은 칼집 속에 있을 때 권위로 작용하는 것입니다. 벌이 침을 쓰면 죽는 것을 보았고 알았으니 우리의 권력은 있는 대로 써버리면 안 된다는 사실도 인식해야 합니다.

다시 말해 공직자로서 죽을 것 같으면 그 권력을 쓸 수 있습니다. 벌도 적이 침입하면 웅웅거리면서 거세게 시위를 하고 주변을 빙빙 돌다가 최후의 일격으로 자신의 생명을 조직을 위해 버리는 것이라고 봅니다. 하지만 공직자는 조직을 위해 자신을 희생하기보다는 최선을 다해 문제를 푸는 데 나서기 바랍니다. 공직 업무 중에 목숨을 바칠 일은 거의 없습니다. 하지만 큰 잘못을 하면 파면, 해임, 강임이라는 처절한 공무원으로서의 죽음이 기다립니다.

저는 이 같은 공직사회의 엄중함을 지난 번 책 《공무원의 길 차마고도》에서 높은 산 중턱에서 산 계곡 아래 강으로 추락하는 것으로 묘사해 보았습니다. 공직 내내 한 발만 잘못 걸어도 절벽 아래로 떨어져 공무원으로서는 사망하게 됩니다. 본인의 잘못이 없어도 사고는 날 수 있습니다. 말이나 당나귀가 미끄러지거나 놀라거나 다른 동물이나 사람과 충돌하여 절벽 아래로 떨어지면서 옆에 선 마방 사람도 함께 추락할 수 있는 것입니다.

공직에서도 상사 잘 만나고 동료 좋은 사람 사귀고 후임이나 후배들이 잘 서포팅해 주어야 성공하는 공직자가 됩니다. 그중에 어느 한 부분이라도 어긋나는 일이 발생하면 서로서로 힘들고 승진이 늦고 일도 안 풀리게 되는 것입니다.

그래서 늘 공직자는 스스로 청렴하고 주변을 정갈하게 하고 좋은 분들을 만나서 함께 협력하고 성원하면서 대오隊伍를 맞춰서 앞으로 나가야 합니다. 빨리 나가는 이가 있으면 전체가 흔들리고 느린 자로 인해 흐름이 무너지는 것입니다. 참으로 힘든 조직사회에서 층층시하層層侍下에서 근무하고 있는 공직자들은 매순간 긴장하며 지내고 있습니다.

　이런 모든 위험을 예방하고 발전적으로 나가는 길을 개척하기 위해서는 말 그대로 수신제가치국평천하修身齊家治國平天下를 하셔야 합니다. 공직자 한 사람이 평천하를 하지는 못하지만 수신제가를 하면 조직에서 필요한 사람이 되는 것입니다. 그런 작은 힘이 모이면 나라를 발전시키고 국민을 행복하게 할 수 있는 힘이 모아지는 것입니다.

　그러니 과장, 동장, 소장 등 5급 초임에 임용되면 그간의 생각, 6급까지의 자만과 고집을 차마고도 좁은 길에서 훌훌 날려버리고 이제부터는 우리 부서, 조직, 동료, 후배를 먼저 걱정하고 고려하고 배려하여야 합니다. 사무관에게 7급 직원이 아무 때나 5급 부서장에게 전화를 할 수 있는 분위기를 스스로 만들어 나가고 다양한 분야에서 조직문화를 개선해야 할 것입니다.

　문자 등 SNS로 정보를 보내거나 개인 신상을 전달하는 것이 결코 결례가 아니라는 점을 강조해야 합니다. 그렇게 하면 오히려 자신이 편해집니다. 간단한 전달사항을 전화로 받지 않고 문자로 받으면 시간, 장소 등 메모를 따로 할 필요가 없습니다.

　요즘 우리는 상가에 갈 때 아주대병원, 성빈세트병원, 연화장이라는 큰 장소만 알고 차를 달려갑니다. 현관에 도착해서 메시지를 확인하면 조문하여야 할 호실을 알게 됩니다. 마찬가지로 우리 일상의 업무중 간단한 전달사항은 문자전송으로 처리하고 상대방의 확인여부만 알면 됩니다.

　다음으로 식사시간을 잘 지키고 회식시간에 미리 가고 천천히 먹고 끝까지 남을 모임인지 중간에 나가주어야 하는 자리인지를 늘 고민하여야 합니다. 과장님 보내고 7급끼리 맥주 한 잔 하면서 과장과 팀장을 안주로 씹고 싶은 날이 있을 것이니까요.

　특별한 상황이 없으면 6시 반에는 퇴근하여야 합니다. 사무실에서 서류를 찾고 사무실 PC로 할 일이 있거든 미리 부서에 알리시기 바랍니다. 개인 일을 하면서 늦게까지 사무실에 남는 것이 주변의 후배들에게는 큰 부담이라는 것을 알 만한 사람이 5급 되어서는 전혀 기억을 못하는 것은 큰 잘못입니다.

사무관이 되거든 우리 조직 전체의 흐름도를 살펴야 합니다. 간부들의 생각과 기관장의 정책에 대해 고민하고 분석하고 자신이 해야 할 일이 무엇일까 체크해 보아야 합니다. 우리 부서의 일만 잘 하는 것이 능사가 아니라 다른 부서와의 조화를 생각해야 합니다.

과장 선에서는 최선인데 국장실에 과장들이 모이면 과간 업무의 모서리가 아이들 놀이감 '퍼즐' 처럼 맞아떨어져야 하는데 그러하지 못한 행정의 사각지대가 있습니다. 복지사각지대만 있는 것이 아니라 우리의 부서간 협력해야 하는 공동의 분모에서 충돌이 없도록 협력하고 배려해야 합니다. 그런 간부가 4급에 승진하는 데 유리합니다.

자신의 일만 잘 하는 5급은 많습니다만 조직 전체를 아우르는 4급 후보자는 금방 눈에 들어오지 않습니다. 그러니 우리 부서의 업무는 주무팀장 등 중간관리자에게 대폭 위임하시고 5급 과장 보임자는 우리 국, 우리 기관 전체를 살피시기 바랍니다.

지금 읍사무소의 과장이라면 수년내에 4급 읍장을 자신이 감당해야 한다는 점을 가슴에 마음에 새기고 늘 수학문제를 공식에 대입하듯이 읍장님의 하루 일과에 자신의 모습을 투영해 몰래 그림자를 비춰보시기 바랍니다. 많은 생각이 드실 것입니다.

5급은 공직자의 중심입니다. 그런데 나이는 중심이 아니었습니다. 27세에 공직에 들어왔다면 57세까지 30년 중 15년차에는 지방행정주사 팀장이 대부분일 것입니다. 그리고 10년을 정열적으로 뛰어서 사무관이 되면 25년차 전후이고 이제 5년 내외 공직자의 나이테가 남았으니 서기관을 향해,

그리고 빠른 경우 3급 부이사관을 향해 열정을 불태워야 합니다.

그런 바쁜 여정에서 다른 사람의 잘못을 탓할 여유가 없고 민원서류의 업무 소관을 놓고 핑퐁경기를 계속할 수는 없습니다. 가장 안타까운 소관 논쟁은 민원인이 시청 직제를 잘못 알고 적어온 과 명칭을 소관부서라고 주장하는 주무관입니다. 우리는 내 업무가 아니라는 말보다 제가 할 일이라는 적극적인 자세로 나서야 합니다.

젊은 시절 탄탄하게 쌓아올린 금자탑은 공직 후반기 5년 동안 빛이 나게 됩니다. 높은 곳에 불을 켜기 위해서는 탑의 기초가 넓고 튼튼해야 합니다. 나의 공직 등불이 보다 더 높은 곳에서 환하게 세상을 비추기 위해서는 오늘 6급 주무관, 5급 사무관의 나날을 튼실하게 이어가야 합니다.

그 기반 위에 세워진 우리의 공직 돌탑은 절대로 철밥통이 아니고 복지부동, 복지안동이 아니라 우리의 미래를 이끄는 대한민국의 공무원인 것입니다. 국민 모두가 신뢰하고 엄지 척을 올리는 그런 공무원입니다. 공무원에게 지름길은 없어 보이지만 부지런히 앞으로 나가면 큰 길의 윤곽은 안개 속에서도 어슴푸레 보이게 마련인 줄 압니다.

2020년 2월 29일 토요일 밤에

불초 이강석 드림

| 편집을 마치며 |

 지난 30여 년 동안 언론과 관련한 일들을 하나의 책으로 묶어 편집하고자 하는 생각을 늘 마음에 두고 살아왔는데 드디어 그 결실을 보게 되었습니다. 자료를 모으고 순서를 매기고 정리하면서 힘든 밤을 보냈지만, 한 편으로는 누구의 간섭 없이 혼자서 마음대로 꾸밀 수 있다는 사실을 깨닫는 순간 작은 희열과 혼자만의 행복감을 느꼈습니다. 그리고 한 권의 책을 세상에 내놓는다는 책임감을 갖습니다.
 그런 마음으로 한 권의 책을 편집하는 전권을 가졌다는 기쁨은 잠시 후에 어깨를 누르는 책무라는 새로운 부담의 절벽에 당도하게 합니다. 그래서 책이란 누구나 쓸 수 있도록 허락된 일이고 밤을 새워서 저자와 독자 두 사람이 대화를 나누는 것이라고 정의해 보았습니다. 쉽게 시작할 일이 아니라는 생각을 하지만 그렇다고 두려워 할 일도 아니라 마음 먹습니다.
 공무원 8급때 선임으로 함께 근무한 이순찬, 이해운, 최진석 선배가 후배를 믿고 도장을 꾹꾹 눌러주시므로 이후에는 더더욱 책임감 있게 구매 업무를 처리하고 회계 관리에도 더 힘을 기울였던 기억이 납니다. 강직·청렴한 선배를 배우기 위해 많은 생각을 하고 좌우를 살피는 긍정의 좋은 습관을 얻은 것도 사실입니다.
 라디오 방송은 대부분 1:1로 청취자를 만나고 있다고 생각하면서 진행을 한다고 들었습니다. 어린 시절 기억에 트랜지스터 라디오 한 대로 온 동네 처녀와 아낙들이 저녁 연속극을 들었습니다. 20분 단위로 편성된 방송국

사이클을 잘도 맞춰서 열심히 성우들의 극 진행을 듣는 모습이 눈에 선합니다. 책을 만드는 것은 자신의 주파수를 제대로 맞춰 세우는 일이고 다음에는 그 책을 주파수에 맞춰 읽고 있을 미래의 어느 독자를 상상해 봅니다. 책 한 권을 2인이 동시에 읽지 않습니다. 오로지 책 한 권은 한 사람이 차분하게 조용한 방에서 나 홀로 봅니다. 입춘이 막 지난 봄날 조금은 차가운 벤치에 앉아서 자신과 코드가 맞는 듯 보이는 저자와 아지랑이 대화를 하는 것입니다.

　우리의 일상을 반성해 보면 다른 이의 이야기에 귀를 기울이지 못하는 시대에 살고 있습니다. 만남의 장소가 공개되어 있고 스마트폰이라는 것을 손에 쥐고 연신 들여다보며 이야기를 하고 상대의 말은 대충 흘려 듣고 있습니다. 하지만 책에서는 독자와 밀어를 나누는 느낌이 듭니다. 책을 읽으면서 스마트폰에 힐끔거리지는 않습니다.

　독서는 그래서 대화의 수위가 ⑰에서 ⑱로 가고 다시 ⑲로 높아지는 것입니다. 그러니까 독자들이 이 책을 끝까지 보면 ⑲인 것이고 대략 표지만 스치면 ⑰ 이하인 것입니다. 지금 이 숫자를 말하는 것도 마음에 공감을 하면서 읽어야 이해가 되는 것이고 그냥 숫자가 뭐 자꾸 나오는가 생각하면 책과 멀어지고 대화는 단절되거나 끝나게 됩니다.

　책의 시작은 악어와 악어새로 출발했지만 편집을 진행하면서 그 제목과 소제목이 바뀌게 되었습니다. 그리하여 공무원이 기자에게 권하고 기자가 공무원과 기업의 홍보실에 전파해 달라는 의미의 제목을 달았습니다. 결국 공무원과 기자가 경쟁관계로 보이는 듯하지만 조금만 안으로 들어가 커튼을 열어보면 '악어와 악어새' 관계에서 자잘한 갈등이나 적정한 협업이 진행되는 것을 알 수 있습니다.

　그래서 젊은 공무원이 공보실에 처음 발령을 받은 후 시행착오로 대형 사건이나 사태에 휘말리지 않도록 1988년부터 최근까지 언론의 골목길과 신문방송의 대로변에서 만난 일들을 순서 없이 편집하였습니다.

개인적으로 언론의 도움을 받아 졸필을 신문 활자로 미화시킨 글도 몇 편 끼워넣었습니다. 그리고 42년 공직 대부분을 함께하며 내조해 온 아내의 모습을 담기 위해 쌍둥이 육아일기를 젊은이들에게 보너스로 보여준다면서 자랑했습니다. 신문에 나고 방송에도 출연한 쌍둥이 엄마입니다.

아내는 어느 모임에서나 주도적인 역할을 하지만 결코 회장은 하지 않고 총무를 자임하곤 합니다. 지인들이 아프거나 힘들면 전화를 걸어옵니다. 큰 병원, 작은 병원에서 진료 받는 절차를 알려줍니다. 배가 아픈데 어느 과로 가야 하는가 묻는 이도 있습니다. 갑자기 몸이 아프면 응급실로 가야 합니다. 그런데 그것을 아내에게 묻습니다.

이는 마치 어느 부자의 대화와도 같습니다. 집안에 불이 나자 아버지가 아들에게 119가 몇 번이냐 물었더니 아들이 114에 물어보겠다 했습니다. 그런데 114 안내가 통화중이므로 인터넷으로, 스마트폰으로 검색을 했다고 합니다. 이런 조크를 하면, "간첩신고는 113, 범죄 신고는 112"라고 농담을 받아주는 아내입니다. 둘만의 은어隱語가 함께한 세월만큼 늘었답니다.

이제 자료편집을 마감하려 하니 자꾸만 망설여집니다. 이 책 속에 꼭 넣어야 할 보물이나 보석이나 중요한 그 무엇이 더 있을 것만 같습니다. 과거 신문사 교정부 직원들이 가장 싫어하는 '오탈자'가 꼭 있을 것입니다. 활자를 뽑아 신문을 만들던 시절에는 문자가 곰자로 뒤집히고 大자 자리에 犬자가 자리를 잡아서 시말서, 전말서를 쓰곤 했다 합니다.

지난 번에 겁 없이 편집한 《공무원의 길 차마고도》여기 저기에 참으로 많은 자료를 넣었습니다. 그래서 출판계의 달인 한누리미디어 출판사 김재엽 사장이 1권＋2권으로 편집을 고민하다가, 분권하면 늘 2권은 실패한다는 속설로 인해 글씨를 빼곡하게 한 권으로 실어주었습니다.

그래서 이번에는 글자 간격도 넓게 하고 문장 사이도 시원하게 못줄을 넓게 잡자고 했습니다. 모내기할 때 5번째 쯤에 조금 넓게 심어주는 공간을 '방제로'라 해서 농기계와 사람이 다니는 통로가 된다고 합니다.

아파트단지를 설계할 때 바람길을 고려합니다. 책속에도 시원한 통로를 만들어서 독자들의 눈이 피로할 때 잠시 쉬실 수 있도록 해야 하겠습니다. 이는 마치 PPT 보고서에 글씨만 가득 담아서 시·청·각 중 시각視覺을 방해하는 경우를 생각해 볼 수 있습니다.

그리고 드넓은 종이 위에 생각을 적고 표현하고 사진과 함께 편집하는 독립적 '야단법석'을 할 수 있는 기회가 주어지자 그 폭을 넓혀 보았습니다. 이 책의 시작은 기자실과 공보실인데 그 언저리에 신문기고문, 부시장의 역할, 동장과 과장의 기능 등 다양한 이야기들이 동행하게 되었습니다. 아내의 의견을 들어 아들 논산훈련소 면회 간 이야기도 추가했습니다.

이제 출판사는 책을 읽는 시대에서 책을 하나의 화면처럼 보는 젊은이들의 변화된 상황에 맞춰야 한다고 생각했습니다. 글씨를 읽는 것보다는 문장으로 이해하고 키워드로 속독하게 하는 전략을 생각한 것입니다. 형식을 맞추려 노력하지 않고 자신만의 독특한 디자인과 구성을 하고자 특별한 여분의 생각을 담아 보았습니다.

중국의 천자문은 한 글자도 겹치지 않는 4언시인데 이를 하룻밤에 완성했습니다. 천자문을 쓴 선비의 검은 머리 위에 다음날 아침에 흰 서리가 내렸다 합니다. 정말로 멋진 이야기입니다. 그렇게 집중할 수 있다는 것은 참 부러운 일이지요. 자료를 찾아보니 천자문은 중국 양나라 주흥사가 지은 책으로 사언고시 250구로 모두 1,000자로 되어 있으며, 자연 현상으로부터 인류 도덕에 이르는 지식 용어를 수록하였고, 한문 학습의 입문서로 널리 쓰였다고 합니다. 천자문을 짓고 나서 머리가 하얗게 세었다 해서 백수문이라고도 합니다. 저도 며칠 밤을 밝히면서 작업을 했습니다. 다음 카페에

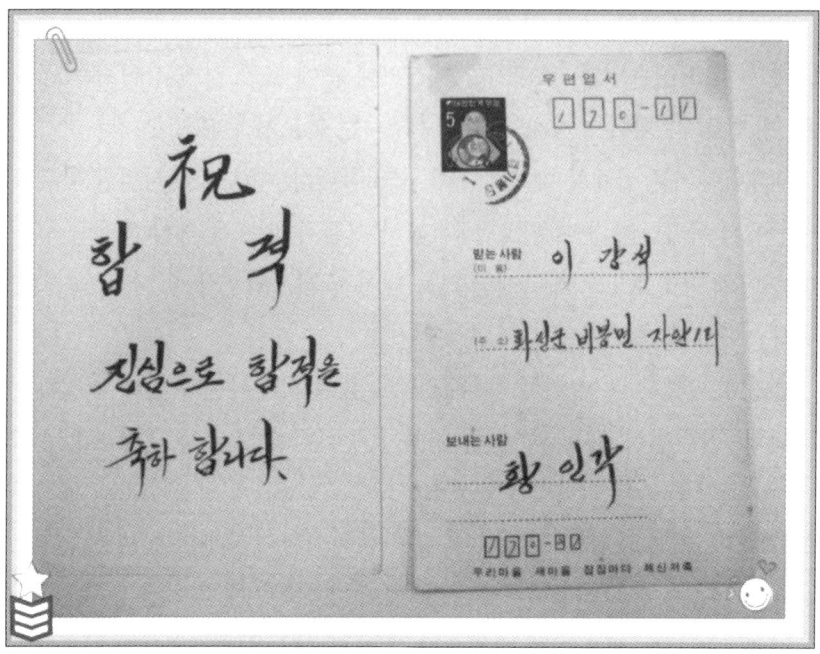

▲ 초등학교 6학년 담임 황인각 선생님께서 고등학교 입학을 축하하는 엽서를 보내셨습니다. 1974년 소인이 찍힌 5원짜리 엽서입니다. 황인각 선생님은 "네가 쓴 글짓기를 읽어보면 바로 앞에서 이야기를 하는 것 같다"며 칭찬해 주셨고 그래서 열심히 글쓰기를 이어왔습니다. 선생님께 감사드립니다.

담아둔 사이버 공간의 글을 한글로 받아 종이 위에 인쇄, 정착시키는 과정입니다. 상상해서도 안 되는 일입니다만 2,000권 인쇄를 하게 되었으므로 사이버 공간의 글이 다 사라질까 하는 기우杞憂와 걱정은 덜게 되었습니다.

과거 1930년대에는 이 모든 일을 원고지에 적고 교정을 보고 활자를 뽑아서 동판을 뜨고 인쇄기를 돌렸습니다. 그런데도 고서, 교양도서가 도서관을 채우고 있으니 참으로 많은 분이 이 분야에서 밤을 새워가며 돋보기 초점을 맞추셨던 것입니다.

그래서 남아수독오거서男兒須讀五車書, 한우충동汗牛充棟을 이야기하시나 봅니다. 우리는 모름지기 수레 다섯에 실을 만한 많은 책을 읽어야 한다는 말입니다.(남·여아수독오거서男·女兒須讀五車書)라 수정해야 하겠습니다.

한우충동은 수레에 실어 운반運搬하면 소가 땀을 흘리게 되고, 쌓아 올리면 들보에 닿을 정도의 양이라는 뜻으로 장서藏書가 많음을 이르는 말입니다. 인터넷상의 정보가 파도처럼 넘나드는 시대라 합니다만, 까끌거리는 종이 위에 인쇄된 책은 우리의 가슴 속 글에 대한 향수를 느끼게 합니다. 그래서 인터넷 글, 모바일 액정화면보다 책冊이라는 말을 하고자 합니다.

졸저가 세상에 나오기까지 열정을 다해 기획해 주신 청룡초등학교와 비봉중학교 동창생 김재엽 한누리미디어 회장님, 김재엽 친구의 동반자 김영란 사장님, 한누리미디어 직원 여러분께 감사드립니다. 그리고 경기도 내 언론인 여러분께도 감사드립니다.

이 시각 행정의 일선에서 노심초사勞心焦思, 수구초심首丘初心의 심정으로 정려하시는 공직자 여러분 수고하십니다. 공직은 운명적 천직이고 자신과의 행복한 갈등이며 한 걸음 두 걸음 담백하게 좌고우면하며 앞으로 나가는 차마고도의 수행입니다. 공직자의 좌고우면은 복지부동이 아니고 철밥통은 더더욱 아닙니다. 언론인의 어휘인 '행간의 의미'가 그 속에 있습니다. 공직을 마치는 그날에 공직자에게 큰 어르신인 다산 정약용 선생님 '해관'의 철학을 공감하실 것입니다.

돋보기를 쓰고 원고교정을 자원自願한 아내 최경화 여사에게 사랑하는 마음, 고마움을 전합니다. 공직 500개월을 대과없이 마치도록 술 좋아하는 남편 대신 노심초사로 살아온 아내입니다. 늘, 항상, 언제나 아빠를 응원하는 이 책 육아일기에 다시 한 번 출연한 딸 현아, 아들 현재야, 사랑한다 아빠와 엄마가!!!

2020년 3월 5일

경기도 수원시 경기도청 인근에서 불초 이 강 석 드림

기자 공무원 밀고 당기는
홍보 이야기

지은이 / 이강석
발행인 / 김영란
발행처 / **한누리미디어**
디자인 / 지선숙

08303, 서울시 구로구 구로중앙로18길 40, 2층(구로동)
전화 / (02)379-4514
Fax / (02)379-4516
e-mail/hannury2003@hanmail.net

신고번호 / 제 25100-2016-000025호
신고년월일 / 2016. 4. 11
등록일 / 1993. 11. 4

초판발행일 / 2020년 3월 5일

ⓒ 2020 이강석 Printed in KOREA

값 12,000원

※잘못된 책은 바꿔드립니다.
※저자와의 협약으로 인지는 생략합니다.

ISBN 978-89-7969-819-0 03810